내 곁의 부처 1

내 곁의 부처 1

초판1쇄 인쇄 | 2023년 10월 4일
초판1쇄 발행 | 2023년 10월 7일

지은이 | 김정현
펴낸이 | 박연
펴낸곳 | 한결미디어

등록 | 2006년 7월 24일(제313-2006-000152호)
주소 | 서울시 마포구 모래내로 83 한올빌딩 6층
전화 | 02-704-3331
팩스 | 02-704-3360
이메일 | okpk@hanmail.net

ISBN 979-11-5916-213-8(04810) 979-11-5916-212-1 (세트)

내 곁의 부처

김정현 장편소설

1

한결미디어
HANGYEOL MEDIA

우주

내 우주여행은 장례식 같았다.

내가 본 모든 건 죽음이었다.

난 차갑고 캄캄한 검은 공허함을 봤다.

-윌리엄 새트너(배우, 드라마 〈스타트렉〉 제임스 커크 선장 역)

2021년 우주여행 소회 중에서-

　우주선을 타고 떠난 여행객에게 우주는 고요와 어둠의 끝 모를 공간이었던 모양이다. 그러나 어디쯤에서인가는 문득 하얀빛의 세상이 열리기도 할 것이다.

　차갑고 캄캄한 검은 공허함. 그것은 어둠과 같은 일상의 단어로는 인식할 수 없는, 그래서 죽음이라는 표현이 섬뜩하게 각인되는 절실한 고백이다. 살아 있는 모든 것은 죽음을 피하지 못하고, 그 세계를 알 수 없기에 두려워 외면하기도 한다. 절대 고요와 암흑의 차가운 공허함이 죽음의 세계라면 그것은 응벌(應罰)일까? 차가운 암흑의 공허는 한편 평온한 절대 고요이지 않을까. 하얀빛의 눈부신 세계를 마주하는 순간도 오직 두려움 없는 고요이기만 할까. 그렇게 어둠도 빛도 모두 두려움이나 평온일 수 있다면 무엇이 다른가. 더구나 느끼고 인식하지 못하는 고요와 어둠과 빛이라면, 그것은 무한 우주로의 회귀이지 않을까.

과학에서는 생명체의 죽음을 유기물에서 무기물로 변하는 원소 분해 과정이며, 마침내 최소 단위인 양자 상태가 되어 우주 속에 사라지지 않고 존재하는 것이라고 정의한다. 생의 외피인 육신에 대해서라면 과학의 정의에 수긍한다. 그렇지만 내면인 영혼은 근원이 다른 문제 아닌가.

사실 영혼은 생을 살면서 한 번도 목격한 바 없으니 그 존재를 단언하거나 증명하기는 어렵다. 그렇다 해도 느끼고 의식하고 생각하고 욕망하는 마음, 혹은 현상은 육신과 일치하지 않으니 영혼의 실재를 부인하기도 어렵지 않은가. 그렇다면 죽음 이후 영혼의 세계는 어떠할까.

과학은 '평행우주'와 '다중우주'라는 개념을 제시한다. 우리가 사는 우주와 평행선상에 또 다른 우주로 존재하는 평행우주. 같은 시간을 공유하지만 공간과 차원이 다른 무수한 우주가 존재한다는 다중우주가 그것이다. 이는 양자역학이 만들어낸 이론적 개념으로, 양자는 우주 공간 어디에 있든 두 가지 선택권이 있어 하나를 선택하면 또 다른 세계도 존재한다는 것이 평행우주다. 다중우주는 결정하는 순간마다 다른 우주가 존재하고 그 수는 무한에 가깝다는 것이다. 그렇다고 다른 우주가 영혼의 세계일 것이라고 가정하지는 않는다.

무한한 우주, 다른 우주, 차갑고 캄캄한 검은 공허함의 우주. 원소 분해 과정에서 유기물인 육신과 분리되어 떠나는 영혼이 있어 저 우주 어느 곳으로 향한다면 그것은 여전히 그 육신의 영혼이며 모든 기억을 저장하는가. 그렇다면 암흑이나 하얀빛의 세계는 응보에 따른 것인가. 그도 아니라면 우주 어느 곳에 흔히 말하는 지옥이나 극락, 혹은 천국의 세계가 있어 기어이 화복(禍福)을 치른 뒤 기억을 지우고 새로운 영혼으로 환생하거나 소멸하는 것인가.

극락이나 천국에서 영생하거나, 윤회의 업을 끊어 소멸하는 것은 고통의 고리를 자르는 것이니 죽음의 결말로는 매우 바람직하지 않은가. 동물이든 식물이든 새로운 생명으로, 설령 아주 귀한 존재로 다시 태어나더라도 필연코 업을 쌓으니 윤회는 축복이 아니라 업장의 연속일 것이니.

아무도 모른다, 과연 영혼의 윤회가 실재인지. 그러나 누구도 증명하지 못하는 그 세계를 영겁(永劫)의 시간을 살아서 보고 알았다며, 또 영겁의 세월을 이어가며 무한 고통의 지옥에 빠진 모든 이들을 구제하겠다는 보살이 있으니, 지장보살이다. 인간의 죄를 사랑으로 대속(代贖)하겠다며 부활로 증명한 예수 또한 그러하니 죽음이 예약된 모든 존재는 경배할지어다.

차례

1. 인연

20세기가 저물어가던 어느 해.

고대로부터 한민족의 신산(神山)으로 신성시되는 지리산 제2봉 반야봉에서 삼도봉을 거쳐 남쪽으로 뻗어 내린 불무장등 능선의 황장산. 동쪽으로는 산줄기를 내린 섬진강이 흐르고 남쪽에는 남해가 펼쳐진다. 그 서남쪽 피아골로 향하는 산 중턱에 들어선 불락사(佛樂寺).

하양 노랑 분홍 주홍 빨강 보라 파랑… 온갖 색깔의 꽃잎이 하늘 가득 비처럼 내려오니 먼저 눈이 황홀경에 빠진다. 이어 실바람을 탄 듯 하늘거리며 번져 오는 갖가지 향기는 천상에 이른 듯 무아경에 젖게 한다. 멀리서 은은하게 비쳐오던 둥그스름한 빛이 홀연 타오르는 불꽃 모양의 광배로 뚜렷하니 중은 벌떡 자리에서 일어나 두 손을 합장하고 경건하게 배를 올린다. 일배, 이배, 삼배… 백팔배를 넘어서고 천배가 가까워도 숨은 고르고 몸은 구름을 탄 듯 가볍다. 마침내 천배. 문득 우레처럼 몰

아치는 물소리. 익숙하여 가만히 더듬으니 아하, 삼성각 옆 하악대 불이
폭포 물소리다! 놀라 번쩍 눈을 뜨니 새벽 예불에서 돌아와 의자에 등을
기댔다가 설핏 잠이 든 모양이고 그새 꾼 꿈이었다.

어제 늦은 오후 산문에 발을 들인 여인이 있었다. 서른은 되지 않아 보
였고 신산한 삶의 흔적이 고운 자태에 얼룩져 있었다. 법당을 나서다 눈
길이 마주치니 합장해 고개를 숙였지만 절집과 인연은 깊지 않은 듯싶
었다. 역시나 법당은 문밖에서 힐끔 들여다보았을 뿐 하릴없이 절집 여
기저기를 기웃거렸다. 펑퍼짐한 옷차림이어서 상훈 스님은 알아보지 못
했는데 공양주가 임신부라 귀띔해줬다. 저녁 공양 시간이 되도록 절 마
당을 배회하기에 불러서 공양을 나누라 일렀다. 오랜만에 찾아온 스님
네가 있어 차담을 나누며 다식 몇 개로 공양을 대신한 상훈에게 일과를
마친 공양주가 찾아와 여인의 눈치가 하룻밤 머물기를 바라는 듯하다며
자신의 방에서 재우겠다기에 허락했다.

상훈은 불에 댄 듯 자리를 박차고 둘레길을 뛰어 하악대로 향했다. 아
직 해는 떠오르지 않았지만 7월의 여명은 주변을 살피기에 충분했다. 하
악대는 불락사 동쪽 동산에서 삼성각 바로 옆까지 깎아지른 듯 내리꽂
힌 바위 암벽을 이르는 것이고, 바위벽 넓은 폭을 가득 채워 쏟아져 내리
는 물줄기는 쌍계사 뒷산 정상 가까운 곳의 불일폭포에 이어 불이폭포
라는 이름을 얻었다.

하악대에 이르러 밭은 숨을 고르며 주변을 살피는 상훈의 눈에 과연

어제의 그 여인이 폭포 옆 바위 위에 망부석인 양 서 있었다. 상훈은 단박에 소리쳤다.

"할!"

외침은 폭포수 굉음을 꿰뚫으며 사방을 흔들었고 여인은 화들짝 놀라 몸을 돌렸다.

열 걸음 남짓 떨어진 거리에서 상훈은 빙그레 미소를 지어 보이며 양손을 가슴께로 올려 합장하고 가볍게 고개를 숙였다. 얼른 합장하며 허리를 깊이 숙인 여인은 주저하지 않고 바위에서 내려와 상훈의 앞으로 걸어왔다.

"아침 공양 시간입니다. 내려가시지요."

상훈이 몸을 돌려 발길을 내딛자 여인도 뒤따랐다.

"태중에 귀한 분을 품은 듯합니다. 공양주와 이야기를 나누면 마음이 편해질 겁니다."

상훈은 더 말하지 않았고 여인도 묵묵히 걸었다.

사흘이 지나 공양주가 사연을 전해왔다.

부모가 무슨 일을 하는지는 말하지 않았지만 넉넉한 집안의 딸이고 자유분방하게 자랐다. 대학에 들어가고 친구들과 어울려 클럽을 드나들었다. 꽤 많은 남자를 만났고 졸업할 무렵 한 사내와 관계가 깊어지며 그에게 이끌려 마약에 빠져들었다. 오래 지나지 않아 사내의 실체를 알게 되었다. 유흥가를 배회하는 건달로 마약을 미끼로 여러 여자와 돈이 얽혀 있다는 것을. 관계를 정리하고 싶었지만 마약의 유혹을 이겨낼 수 없었다.

활기를 잃고 초췌해진 딸의 모습을 이상하게 여긴 부모는 용돈을 끊고 신용카드도 회수했다. 걱정하는 부모의 마음과 달리 딸의 방황은 멈추지 않았다. 돈이 없으면 곧바로 돌아서는 사내였으니 마약은 기대도 할 수 없었다. 빈 지갑으로 외출할 수는 없으니 그를 원망하고 증오하는 마음으로 몇 달을 버텼다. 이상했다. 마약에 대한 갈증은 점점 수그러드는데 자꾸만 사내가 생각났다. 아니 그와의 잠자리가 목을 타게 했다. 억제할 수 없도록 몸이 달아오르면 대학 시절 스쳤던 남자들에게 연락해 만나기도 했지만 욕구가 채워지지 않았다. 그럴수록 더욱 그리워지는 사내….

뜨거운 몸이 원망스러웠다. 마약으로 인해 길들여진 건가 생각해봤지만 꼭 그런 것도 아닌 듯싶었다. 어릴 적부터 남자에 관심이 많았고 중학생이 되면서부터는 비슷한 여자애들과 어울려 성에 관한 이야기를 스스럼없이 나누며 깔깔거렸다.

대학생이 되어 학원과 시험에서 해방되고 처음 클럽에 갔던 그날 처음 만난 남자와 소위 '원나잇 스탠드'라는 걸 했다. 남자의 눈짓에 기다렸다는 듯 머뭇거리지 않았다. 호기심보다 얼마나 짜릿할까 들떴을 뿐이다. 한 시간쯤 뒹굴다가 모텔을 나와 집으로 가면서도 죄의식은커녕 조금의 자책도 들지 않았다. 애초 그런 몸뚱이였으니 남아 있는 일말의 가책이나 망설임도 덮을 수 있지 않겠는가. 결국 사내를 다시 만나기로 마음먹었다.

　필요한 건 돈이었다. 마음을 굳히자 여인은 집안을 샅샅이 뒤져 돈이 될 만한 모든 것을 챙겼다, 심지어 어머니의 결혼 패물까지. 가방 가득한 금붙이며 패물을 본 사내는 두 팔을 벌려 여자를 으스러지게 껴안은 뒤 호텔로 이끌었다.

　사내의 권유로 오피스텔을 얻자 그는 제집처럼 들어앉았다. 아무것도 없이 그저 몸만 들어온 것이지만 여인은 부부라도 된 듯 기뻤다. 돈이 떨어지면 패물을 팔아 쇼핑하고 먹고 마신 뒤 집으로 돌아오면 뒤엉켜 황홀경에 빠졌다. 몇 달이 지나자 여자의 마음과 달리 사내는 시큰둥한 기색을 드러내기 시작했다. 점점 외박이 잦아졌다. 그럴수록 여인은 사내에게 더 많은 것을 안겨주며 매달렸다.

　마지막 남은 어머니의 결혼 패물을 팔러 나갔다가 돌아오니 그의 물건이 보이지 않았다. 남아 있는 건 허름한 옷가지뿐. 전화를 해봤지만 받지 않았고 메시지도 읽지 않았다. 그래도 여인은 미련을 버리지 못했다. 변화 없는 일상이니 잠깐 싫증이 난 거겠지, 집에서 빈둥거릴 때 입던 옷은 두고 갔으니 그리워지면 돌아올 거야…. 하루에도 몇 차례 애절한 그리움을 담은 메시지를 보냈지만 도무지 읽지 않았다. 혹시 무슨 사고라도 당한 건가, 전화를 걸면 신호는 길게 울리다가 멈추었다. 그러고 보니 사내의 이름과 휴대전화 번호 말고는 아무것도 아는 게 없었다. 언제나 둘이서만 만났기에 그 사람의 주변 인물도 한 명 알지 못했다. 하긴, 그건 여인이 원치 않은 일이기도 했다. 오직 그와의 시간만을 원했으니.

문득 몸에 이상이 느껴졌다. 임신 테스트를 해보고 병원을 찾았더니 벌써 4개월이었다. 오직 아득한 환락에만 취했으니 몸의 변화조차 느끼지 못했다. 그나마 다행이라면 사내를 다시 만난 뒤로는 마약을 하지 않았다는 것이다. 조심스럽게 그에게 메시지를 보냈지만 여전히 읽지 않았다. 생각 끝에 메시지에 '임신했어'라고 쓰자 열흘쯤 지난 뒤 메시지를 읽었다. 여인은 안도하며 기대했다, 돌아오겠구나. 그러나 며칠 뒤 날아온 메시지는 '그게 내 애인지 어떻게 알아. 너 원래 헤프잖아. 알아서 해'였다. 결국 해명과 설득이 분노로 변한 메시지로 이어졌고 마침내 사내가 전화를 걸어왔다. 휴대전화 화면에 사내 이름이 뜨자 눈물이 핑 돌았지만 그는 다짜고짜 폭언과 욕설을 퍼부었고 더 질척거리면 동영상을 네 집과 주변에 뿌리겠다는 협박을 끝으로 전화는 끊어졌다.

"그래서 죽을 마음이었다 하던가?"

공양주는 민망한 웃음부터 지었다.

"꼭 그런 건 아니었다 캅니다. 어째야 하나 갈피를 못 잡는데 막상 폭포 위에 올라가니 뛰어내릴까 싶기도 하더랍니다."

"사내가 그러면 집에 들어가서 부모와 상의해야지, 쯧쯧"

"알라를 안고 집에 돌아갔다가는 부모님이 받아주지 않을 거라네요. 지도 그렇게 알라한테 발목 잡힌 인생은 살기 싫다 카고요."

상훈은 괜스레 공양주에게 눈을 흘겼다.

"그게 자식 가진 어미가 할 소린가! 내 돈세탁 소리는 들었어도 자식 버리는 신분 세탁 소리는 난생처음이다!"

화난 언성에 공양주는 물러서는 시늉을 하면서도 쭈뼛거렸다. 뭔가 할 말이 있는 성싶었다. 상훈이 슬며시 눈길을 돌리자 공양주는 조심스레 입술을 뗐다.

"벌써 일곱 달이 넘었다 카니 복중에 알라를 어찌할 수도 없고…."

"뭐라! 그게 사람 입에 담을 소린가!"

상훈의 호통에 화들짝 한발 물러서며 손사래를 쳤지만 공양주는 여전히 쭈뼛거리며 애매한 웃음을 지었다. 상훈이 고개를 갸웃하자 또 조심스럽게 입술을 뗐다.

"고마 여서 몸을 풀면 안 되까요?"

절집에서 출산이라니, 기가 막혀 혀도 차지 못하는데 이제 공양주는 실실 웃음까지 흘렸다.

"몸 풀고 알라를 여기 두고 가면 지가 길러도 될 긴데…."

너무 어이가 없어 상훈도 맥없는 웃음을 흘려버렸다.

"어째? 그 나이에 젖동냥이라도 다니시려고?"

"아입니다. 요즘에는 분유가 아주 좋아가 처음부터 멕이면 알라도 젖을 안 찾는다 캅니다."

대꾸도 하기 싫어 고개를 돌리는데 잿빛 승복으로 갈아입은 여인이 절 마당을 가로지르고 있었다.

"사흘이나 얘기를 들어줬더니 마음이 편해졌는가, 낯빛이 돌아오니 얼굴이 참 곱네요."

색기가 가득했다. 저 정도의 색기라면 어지간한 의지로는 다스릴 수 없을 것도 같았다. 상훈은 고개를 갸웃했다. 분명 그저 꾼 꿈은 아닐 텐데 저런 기운에 어찌 광배를 비춘 것인지….

"진흙탕에서 연꽃이 피기는 한다마는…."

"예?"

상훈의 혼잣소리에 공양주는 눈을 동그랗게 떴다.

"여기는 어떻게 왔다던가?"

"참말로 팔자가 좋은 건지 철딱시가 없는 건지, 쯧쯧."

공양주는 혀를 차고 말을 이었다.

"바다가 보고 싶어가 차를 빌려 남해로 왔고, 온 김에 하동도 들렀다가요 앞 피아골길로 들어섰는데 고마 차가 고장 났답니다. 그래가 보험회사에 연락했더니 차를 끌고 가는데 지는 같이 안 가고 설렁설렁 걷다가 보니 우리 절이더라 카데요. 그 처지에 유람은 다니고 싶던지, 참…."

상훈은 종무소를 나와 느릿느릿 법당으로 향했다. 인연인가. 인연이라면….

그 밤, 상훈은 또 꿈을 꾸었다. 꽃비와 그윽한 향기가 점점 가득하더니 한가운데에 두 팔이라야 품을 수 있을 것 같은 크기의 하얀 연꽃이 피어올라 꽃잎을 활짝 펼치니 은은한 범패 소리가 울려 퍼졌다.

2. 김수충

서기 681년 음력 7월 초하루, 신라 30대 문무대왕 김법민이 재위 21년을 끝으로 붕어하였다. 태종무열왕 김춘추의 아들로 태어나 부왕이 다하지 못한 삼한일통(三韓一統)의 대업을 이룬 명실상부한 주역이었다. 그 뒤를 태자 김정명이 이어 즉위하니 신문왕이다.

무릇 원대한 대업이거나 나라의 명운이 걸린 외적과의 전쟁을 치르면 국론은 하나가 되고 지도자를 중심으로 상하가 일치단결한다. 그러나 이제 지난했던 백제 고구려와의 전쟁이 끝나 통일을 이루고, 뒤이은 당(唐)의 복속 야욕도 막아내 원만한 외교 관계가 형성되니 나라는 안정되었으나 새로운 분란이 일기 시작했다.

신문왕이 태자 시절 맞아들인 왕비는 소판(蘇判) 김흠돌의 딸이었다. 그가 오래도록 아들을 생산하지 못한 데다 재위 3년 아비 흠돌이 역모에 연루되니 그 연좌로 궁에서 쫓겨났다. 왕은 다시 길찬(吉飡) 김흠운의 딸을 왕비로 맞아들이니 신목왕후 김씨다.

그런데 왕의 장인이 역모에 연루되었다는 것은 의미심장하다. 왕비가 된 딸에게 아들이 없다는 현실은 후계를 담보할 수 없다는 뜻이니 왕의 장인으로서 가진 권력은 살얼음판과 다름없었을 것이다. 반면 다른 권력 추구 세력에게는 아들 없는 왕비를 교체하고 태자를 생산하면 확실한 권력을 구축할 수 있는 일이었다. 게다가 신라는 골품제로 신분의 한계가 명확한데다 서라벌 진골정통이 지배세력이었다. 그런데 삼국통일 과정에서 새로운 세력이 등장했으니 바로 대원신통으로 불린 가야계였다.

금관가야 수로왕의 11세손인 김서현은 가야가 신라에 항복한 뒤 진골 귀족으로 편입되었으나 대귀족에 이르지는 못했다. 그러다 신라 갈문왕 입종(立宗)의 손녀 만명부인과 결혼함으로써 귀족으로서의 입지를 다졌다. 그들 부부 사이에서 태어난 아들 김유신은 걸출한 명장으로 삼국통일의 주역이 되어 죽은 뒤에는 흥무대왕으로 추증되었다. 특히 둘째 딸 문희는 재위 중 폐위된 진지왕의 손자로서 왕위에서 멀어져 있던 김춘추와 결혼해 그가 태종무열왕으로 등극하고, 아들 법민이 문무왕으로 뒤를 이으니 진골정통과 가야계의 피가 섞여 두 세력 모두를 껴안아야 했다.

두 세력 간의 대립이 꿈틀거리는 중에 즉위한 신문왕은 전제왕권을 확립하고 왕실을 굳건히 하는 것이 급선무였다. 그러한 차에 역모에 장인이 연루되었다는 고변이 있었으니 아들 없는 왕비의 출궁도 당연한 노릇이었고 주모자는 물론 말단 가담자까지 가차 없이 숙청했다.

새로 맞이한 신목왕후는 아들을 생산했다.

신문왕은 중앙관제를 개편하고 주·군·현을 정비하는 등 내치에 힘을 기울이다가 재위 12년(692년) 영면에 든다. 그 뒤를 태자 김이홍이 이으니 효소왕이다.

어린 나이에 등극한 효소왕은 대아찬(大阿飡) 원선을 중시(中侍)로 임명하여 국정을 위임했다. 그러나 본디 유약한 성품에 왕자도 없으니 왕실은 불안했다. 기어이 재위 9년째인 서기 700년 이찬 경영의 반란이 일어나고 중시로 있던 순원이 파면된다. 왕위 계승과 관련한 귀족 세력 간의 알력이 배경이었을 것으로 짐작할 수 있다. 효소왕은 2년 후인 702년 26세의 나이로 눈을 감는다. 이에 22세의 동생 김흥광이 화백회의 추대로 즉위하니 성덕왕이다.

재위 3년 왕은 승부령 소판 김원태의 딸을 왕비로 맞아들이니 성정왕후다. 왕후는 아들 김수충(金守忠)과 중경을 생산해 왕실을 튼튼하게 한다. 특히 큰아들 수충은 머리뼈 가운데가 불뚝 솟은 기이한 용모였고 어려서부터 독서를 좋아해 유학, 불학(佛學), 천문, 지리 등에 두루 밝았다.

한편 서쪽 대륙의 당나라는 제2대 황제 태종 이세민의 '정관의 치(貞觀之治)'로 한(漢)나라 성세 이후 두 번째 대융성기를 맞았다. 정치의 안정과

더불어 과감하게 문호를 열어 널리 교류하며 다른 문물과 문화를 받아들이는 데 주저함이 없는 개방적 대외정책이 크게 한몫했다. 이는 단순한 수용이나 모방에 그치는 것이 아니라 새로운 창조와 발전으로 나아가니 서역 여러 나라에서 주목하고 찾는 세계의 시장이 된 것이다.

당시 당나라는 측천무후의 천도로 황실은 낙양(洛陽)에 있었으나 그전까지 황도였던 장안(長安)은 여전히 융성했고, 그 밖에도 유서 깊은 큰 성은 로마를 비롯한 서역에서 사람이 몰려들어 인종 전시장을 방불케 했다. 시장에는 훗날 '실크로드'로 명명되는 교역로를 통해 낯선 문물이 쏟아져 들어왔다. 여러 빛깔의 영롱한 보석, 처음 보는 동식물, 모피, 향료, 달콤한 포도주와 음식, 악기와 음악, 하늘하늘 속살을 드러낸 무희들의 기이한 춤…. 그 다양함에서 사람들은 새로운 발상과 실험으로 또 다른 것들을 만들어 당의 문화를 더욱 풍성하게 했다.

학문과 서적은 물론 인간의 정신세계에 지대한 영향을 미치는 종교에서도 개방의 태도는 다르지 않았다. 전한(前漢) 시대 인도에서 전래한 불교는 남북조(南北朝) 시대를 거치며 크게 번성하여 전통의 도가(道家)와 공존했는데, 당나라 시기에는 많은 승려가 천축국(인도)과 활발하게 교류하며 왕성하게 불경을 번역해 다양한 종파로 세를 넓혀갔다. 그 밖에도 기독교, 이슬람교, 경교를 비롯해 조로아스터교에 이르기까지 다양한 종교가 들어와 저마다의 사원을 짓고 왕성한 포교 활동을 펼쳤다.

또한 당나라는 귀족 자제들의 교육기관으로 오늘날 대학교에 해당하는 국자감을 두었는데 주변 나라 학생까지 받아들여 공부할 수 있게 하고 학비도 지원했다. 신라 또한 많은 청년이 당으로 건너가 국자감에서 공부하며 견문을 넓히기도 했는데 훗날 고운 최치원, 김가기, 최승우 등이 대표적이다. 특히 최치원은 12세 어린 나이에 당으로 건너가 6년 만인 18세 때 유학생을 대상으로 한 과거 시험인 빈공과(賓貢科)에 장원급제하고 관직을 하사받아, 재직 중 황소의 난이 일어나자 '토황소격문(討黃巢檄文)'을 지어 크게 문명(文名)을 떨치기도 한다.

성덕왕 13년(715년) 정월, 왕은 수충을 따로 불렀다.

"학문에 정진하느라 밤을 새우는 날이 잦다지?"

부왕의 다정하고 염려 깊은 물음에 수충은 고개를 숙였다.

"미욱하니 그저 열심히 할 따름입니다."

겸양이다. 수충의 총명함은 어려서부터 익히 보아온 터이고 이미 학문의 경지가 상당하다는 스승들의 이야기도 들은 바였다.

"그래, 여러 학문 중 어느 것에 가장 관심이 가느냐?"

"유학은 사람의 근본 도리와 예를 가르치니 겸허한 마음으로 익히고 실천하려 하며, 여러 사서(史書)는 거울로 삼을 수 있는 생생한 역사이니 잊지 않으려 읽고 또 읽습니다. 천문은 자연의 순행을 알게 하니 하늘의 오묘함에 경건함으로 깊이 궁구하고, 지리는 세상의 넓고 다양함에 책장을 넘길 때마다 놀라며 흥미롭습니다. 특히 불학은 삶과 죽음의 근원을 깊이 생각하게 하며 뭇 생명에 대한 존중과 자비를 가르치니 가슴이 서늘하여 저절로 눈물을 짓는 때도 있습니다. 우리 신라의 호국불교는 불국토(佛國土)를 수호하는 본래의 뜻을 넘어 모든 중생이 깨달음을 얻는 정토(淨土)로 이끌려는 것이니 왕과 왕실이 먼저 나서 진심으로 불법을 믿고 삼보(三寶: 불교의 세 가지 보배로 불·법·승을 이른다)에 공양하며, 이타행(利他行)의 자비를 베푸는 데 앞장서고 있으니 실로 마땅하고 향기롭습니다."

수충의 망설임 없는 대답에 왕은 그 깊이에 내심 놀라면서도 무심한 듯 고개를 끄덕였다.

"학문에 매진하는 것은 매우 옳은 일이나 신체의 단련과 호연지기를 기르는 데도 소홀함이 없어야 할 것이다."

"시간을 정해 무예를 익히고, 말을 타고 산천을 달리기도 합니다."

"궁술도 익히느냐?"

"게을리하지 않고 있습니다."

"사냥을 나가면 말과 활에 더욱 익숙해질 것이다."

"달리는 마상에서도 활을 쏘아 과녁을 맞히고 있습니다. 다만 사냥은 주변을 번거롭게 하는 데다 살생유택의 정신에 어긋나는 듯하여 삼가고 있습니다."

왕실이 앞장서 불교를 믿고 불법에 의지하는 바 크니 생명을 존중하고 살생에 엄격해야 함은 너무도 지당한 일이었다. 그러나 왕은 다스리는 자이기에 불가피하게 거스를 수밖에 없는 때도 있고, 즉위 후 왕권을 공고히 하는 과정에서는 다소 과한 처분도 있었다. 그렇게 점점 무디어진 것인지 살생유택은 그다지 유념한 바 없는데 자식의 말에 문득 자책의 마음이 드는 왕이었다.

"너를 당에 숙위로 보낼까 한다."

"분부하시면 받들겠습니다."

수충은 무심하게 답하며 고개를 숙였다.

숙위(宿衛)는 본래 왕실을 지키는 친위병을 이르는 것이다. 그러니 다른 나라 왕자 등이 황제의 친위병이 된다는 것은 이치에 맞지 않는 일이었다.

강성한 국력으로 사방에 위엄을 과시하는 당이었지만 국경을 접한 나라가 많고, 그들 나라 대부분은 적대하거나 치열한 전쟁을 치르기도 했으니 우호적인 외교 관계를 유지하지 않으면 언제라도 화근이 될 수 있었다. 이에 황제의 친위(親衛)와 의장(儀仗)이라는 명분으로 그들 나라 왕자를 불러들였으니 속내는 인질인 셈이었다. 그러나 그들을 감금하거나 핍박하는 따위의 비우호적 대우는 없었고 당의 고위 인사들과 교유하며 선진문물을 견학하고 체험하게 하였으니 파견하는 나라 입장에서는 외교사절인 것이었다.

신라는 삼국통일을 위한 당과의 동맹을 추진하는 과정에서 진덕왕 2

년(648년) 김춘추의 3남 김문왕을 숙위토록 한 이래 네 차례나 파견한 바 있었다.

왕 13년 2월, 수충은 부왕에게 큰절을 올렸다.

"소자 매사에 신중하고 한시도 흐트러짐 없이 신라 왕실의 위엄을 지키며 많은 것을 보고 배워서 돌아오겠습니다."

"가상하구나. 지난 70여 년 사이 네 차례 숙위를 보냈으나 앞선 세 차례는 군사의 일이었고, 지난 문무왕 14년 숙위로 갔던 복덕이 역술을 배워와 역법을 새로 고칠 수 있었다. 이제 비로소 양국의 관계가 원만한 중에 너를 보내는 것이니 시일을 재촉하거나 몸의 고단함을 괴로워하지 말고 서쪽과 남쪽 멀리까지도 돌아보며 견문을 넓히도록 하라."

"명심하여 대왕의 뜻을 받들겠습니다."

아직 어리지만 미지에 대한 두려움도 설렘도 없이 차분하고 의연한 수충의 태도에 왕은 아비로서도 흡족했다. 그렇다고 아주 염려되는 마음이 없는 것은 아니지만 부처의 가호가 있으리라 믿었다.

왕궁을 나와 말에 오르려 하자 발길을 돌리지 못하던 어머니 성정왕후는 눈물을 글썽이며 두 손을 잡았다.

"먼 나라 낯선 곳에서 몇 해가 걸릴지도 모르는데…."

말을 맺지 못하고 눈물을 떨구는 어머니를 수충은 살포시 껴안았다. 온후하고 자애로운 성품으로 자라는 내내 든든한 안식처가 되어주신 어머니였다. 왕자로서의 삶이니 살펴주고 시중드는 이들은 많았으나 까닭 모르게 마음 고단하고 지칠 때가 어찌 없겠는가. 그럴 때면 그저 어머니를 마주하고 따스한 미소를 보는 것만으로도 위로가 되고 힘이 되었다. 불심 깊은 어머니는 자주 서라벌 여러 사찰을 찾아 공양을 올리고 예불을 드렸다. 그럴 때 어머니는 한없이 낮은 자세로 정성이 지극하고 경건하니 수충의 불심도 더욱 깊어졌다.

"소자는 외려 어머님께서 저를 염려하여 애를 태우실까 걱정이 깊습니다. 소자에 대한 근심은 조금도 갖지 마십시오. 어머님 덕분에 몸은 강건하고 정신은 맑은데 무슨 걱정할 일이 있겠습니까. 기왕 가는 길이니 오악(五嶽)의 영산과 사찰들도 돌아보며 고명한 선사님들로부터 깊은 법음을 들어 바른 불도를 찾고 부왕과 어머님의 안녕도 기원드릴 것입니다."

왕후는 눈물을 거두고 수충의 어깨를 토닥였다.

"그래, 기특하구나. 그렇게 큰마음이니 반드시 부처님의 가호가 따를 것이니라."

수충도 어머니가 그리울 것이고, 자신의 빈자리에 허전해하실 것을 모르지 않지만 흔들림 없는 깊은 사랑으로 애정을 아끼지 않는 부왕이 계시니 위안이 되었다. 동생 중경과도 작별 인사를 나누고 말고삐를 당기니 여러 신하와 시종들은 수충 일행이 서라벌을 벗어날 때까지 호종하여 환송했다.

신라 상선으로 바다를 건넌 수충은 양주(揚州)에서 하선해 수(隋)나라 시대 건설된 대운하를 운항하는 선편으로 낙양 인근까지 가 성문에 이르렀다. 성문의 군사에게 신라국 왕자로 숙위를 위해 입궁하는 것이라 밝히자 성루의 장수가 내려와 예를 갖추어 황궁으로 안내했다.

신라의 삼국통일 전쟁에 동맹으로 참여했던 당은 통일신라를 복속하려는 속내를 드러내 다투었으나 문무왕 16년(676년) 기벌포에서의 패전으로 전쟁을 끝내고 선린외교 관계로 돌아섰다. 그사이 당나라 내부에는 여러 우여곡절이 있었으니 태종 이세민이 죽은 뒤 황권과 관련된 혼란이고, 그 중심은 뒷날의 측천무후인 무조(武照)였다.

무조는 애초 이세민의 눈에 띄어 궁에 들어왔으나 총애받지 못하고 재인에 머물렀지만 태자 이치와 깊은 관계를 맺었다. 12년 뒤 이세민이 죽고 이치가 등극하니 고종이다. 당시 황제가 죽으면 그의 비빈들은 비구니가 되어 감업사라는 절에 들어가야 했다. 무조 또한 사정이 다르지 않았으나 고종은 은밀히 감업사에 드나들며 관계를 유지했다. 이에 황제의 총애를 받는 소숙비를 견제하기 위해 황후는 무조를 궁으로 불러들였고 소의에 봉했다. 이후 고종의 사랑을 독차지한 무조는 이홍(李弘), 이현(李賢) 두 아들을 낳았고 황후와의 경쟁이 시작되었다.

무조의 권력욕은 세인의 상상을 초월했다. 자신이 낳은 딸을 죽이고 황후에게 누명을 씌워 폐위시킨 뒤 황후의 자리에 올랐다. 병약한 고종을 대신해 권력을 휘두르며 이전 황후를 비롯한 반대 세력을 모두 죽였다. 시력마저 잃은 고종이 태자로 책봉된 이홍에게 양위하려 하자 친아들임에도 자신에게 반기를 든다며 독살했다. 뒤이어 태자로 책봉된 둘째 아들 이현도 신하들의 지지를 받자 폐하고 자객을 보내 죽였다. 다시 셋째 아들 이현(李顯)이 태자로 책봉되었고 고종이 죽자 황위에 올랐으니 중종이다. 그러나 중종이 외척 세력의 지지를 업고 자신에 맞서려 하자 폐하고 넷째 아들 이단(李旦)을 황위에 올렸으니 예종이다.

유약한 예종은 어머니에게 반기를 들지 않았고 무조는 섭정으로 사실상 황제 노릇을 했다. 이에 곳곳에서 반란이 일어났으나 무조는 모두 진압하고 마침내 690년, 65세의 나이로 예종의 양위 형식을 빌려 스스로 황제가 되었다.

황위에 오른 무조는 수도를 장안에서 낙양으로 옮기고 황실 인척과 귀족 신료를 제거했다. 황제 중심의 중앙집권체제를 강화하며 과거제도를 개편해 신진 세력을 대거 등용했다. 이때 발탁된 관료들은 훗날 '개원의 치(開元之治)'로 불리는 현종(玄宗)의 치세에 큰 역할을 한다. 또 무조는 전국에 사찰을 건립하여 불교를 중흥하며 나름의 선정을 펼쳤다. 그러나 점차 나이가 들며 간신의 말에 귀를 기울이고 충신의 간언을 멀리하니 다시 반란이 일기 시작했다. 기어이 705년 장간지 등의 난으로 폐위되고 중종이 복위되었다. 무조는 그해 12월에 죽어 고종의 능에 합장되었다.

수충은 황궁 영빈관에 머물며 그 역사를 더듬으니 권력의 잔인함과 또한 무상함이 가슴에 사무쳤다. 신라의 권력 역시 크게 다르지 않을 터이니 왕자라는 자신의 신분이 새삼 무겁고 두렵게 여겨졌다.

이틀이 지난 뒤 내관이 찾아와 황제 알현의 명을 전했다. 수충은 신라 대장군의 무장을 갖추고 내관을 뒤따랐다.

조당에는 문무 신료들이 좌우에 시립하였고 북쪽 보좌에는 황금빛 화려한 용포 차림의 황제가 근엄하게 좌정하고 있었다. 수충은 순간 긴장하였으나 보이지 않는 들숨으로 마음을 굳게 하고 어깨를 편 뒤 당당한 걸음으로 보좌 아래까지 걸어가 읍했다.

"숙위로 든 신라 왕자 김수충, 황제 폐하를 알현하옵니다."

황제는 날카로운 눈빛으로 한동안 수충을 내려다보기만 했다. 감히 황제 앞에서 조금의 두려움 없이 당당하니 무엄하다 할 수도 있으나 아직 어린 나이의 기개가 가상하기도 하였다.

"너는 어찌하여 조당에 무장의 차림으로 든 것이냐!"

황음이 쩌렁쩌렁하니 노한 질타인가 싶기도 하지만 눈빛은 평온하였다.

"숙위는 황실을 호위하는 것이 직분이니 무장이 마땅하다 여겼습니다. 하오나 병장기는 갖추지 않았으니 의심치 말아 주십시오."

태연한 답변에 황제는 두 눈을 부릅떴으나 입술 끝에 설핏 웃음기가 스쳤다.

"그럼 황궁의 번이라도 서겠느냐?"

"폐하의 명이라면 무엇이든 받드는 것이 숙위의 마땅한 도리일 것입니다. 하오나 신라와 당은 선린의 관계이니 폐하의 명 또한 그러하리라 믿습니다."

"하하하!"

황제가 호탕하게 웃었다. 한편 맹랑하다 싶지만 일국의 왕자로서 기개가 번듯하니 가상했다. 황제는 좌우 신료들을 돌아보며 명했다.

"신라 왕자가 편히 머물 수 있도록 황궁 가까이 집을 내어주고 비단 100필을 주어라. 내관은 부족한 것이 없는지 수시로 살펴 그를 넉넉하게 하라."

"황은에 감읍하옵니다."

"수충이라 하였느냐?"

"예, 지킬 '수'와 충성 '충' 자를 쓰옵니다."

"저녁에 너를 위해 연회를 열 것이다. 그때도 무장으로 참석할 테냐?"

"마땅히 예복을 갖추겠습니다."

황제는 또 호탕하게 웃고 물러가라 손짓했다.

현종 이융기(李隆基). 그는 685년 당 5대 황제 이단의 셋째 아들로 태어나 할머니인 측천무후가 집권한 황권의 혼란기를 생생하게 지켜보며 성장했다. 705년 무후가 죽고 폐위되었던 4대 황제 중종이 다시 황위에 올랐으나 계비 위씨가 딸 안락공주와 모의하여 독살하고 자신의 소생을 황위에 올리려 했다. 분노한 이융기는 우림군 병사를 소집하여 그들 가

문을 몰살하고 무후의 세력까지 제거한 뒤 고모인 태평공주로 하여금 아버지 예종 이단을 복위하게 했다. 예종은 큰아들 이헌을 황태자로 삼으려 했으나 그가 양보하여 황태자가 되었다.

천성이 유약했던 예종은 복위 2년 뒤인 712년 자신은 태상황으로 물러나고 27세 이융기에게 황위를 넘겼다. 즉위한 이융기는 협력관계였던 태평공주가 황위를 노리고 독살을 시도하니 그들 세력도 모두 죽였다. 그야말로 피도 눈물도 없는 권력투쟁이었다. 그렇지만 713년 연호를 개원(開元)으로 바꾸고 민생을 우선으로 하는 정치를 펼치니 '개원의 치'의 시작이었다.

황제는 측천무후 시대 과거제로 발탁된 요숭, 한휴 등 명신들의 보필을 받았다. 특히 요숭은 가난 퇴치 등 치국 10개 조를 건의했는데 황제는 모두 수용하고 '짐이 마르더라도 천하와 백성이 살찌면 나는 여한이 없다'라고 하였다.

그로부터 불과 2년여밖에 지나지 않은 지금 낙양 사람들은 밝은 낯빛으로 활기찼고 시장에는 물산이 넘쳐났다. 오는 도중 양주에서 체감한 활기와 풍성함도 크게 다르지 않았으니 안정된 권력이 백성의 삶과 국가 경제에 미치는 영향을 생각하며 수충은 한편 혼란스럽기도 했다.

시간이 되어 단정한 예복으로 갖춰 입은 수충은 연회장으로 향했다.

벌써 100여 명 가까운 신료들이 북쪽 중앙 황제의 자리를 중심으로 좌우에 길게 자리 잡고 있었다. 수충이 들어서니 그들은 저마다 고개를 숙이거나 미소를 지어 환영의 뜻을 보였다. 시종이 안내한 자리는 오른쪽 열두 번째였다. 첫 번째 자리에 앉은 이는 장년의 나이와 복색으로 보아 고위 중신인 듯했다. 그와 필담으로 인사를 나누는 사이 황제가 들어서 니 모두가 일어나 허리를 굽혔다.

가운데를 걸어 황좌로 향하던 황제는 수충 앞에서 걸음을 멈추더니 따라오라는 손짓을 했다. 수충이 일어나 뒤를 따르자 황제는 자신의 바 로 옆 의자에 앉히고 내관에게 지필묵을 가져오라 명했다. 자신의 말은 통변하게 하고 수충의 답은 글로 듣겠다는 뜻이었다.

연회가 시작되자 먼저 술 한 잔을 내린 황제가 물었다.

"낙양성까지 오며 여러 가지를 보았을 테니 그 느낌을 말해보라."

"신라와는 산천을 비롯한 다른 모습이 여럿 있기도 하였으나 더 나은 생을 살기 위해 노력하는 사람의 모습은 같았습니다. 특히 바다에서와 같은 큰 풍랑 없이 많은 물자를 큰 배로 나를 수 있는 대운하는 경이로 웠습니다. 백성들의 활기와 시장의 번성은 폐하의 치국에 저절로 경의 를 표하게 하고 정치의 의미를 다시 생각하게도 했습니다."

"정치라⋯, 정치의 근본은 무엇이라 생각하느냐?"

"백성의 배를 불리고 그들이 평화롭고 안전하다고 나라를 믿게 하는 것이 제일 근본이라 생각합니다."

"애민이 정치의 근본이라니 군주가 될 자로서는 훌륭한 자질이다. 앞 으로 무엇을 보고 배우고 싶으냐?"

"잠깐 보았습니다만 피부색이 다르고 말이 다른 세상 여러 나라 사람이 자유롭게 활동하는 모습이 이채롭고 부러웠습니다. 그들의 생각과 문물도 보고 배우려 합니다. 앞서 재위하신 여러 황제와 폐하께서는 그 뜻과 앞날을 어찌 여기시는지 여쭙고 싶습니다."

"시장이다. 넓은 땅 곳곳에는 품고 나오는 자원이 다르니 그 생산물을 서로가 교역하면 모두의 생활이 균등해질 것이고, 거래의 이익에 눈을 뜨면 더욱 부지런히 생산하여 풍성함을 추구할 것이니 그것이 바로 백성과 나라의 이익이다. 그와 같이 시장은 백성의 희망이 되니 방방곡곡에 열고 더욱 커지도록 권장하는 것이다. 다른 나라 사람들에게도 시장을 열어주고 자유롭게 드나들 수 있게 하는 건 우리의 재화를 팔고 그들의 것을 사기도 하지만, 세상 곳곳에서 모여든 이들은 또한 서로의 물건을 거래하니 나라는 거기에서 이익을 얻고 백성은 그것을 기반으로 다른 새로운 것을 만들어 더욱 풍성해질 수 있는 것이다. 그러니 문호를 여는 것은 잃는 것보다 얻는 것이 훨씬 많기 때문이다."

강대한 국력을 바탕으로 한 자신감이 아니면 할 수 없는 일이었다. 신라도 지난 어느 시기 서역을 비롯한 많은 나라 상인이 드나들며 서라벌이 번성을 누렸으나 바닷길의 험난함과 전쟁의 혼란으로 이제는 드문 일이 되어 있었다.

"당의 문물은 신라에서도 접하였으나 서역의 문물은 드무니 저들의 세상까지 가서 모두를 알고 싶습니다."

"하하하! 대단한 포부로구나. 그러나 너는 왕자의 신분이고 더구나 장자이니 그리할 수 없을 테고, 또 무엇을 알고 싶으냐?"

"신라에서 불법을 접하고 공부하며 큰 깨달음을 얻었습니다. 당의 명산 곳곳에 은둔하는 선사님들을 찾아뵈어 직접 말씀을 듣고 여쭈어 불법을 깊이 깨우치고 싶습니다. 낙양을 벗어나 두루 돌아볼 수 있도록 윤허하여 주시기를 청하옵니다."

황제는 이야기를 나눌수록 수충이 기특했다. 신라 승려들의 활발한 왕래와 그들의 깊은 학식은 황제도 들어 알고 있는 바였다. 신라가 불교로 왕실의 권위를 더하고 민심을 다독이듯 당 역시 백성의 불평과 불안을 달래기 위해 불교의 번성을 묵인하는 터였고 서역의 여러 종교도 받아들이는 것이었다. 황제는 크게 고개를 끄덕였다.

"네 뜻이 가상하구나. 좋다, 내 기꺼이 허락해 너의 성 밖 출입을 자유롭게 하고 군사를 딸려 호위토록 하겠다. 하지만 그러려면 필담보다는 말이 편안해야 할 것이고 신라도 유학으로 나라를 다스리니 먼저 장안성 국자감에 들어가 공부하는 것이 좋을 듯싶구나."

수충은 벌떡 자리에서 일어나 크게 허리를 굽혔다.

"숙위 학생을 허락하여 주시니 그저 감읍하며 열심히 배우겠습니다."

황제는 흡족하여 호탕하게 웃고 자리에 앉게 한 뒤 손수 술잔에 술을 따라 주었다. 신라 숙위로서 국자감 학생이 된 것은 수충이 처음이었다. 측천무후의 천도로 낙양에도 국자감이 설치되었지만 장안성 국자감의 전통에는 미치지 못하니 황제의 특별한 배려이기도 했다.

3. 석효명

지리산 하악대 불락사.

"효명아! 효명아!"

조용한 절 마당에 공양주의 목소리가 크게 울렸다. 연신 소리가 이어지자 종무소 문을 열고 상훈이 나왔다.

"어허, 절집에서 무슨 소란이신가!"

공양주는 민망한 낯빛이 되어 고개를 숙여 보였지만 연신 사방을 두리번거리며 낮은 소리로 웅얼거렸다.

"효명이 안 보입니더."

상훈은 법당인 법고전(法鼓殿)으로 고개를 돌렸다. 그 앞 석탑 그림자가 동쪽으로 뻗어 있었다.

"햇볕이 서쪽에서 드니 삼성각에 있겠구먼."

"아까 그쪽 길목서도 불러봤는데 답이 없었습니더."

"폭포 물소리에 들리겠는가. 또 선정에 빠진 모양이니 황덕이를 불러 보시게."

"황덕아! 황덕아!"

공양주가 큰 소리로 부르자 이내 불이폭포로 향하는 길 위쪽에서 발소리가 들리더니 누런 진돗개가 쏜살같이 달려왔다.

"보시게, 삼성각일세."

"황덕아, 효명이 삼성각에 있드나?"

말귀를 알아듣기라도 하는 듯 진돗개는 꼬리를 흔들며 돌아서 내려온 쪽을 향했고 공양주는 바쁜 걸음으로 뒤를 따랐다.

여인의 진통이 시작되어 공양주를 딸려 하동 읍내 여성의원으로 보내 아이를 받도록 한 것이 여섯 해 전이었다. 여인은 사내로 태어난 아이에게 젖 한번 물리지 않았고 이레 만에 절에 돌아와서도 아이를 품으려 하지 않아 내내 공양주가 분유를 타 먹이고 안아 재웠다. 아랫목 뜨거운 방에서 조리하던 여인은 일주일 뒤 새벽에 모습을 감췄다. 다행히 아이는 크게 보채지 않았지만 그래도 간혹 울음소리를 내니 절집으로서는 민망한 노릇이었다. 그래도 상훈은 1년을 기다렸으나 여인은 다시 얼굴을 비치지 않았고 전화 한 통 없었다.

상훈은 고민이 깊어졌다. 드나드는 신도들은 아이를 예뻐라 하며 서로 안아주었지만 절집에서 계속 기를 수는 없을 테니 보육원으로 보내는 것이 옳지 않겠냐며 조심스레 의견을 내기도 했다. 하지만 그보다 돌이 다 되도록 출생신고조차 못 한 것에 더 마음이 쓰였다. 결국 상훈은 본적이 쌍계사에 있으니 하동군수와 상의하여 자신의 호적에 입양해 속가 성인 석 씨에 새벽 효(曉), 밝은 명(明)을 주어 석효명으로 이름 지었다. 일이 그리되고 보니 상훈은 어쩔 수 없이 효명을 길러야 했고, 자식을 낳지 못한 불화로 남편과 헤어진 뒤 절로 들어온 공양주는 친자식인 양 속정을 내주며 보살폈다. 그 무렵 불락사에는 또 하나의 생명이 들어왔다.

상훈이 새벽 예불을 드리고 법당을 나서는데 희뿌연 여명 속에 제법 자란 누런 진돗개 한 마리가 공양주 방 앞을 서성거렸다. 가까이에 마을이 있는 것도 아닌데 어디서 왔을까 하면서도 언제라도 주인이 찾아올 수 있으니 굳이 내쫓지 않고 때마다 밥을 주게 했다. 진돗개는 종일 공양주 방 앞을 서성거리다가 효명이 누군가의 팔에 안겨 방을 나오면 뒤를 졸졸 따라다니다가 종무소나 법당에 들어가면 또 그 문 앞에 앉아 꼼짝도 하지 않으니 다들 아이를 지키러 온 모양이라고 입을 모으며 신기해했다. 1년이 지난 뒤 상훈은 진돗개에게도 '황덕'이라는 이름을 주었다. 개 이름이 뭐 그리 엄숙하냐며 공양주가 입을 삐죽이자 상훈은 털이 누르니 '황(黃)'이요, 보살을 지키는 신장의 기운이 가득하니 그 공덕이 '큰 덕(德)'이라며 너털웃음을 지었다.

잠시 뒤 삼성각 쪽에서 효명을 품에 안은 공양주와 그 뒤를 따라 황덕이 내려왔다.

"깨바도 안 일어납니더. 효명인 우에 법당이나 삼성각에 들어가 눕으면 이리도 깊이 잠드는 건지, 원."

"그러니 선정에 드신 게 아닌가, 허허."

상훈은 농처럼 대꾸했지만 가만히 고개를 끄덕였다.

효명은 지금껏 크게 보채거나 병치레를 하지 않았다. 분유를 떼고는 절집의 예대로 곡물과 버섯, 채소 등으로만 죽을 쑤어도 잘 받아먹었다. 가끔은 공양주가 몰래 전복이나 새우 등 해물을 들여와 죽을 쑤어 먹였고 상훈은 모르는 척 눈감았다. 예방주사라도 맞히러 하동 읍내로 나갔다 돌아오면 얼른 양치질부터 해서 상훈에게 보였으니 육류나 생선을 먹이기도 했을 터였다.

걸음을 걷기 시작하자 효명은 뒷짐을 지고 절 마당을 어슬렁거리거나 법당을 드나들었다. 공양주는 스님의 걸음걸이를 본봐서 그런 거라며 볼멘소리를 하고 아이다운 활기찬 걸음으로 이끌었지만 따르지 않았다. 법당에 들어서는 무심히 불상을 올려다보거나 신도들을 따라 절을 하다가 혼자 남으면 햇볕이 들어오는 자리에 좌복(방석)을 끌어다 놓고 제법 의젓하게 가부좌를 틀었으나 어느새 잠들어 누웠다. 처음에는 잠이 많을 때니 그러려니 했는데 요사채에서는 선잠을 자면서도 법당에서는 깊은 잠에 빠지기를 계속하니 상훈은 아기보살의 선정인 모양이라 여기고, 말했다.

기이한 것은 말이었다. 공양주도 엄마를 자처하지 못하고 상훈은 중의 처지로 더구나 육친을 말할 수 없으니 효명은 '맘마' '응가' 따위로 말을 시작했다. 서너 살 무렵 신도를 따라온 아이들이 '엄마' '아빠'를 찾고 그 부모가 살갑게 대하는 모습을 멍하니 지켜보던 효명은 어깨를 늘어트리고 쓸쓸하게 주변을 벗어났다. 그 뒤로 아이들이 오면 피하듯 멀어져 상훈과 공양주의 마음을 시리게 하더니 워낙 말수도 적었지만 점차 입을 닫다시피 했다. 그래도 상훈이 법문을 설하면 알아듣는 듯 귀를 기울였고 신도들이 '관세음보살' 등의 명호를 외면 따라서 하듯 입술을 달싹였다.

지난해 몇 번의 천도재를 지낸 얼마 뒤, 우렁찬 물소리가 새삼스러워 불이폭포를 찾은 상훈은 그 옆 삼성각 문 앞에 황덕이 엎드려 있으니 또 효명이 잠든 것인가 들여다보았다. 그런데 불단을 향해 가부좌를 틀고 앙증맞은 어린 손에 염주를 쥔 채 지그시 두 눈을 감은 효명이 '지장보살' 명호를 또렷하게 외우는 게 아닌가! 순간 상훈은 우렁차던 물소리가 아득해지고 눈앞이 어질해지며 당장 무릎을 꿇어 배를 올리며 지장경을 외워야 할 것 같은 느낌이었다. 그러나 감겼던 눈을 떠 잠깐 스님을 살핀 황덕은 다시 눈을 감고 효명의 음성도 변함이 없으니 상훈은 고개를 크게 젓고 정신을 모았다. '그럴 리가, 이제 겨우 다섯 살인데. 며칠 전에도 천도재가 있었고 반나절이나 법당에 지장보살의 명호가 쟁쟁했으니…' 상훈은 조용히 발길을 돌려 종무소로 내려와 공양주를 불렀다.

"뭔 일이 있습니꺼?"

문을 열고 고개만 들이미는 공양주를 상훈은 손짓으로 불러 의자에 앉게 했다.

"효명이 유치원을 좀 알아봐야겠네."

공양주는 반색하면서도 난처한 기미를 드러내며 머뭇거렸다.

"왜, 때가 지나면 안 받아주는 거요?"

"그건 아입니더. 그란데 아 하나 때문에 하동에서 여까지 차가 올란가 모르겠네요."

생각하지 못했는데 그건 어려울 것이었다. 잠시 생각한 상훈은 결정을 지었다.

"운전은 할 줄 압니까?"

"절에 오기 전에 처녀 때부터 했심더."

"운전면허증도 있고?"

"하모요. 적성검사도 제때제때 받았심더."

"소형차를 한 대 구해주면 바쁘더라도 효명이 유치원 통원을 시킬 수 있겠소?"

공양주의 얼굴이 환하게 펴졌다.

"아이고, 암만 바빠도 그거야 해야지요. 그러잖아도 영 마음이 쓰였는데 그놈의 교통 때문에 말도 못 꺼냈심더."

절에서 태어났다고 절집 사람이 되어야 하는 건 아닌데 그런 꼴을 만들고 있었다. 설령 뒷날 불가에 마음을 두더라도 그것은 세상을 두루 살아보고 스스로 내리는 결정이어야 마땅한 일이다. 자신은 그렇게 살고 결정했으면서 아이에게는 길을 열어주지 않았으니 하마터면 큰 죄를 지을 뻔했구나, 상훈은 깊이 자책했다.

4. 출궁

─왕자 중경을 태자로 봉하였다─

신라 성덕왕 14년 12월의 〈삼국사기〉 기록이다. 참으로 의아하다. 장자 수충은 왕명으로 당에 들어가 숙위 학생으로 2년째 공부하며 견문을 넓히고 있었다. 그의 활동과 강건한 신체는 드나드는 사신과 승려들이 있으니 알지 못할 리 없고 왕이 병을 얻은 것도 아니었다. 그런데 느닷없이 차자를 태자로 봉한 것이다. 무슨 연유일까.

태종무열왕의 왕후가 가야계이니 그 아들 문무왕과 뒤를 이은 자손들은 모두 신라와 가야의 피가 섞여 서로를 배척할 까닭이 없었다. 그러나 귀족과 신료들은 달랐다. 그들은 국력의 성장과 백성의 안녕보다 자신들의 이익이 더 중요했다. 골품제로 신분을 가르고 그에 따른 관등의 구분이 엄격한 것은 결국 자리가 그만큼의 이익을 보장하기 때문이었다. 같은 관등이라 하여 공평한 이익을 누리는 것도 아니었다. 그들은 또 그들 나름대로 더 큰 이익을 차지하기 위해 경쟁을 벌였다. 그런데 통일에 이바지한 공에 따라 대원신통이라 불리는 가야계에서 귀족 신분을 얻는 자도 있었으니 그 경쟁은 더욱 치열했다.

이제 국난은 끝났고 왕의 선정으로 나라는 안정을 찾아가고 있었다. 그러자 그동안 욕망을 노골적으로 표출하지 못했던 진골정통은 본색을 드러내기 시작했다. 그런데 자신들이 추대한 왕은 점차 왕권을 강화하더니 연초에는 효정을 중시로 삼았다. 효정은 왕비의 아버지 김원태의 복심으로 왕의 뜻에 충실하니 귀족들의 발호를 견제하겠다는 뜻이었다.

신라의 왕은 성덕왕 즉위에서 보았듯 진골 귀족으로 구성된 화백회의에서 결정되기도 하니 그 수장인 상대등의 권한은 실로 막강했다. 이에 당나라 문하시중을 본떠 내각의 수장으로 중시(中侍)를 두어 서로 견제하게 했다. 하지만 그가 대원신통이라면 다수인 진골정통에게는 한계가 있을 수밖에 없었다. 설령 중시가 진골정통이라 해도 다수 귀족의 이익을 방해하면 적으로 여겼고 그 중심에는 상대등이 있었다. 그런 상황에서 왕은 왕실의 강건함을 보이기 위해 중경을 태자로 책봉한 것이다. 귀족들로서는 허를 찔린 것이나 멈출 그들이 아니었다.

해가 바뀌고 정월이 지난 어느 날 왕은 내궁에서 왕후와 술상을 마주했다. 중경을 태자로 책봉하던 무렵부터 내내 왕의 낯빛이 어두웠다. 귀족 간의 갈등이나 중신들의 대립이야 언제나 있는 일이었지만 태자 책봉으로 대응할 처지라면 왕실에도 위협이 크다는 의미였다. 왕후는 중경의 태자 책봉에 정신이 아득해지기도 했지만 강건한 수충이 돌아오면 모든 것이 바로잡히리라 생각하며 인내했다.

말없이 술잔을 비우는 왕의 깊은 한숨이 연이었다. 고심이 깊어도 내궁에 들어서는 좀처럼 보이지 않던 모습이라 왕후도 생각을 밝히지 않을 수 없었다.

"지금이라도 수충을 들어오게 하는 것이 어떠신지요?"

왕은 고개를 저었다.

"생각하지 않은 바 아닙니다. 그러나 왕권이 지엄하려면 앞으로는 더욱 당 황실과의 관계가 굳건하고 그 중신들과 돈독해야 합니다. 수충을 숙위로 보낸 것도 그런 뜻이었는데 다행히 황제께서 어여뻬 여겨 국자감에 입학도 권하였다 합니다. 국자감은 훗날 당 조정의 중추가 될 인재들을 양성하는 곳이니 앞날의 든든한 자산이 될 것입니다. 그러니 몇 해 더 두려 합니다."

왕의 뜻을 직접 들으니 안심이 되기는 했으나 거두지 못하는 어두운 기색에 왕후는 마음이 쓰였다.

"대왕의 고단함을 덜게 하는 것도 자식의 도리인데…."

"앞날을 도모함인데 오늘의 작은 고단함이 무슨 대수겠습니까. 그보다는 왕후의 수라는 물론 물 한 잔도 반드시 기미를 하라 명했는데 그리하고 있습니까?"

"예, 궁녀에게 들어 그리 시행하고 있습니다. 그런데 갑자기 기미는 왜…?"

아차 싶었는지 왕은 멋쩍은 웃음을 지어 보였다.

"아… 혹여 소홀할까 명한 겁니다."

그리고 눈길을 피하는 모양이 이상했으나 술잔을 드시니 왕후는 더 묻지 않고 술을 따랐다. 또 연거푸 잔을 비우는 왕의 표정은 더욱 무겁고 뭔가 말씀을 망설이는 듯하였으나 왕후는 내색하지 않았다.

날이 밝자 왕후는 시녀를 사가에 보내 아버지를 뵙기를 청했으나 오후 늦어서야 오라버니 상신이 내궁에 들었다.

"아버님은 어디가 편찮으신가요?"

걱정스러운 왕후의 물음에 상신은 고개를 내저으며 깊은 한숨부터 내쉬었다. 오랜만에 입궁하여 동생을 만나는 오라비에게 반가운 기색은 없고 무거운 어둠만 드리운 것이 심상치 않았다.

"아침에 시녀의 기별을 받고 아버님의 생각이 깊으셨는데 말씀을 전하라 하셨습니다."

"무슨…?"

상신은 조심스레 주위를 살핀 뒤 입술을 뗐다.

"마마의 신상에는 별다른 일이 없었는지요?"

"그렇지 않아도 대왕께서 궁녀들에게 음식은 물론 물까지 기미를 소홀히 하지 말라 하셨다기에 이상히 여기고 있습니다."

"마마에 대한 대왕의 정이 여전하시니 마음이 놓이기는 합니다만…"

상신이 망설이며 쉬 말을 잇지 못하자 왕후는 재촉했다.

"도대체 무슨 일이 있기에 궁에 있는 내 신상을 염려하는 겁니까?"

"예, 말씀드릴 테니 마음을 굳건히 하십시오. 실은 지난여름 집에 자객이 든 일이 있었고, 가을에는 사냥을 나간 아버님에게 화살이 날아온 적도 있습니다."

"예, 뭐랏!"

사색이 되며 왕후의 음성이 높아지자 상신은 얼른 주위를 살피며 목소리를 낮추라는 시늉을 해 보였다.

"다행히 모두 피해 갔으니 염려 거두십시오."

"도대체 누가, 왜?"

"범자를 잡지 못해 단정할 수는 없으나 대원신통의 중심인 아버님을 노릴 만한 세력이 다른 누가 있겠습니까. 대왕께서 서둘러 태자를 책봉하신 것도 그에 대한 대응이실 텐데 저희도 아버님 주변의 경계를 강화하고 있으나 또 무슨 짓을 저지를까 우려가 큽니다. 대왕께서도 단단히 경계하고 있지만 저들의 세력이 워낙 기세등등하니 태자를 지키기 위한 고민이 깊으시다 들었습니다. 또 왕후마마와 아버님의 신변을 온전히 지켜야 후일도 있는 것이라는 말씀도 하셨다 합니다. 그러니 혹여 무슨 조처가 있으시더라도 대왕을 믿으셔야 할 것이라고 아버님이 전하셨습니다."

비로소 지난밤 대왕의 말씀이 절실히 사무쳤다. 궁궐 밖 사가의 아버님에 더해 내궁에까지 위해가 미칠지 모르는 사정이라니 대왕의 고심이 얼마나 깊으실까. 그럼에도 자신이 알아 불안하지 않도록 궁궐의 입을 단속하고 은밀히 경계를 높여 주셨다니 변함없는 자애로움에 왕후는 눈시울을 적셨다.

제1대 혁거세 거서간 이래로 33대에 이른 오늘까지 700년 넘는 세월 동안 신라 왕들은 대부분 귀족의 견제에 시달렸고 왕권을 잃은 예도 있었다. 6개 씨족 집단의 연맹으로 시작해 하나의 왕국이 되었지만 각 씨족은 여전히 제각각 권세를 지키고 이익을 키우려 서로 경쟁하면서도 왕권에 맞서야 할 때는 하나가 되었으니 왕은 육친을 잘라내는 타협을 할 수밖에 없는 때도 있었다.

지금 진골정통 뒤에는 김순원이 있었다. 그는 선왕인 효소왕 9년 진골정통의 수장인 이찬 경영이 주도한 역모에 연루되어 파직되었다. 경영은 사형되었고 중시의 신분으로 가담한 김순원도 마땅히 목이 잘려야 했지만 수장을 잃을까 두려운 진골정통의 강력한 반대로 파직에 그쳤다. 당시 역모는 병약한 효소왕을 폐하고 아우인 흥광을 옹립하자는 것이었는데 궁궐의 경호와 대소사를 관장하는 내성사신으로 있던 김원태가 기미를 먼저 알아채 제압했다. 그 공로로 김원태는 소판의 관등에 오르고 승부령에까지 이르렀다.

2년 뒤 효소왕이 승하하고 화백회의를 거쳐 아우 흥광이 즉위했으니 경영의 역모가 저절로 실현된 이상한 모양새였다. 김원태는 자신의 직분에 충실했고 왕실에 대한 충심은 변함없으니 그 딸을 왕비로 맞았다. 하지만 김순원 또한 복권시키지 않을 수 없었다. 그렇게 형성된 두 사람 사이의 적의는 불쏘시개가 되어 양 세력의 대립이 고조되었지만 왕은 태자의 가장 강력한 친위 세력인 김원태나 진골정통의 김순원 어느 쪽도 완전히 적대할 수는 없었다. 왕은 결국 육친을 자르는 타협책으로 훗날을 도모하기로 결정했다.

"강신 공의 옛집에 대한 수리를 모두 마쳤습니다."

3월 어느 날, 내실로 든 내관이 아뢰자 왕은 살을 찢는 듯한 고통에 미간을 찌푸렸다.

달포 전 내관을 시켜 은밀하게 강신 공의 옛집을 구매하고 말끔히 수리하여 당장이라도 불편함 없이 살 수 있도록 하라 명했다. 이제 준비는 끝났으나 어찌 알려야 할지 막막했다. 왕은 친히 교서를 쓰기 위해 붓을 들었으나 무슨 말로 시작해야 할지 도무지 먹물을 적실 수 없었다. 위로의 말이어야 하겠으나 무슨 염치로! 가당키나 한 노릇인가! 먹먹한 슬픔만 깊어져 기어이 눈시울을 적시다가 어둠이 찾아들자 붓을 내려놓고 내궁으로 향했다.

왕후는 이제 화사하게 꽃잎을 벌리기 시작한 목련나무 아래를 거닐고 있었다. 왕은 내관과 궁녀들을 몇 발짝 물리고 왕후와 어깨를 나란히 해 걸음을 옮겼다. 오랜만에 왕과 함께하는 산책이라 왕후는 기쁜 마음이었지만 무거운 낯빛의 왕은 아무런 말씀이 없었다. 그렇게 반 식경쯤 걷던 왕이 문득 걸음을 멈추고 고개를 들어 어두운 하늘을 바라보며 웅얼거리듯 말씀을 꺼냈다.

"혹여 일이 여의찮더라도… 다시 왕비를… 맞지는 않을 것이오. 믿어주시오."

왕후는 둔기로 머리를 맞은 듯한 충격에 두 눈이 휘둥그레졌다. 이건 무슨… 분명 왕비라 하셨다. 왕후는 얼어붙은 듯 손끝 하나 까딱하지 못한 채 왕의 옆모습만 지켜보고 있었지만 왕은 하늘을 향한 눈길을 거두지 않다가 어느 순간 휙 돌아서 빠른 걸음으로 멀어졌다. 그 뒷모습을 멀거니 지켜보던 왕후는 '무슨 조처가 있으시더라도 대왕을 믿으시라' 했다는 아버님의 말씀이 떠올랐다. 진정 이런 것이었나, 아버님조차 용인하는…. 기어이 후드득 쏟아지는 눈물에 왕후는 두 손으로 얼굴을 가리며 털썩 주저앉고 말았다.

날이 밝자 뜬눈으로 꼬박 밤을 보낸 왕후에게 왕의 교서가 내려졌다.

—왕후는 궁을 나가라. 비단 500필, 밭 200결, 벼 1만 석을 내린다. 강신공의 옛집 한 구역을 내리니 사가(私家)로 하라—

다른 말씀은 없었다. 사유도, 질책도, 위로도, 왕후를 폐한다는 내용도 없이 오직 출궁이었다. 왕후는 흐느낌을 감출 수 없었지만 오래지 않아 정신을 가다듬었다. 세자를 지키기 위함이고 수충이 돌아올 테니 의연하자. 마음을 다잡은 왕후는 일어나 의복을 단정히 하고 대왕이 계시는 대궁을 향해 네 번 큰절을 올렸다.

"왕후마마께서 궁 문을 나가셨습니다."

머뭇거리며 다가온 내관의 말에 왕은 두 눈을 질끈 감았다. 함께 눈물을 흘릴 수도 없고 멀리서 떠나는 모습을 지켜볼 수도 없지 않은가. 두 명의 왕자를 생산해 왕실을 굳건하게 하고 충심 깊은 아버지를 본받아 정성껏 왕을 보필한 왕후였다. 왕이기에 앞서 지아비로서 지켜야 마땅하나 기어이 이 지경이라니. 자책으로 괴로운 서글픈 마음이 강물처럼 밀려들었지만 드러내서는 저들의 요구를 멈추지 않게 할 것이고, 분노에 치가 떨렸지만 타협은 타협이었다. 양 주먹을 불끈 쥔 채 요지부동 숨소리만 거친 왕을 홀로 있게 하고 내관은 소리 없는 발걸음으로 물러났다.

—이때 큰바람이 불어 나무가 뽑히고 기와가 날았으며 숭례전이 무너졌다—고 〈삼국사기〉는 그날의 일을 기록한다. 후세의 기록이지만 하늘의 노한 기운으로 못내 부당한 조처였음을 밝힌 것이리라.

장안성을 나와 낙양으로 가는 길은 멀찍이 산자락이 드문드문 보이기도 하지만 드넓은 황토 평원이 끝없이 펼쳐졌다. 북쪽 멀지 않은 곳에는 대륙의 젖줄 황하가 도도하게 흐르고 곳곳에 작은 지류들이 핏줄처럼 이어져 곡물을 비롯한 농산물이 풍성하게 자랐다. 옛적 나라가 세워진 이래 장안과 낙양이 여러 왕조의 도읍이 된 것도 바로 그 넉넉한 생산으로 수십만, 때로는 수백만의 백성을 먹일 수 있었기 때문이리라.

한 차례 세찬 바람이 불고 지나가자 천지는 금세 뿌연 황토 먼지로 시야를 가렸다. 말고삐를 늦추고 고개를 돌려 6월의 석양을 살핀 군관이 수충을 돌아보았다.

"곧 역참에 도달할 것입니다. 오늘은 거기서 말을 멈추고 내일 일찍 출발하면 낙양성에 도착할 수 있을 겁니다."

황제의 명으로 숙위 학생이 되어 국자감에 들어간 지 어느덧 3년이 흘렀다. 그동안 장안성 내에 있는 자은사와 삼장법사 현장이 번역한 불경을 수장하기 위해 세운 대안탑을 비롯한 여러 사찰을 돌아봤지만 깨침의 법음을 들을 인연은 만나지 못했다. 마침 황제의 부름이 있어 낙양성으로 가는 길이니 이참에 여러 명산의 고승들을 찾아 가르침을 듣고 싶으니 윤허해 달라는 청을 할 생각이었다.

이제 청년의 앳된 기운을 털어낸 수충은 그사이 키는 7척이나 되게 자랐고 근골은 강건하여 장정 수십은 능히 감당할 풍모였으니 호위로 나선 군관이 무색할 정도였다. 수충이 왕자라 해도 당에서는 타국인이었다. 하지만 관문을 통과할 때 황실 군관인 그의 신분은 모든 절차를 없애 신속했다. 역참에서는 지친 말을 바꿔 탈 수 있었고 하룻밤 묵는 동안 정갈한 숙소와 음식을 제공해 편히 쉴 수 있었다.

아침 일찍 새 말로 바꿔 타고 반나절을 달리니 왼편으로 그리 높지 않은 산자락이 보였다. 시종이 말고삐를 늦추며 수충을 돌아봤다.

"저기 북쪽에 보이는 산을 북망산이라 합니다. 낙양은 예로부터 여러 차례 도읍이었기에 귀인 명사들이 많이 사는데 그분들이 죽으면 주로 저 산에 묻힙니다."

"그러면 좋은 곳으로 가고 복과 영예가 대를 잇는 건가?"

"살아서 쌓은 티끌만 한 공덕에도 미치지 못할 부질없는 욕심이지요. 쯧쯧."

수충은 혼잣말처럼 내뱉고 혀를 차는 시종을 새삼스러운 눈길로 돌아봤다. 열 살이나 넘었을까 싶은 어린 시종이었기에 수충은 관심을 두지 않았다. 그러나 어린 그의 말은 예사롭지 않다. 그는 낙양성 황궁 안에 있는 황실 법당에서 스님을 모시고 있다고 했다. 그가 황제의 명을 전하러 장안까지 오는 군관과 동행한 연유는 알 수 없었다.

전한 시기에 전래되어 북위(北緯)와 육조(六朝)시대에 꽃피운 불교는 당나라에 이르러서는 도시와 명산 곳곳에 수많은 사찰을 세워 가히 절정이라 할 만했다. 그러나 한편으로는 고대 민간신앙을 기반으로 일찍부터 뿌리내린 도가는 신선 사상과 불로장생, 현세의 기복을 추구하는 여러 방술로 황실은 물론 민간 모두에 종교 이상으로 군건해 일상생활에 끼치는 영향이 컸다. 양택과 음택의 길지를 찾고 그에 따른 발복을 기대하는 것에도 도가의 영향이 적지 않을 테니 그 허망함을 지적하는 시종은 머리는 깎지 않아도 불심은 신실한 듯싶었다.

"낙양성에는 사찰의 수가 얼마나 되는가?"

"일일이 세어볼 수 없을 만큼이라 그 수가 천을 넘을 거라 합니다."

"장안성에도 그만큼은 안 될 듯싶은데…."

놀라기보다 믿기지 않아 하는 수충의 갸웃거림에 시종은 마뜩잖은 표정으로 답을 이었다.

"백마사가 있기 때문입니다. 후한(後漢) 시대 명제께서 불법을 얻기 원하여 서역으로 사신을 파견하였는데 월지국(아프가니스탄)에 이르러 천축국 승려 가섭마등과 월지국 승려이며 역경가(譯經家)인 축법란을 만나 황제의 뜻을 알리며 입국을 청했습니다. 이에 응한 두 승려는 불상과 사십이장경(四十二章經)을 백마에 싣고 입국하여 황제를 알현한 뒤 당시 외국에서 들어온 승려 등을 관리하는 홍려관에 머물렀습니다. 그곳에서 가섭마등은 강설하고 축법란과 함께 불경을 한어로 번역하였는데 그를 기려 홍려관 자리에 절을 짓고 백마에 불상과 불경을 싣고 왔다 하여 이름을 '백마사'라 하였습니다. 그렇게 황실이 공인하는 최초의 절이 되니 저절로 이 땅 불교의 중심이 되었습니다. 특히 지난 측천무후 시절, 총애하던 승려를 주지로 삼고 대대적으로 증축하여 주변 나라 불교도들을 백마사에 조회하게 하였기에 지금은 승려만도 삼천이 넘어 자연스레 낙양성에 그처럼 많은 사찰이 생긴 것이지요."

과연 백마사는 엄청난 위용의 대가람이었다. 낙양성 서쪽 너른 평원에 끝이 가물가물한 긴 담장을 둘렀고 그 안에는 진한 잿빛 기와가 층층 겹겹 이어져 얼마나 많은 전각이 있는 것인지 짐작도 되지 않았다. 불상이 있는 전각 앞 향로에는 길게 줄을 이은 사람들이 저마다 한 움큼의 향을 사르니 허공은 온통 연기로 자욱했다. 3000명이 넘는 승려와 복을 구하려는 불자들의 발걸음이 끝없이 이어지니 천하의 대가람이라 해도 복작거리는 시장처럼 경건함은 찾기 어려웠다. 그래도 어린 시종이 나서 황실 스님의 이름으로 부탁하자 수충은 곧 주지를 만날 수 있었다.

"신라국의 왕자시라고요?"

"예, 숙위 학생으로 국자감에 있는 김수충이라 합니다."

"하하, 조회를 드는 주변 여러 나라 불자 중에는 왕자와 공주도 있지만 신라국 왕자는 처음이오."

백마사에 대한 자부심이 넘치는 듯 주지는 줄곧 그 위세를 이야기하며 측천무후와 황실을 내세웠다. 그만한 자리에 있는 승려라면 불법의 깨달음과 도에 대해 모르지 않겠지만 대중을 포교하며 절을 지키는 일을 주관하자면 관심과 방편이 달라질 수밖에 없는 노릇일 것이다. 그래서 훗날 이판승이 없으면 부처님 말씀이 이어지지 않고 사판승이 없으면 절이 없게 된다는 말도 나온 것이었다.

수충은 주지와 접견을 끝내고 곧바로 백마사를 나왔다. 어린 시종도 백마사에 오래 머무는 것이 내키지 않는 듯했다.

"너는 장안성에는 무슨 일로 왔던 것이냐?"

"황실 법당 큰스님께서 서찰과 불경을 자은사 스님께 전하라 하셨는데 마침 군관께서 장안성으로 가신다기에 동행했습니다."

그러고 보니 두 사람은 이전부터 교분이 있었던 것 같았다.

"숭산 소림사를 가보시겠습니까?"

뜬금없는 시종의 말에 수충은 고개를 저었다.

"폐하의 부르심을 받고 가는 길인데 먼저 알현하고 허락을 받는 것이 타당한 순서이다."

시종이 군관에게 눈길을 주자 그가 말했다.

"보름쯤 말미를 주겠으니 가시고자 하는 곳이 있으면 안전하게 모시라는 황상의 명이 있었습니다. 그래서 군관인 제가 명을 받들게 된 것입니다."

뜻밖의 배려가 고맙기는 했지만 까닭이 의아했다.

"혹시 폐하께서 나를 부르신 연유를 아시오?"

"조당에 들 일 없는 제가 어떻게 알겠습니까. 다만 그렇게 하라는 윗사람의 지시를 받았을 뿐입니다."

수충은 연신 고개를 갸웃거렸지만 시종은 말끄러미 눈길을 맞추며 자신의 말에 대한 대답을 기다리는 눈치였다.

"숭산은 여기서 얼마나 걸리느냐?"

"이레면 넉넉히 다녀올 수 있습니다."

그의 말에 수충은 고개를 끄덕였다.

숭산은 동악 태산, 남악 형산, 서악 화산, 북악 항산과 함께 중악으로 오악(五岳)을 이루는 명산이라 한다. 북위 효문제는 서역에서 찾아온 승려 불타야사를 위해 숭산에 절을 창건하고 소실산(小室山) 산림 속에 있어 소림사(小林寺)라 하였다. 그 후 보리달마가 건강(建康: 지금의 난징)에서 갈대를 타고 장강을 건너 소림사에 들었다. 달마는 오유봉 아래 초조암(初祖庵)에서 9년간 면벽하여 법을 얻고 제자 혜가(慧可)에게 전수하여 선종(禪宗)의 문을 열었다.

이제 그 선종의 종찰 격인 소림사를 향하고 있지만 수충은 자신이 얻으려는 것이 무엇인지 도무지 아득하고 캄캄했다. 서라벌에서도 여러 사찰을 찾고 고승을 만나 법문을 들었지만 중생구제라는 궁극은 하나였으나 방편은 제각각이고 그마저 또렷하지 않았다. 대사찰은 왕실의 비호 아래 귀족과 밀착하여 전각을 넓히고 높이는 데 급급하고, 더러 부호와 결탁한 귀족들이 일으키는 불사는 또 그들만의 안위와 기복을 구하니 중생은 그저 들러리나 될 뿐이었다. 그렇다고 불문에 들 뜻까지는 없었지만 왕실의 일원으로서 수충은 구제의 길을 찾고 싶었다.

말을 달려 이틀을 오는 동안 수충은 여전히 답을 얻지 못해 침묵했고 시종은 묵묵히 길을 앞섰다. 마침내 산중 소림사에 닿아 산문 앞에서 말을 내리자 안에서 울려 나오는 구령과 기합 소리가 쩌렁쩌렁했다. 영문을 몰라 어리둥절한 수충에게 시종이 다가왔다.

"무술을 연마하는 소리입니다."

"절에서 무술을? 누가?"

"당나라가 개국하고 얼마 뒤 수나라 장군 왕세충이 낙양성에서 반란을 일으켜 스스로 황제를 칭하였는데 그의 조카 왕인칙이 소림사가 소속된 원주성을 점거했습니다. 이에 소림사 현종 등 열세 명의 스님이 왕인칙을 붙잡고 원주성을 되찾아 진왕으로 계시던 태종 이세민에게 넘겼습니다. 뒷날 제위에 오르신 태종께서 사신을 보내 공을 치하하고 상을 내리며 특별히 현종 스님을 대장군에 봉하셨습니다. 그때부터 소림사에 무풍이 크게 일어 스님들이 수련하고 있는 겁니다."

"선풍은 여전한가?"

"그건 들어가서 직접 찾아보시지요."

빙긋이 웃어 보인 시종은 돌아서 산문을 향해 앞섰다.

명망은 높고 법문은 오묘하였으나 귀에 설고 가슴에 와닿지 않으니 그것은 자신이 미욱한 탓이리라 수충은 생각했다. 보현보살의 실행도 관음보살의 자비도 문수보살의 지혜가 먼저이리라. 참선과 수행으로 견성오도(見性悟道)에 이르는 선종의 교리도 결국은 지혜가 근원일 테니 문수보살의 도장이라는 오대산을 먼저 찾아가자 수충은 마음을 정했다.

낙양성에 도착한 수충은 의관을 갖추고 조당에 들었다.

"네가 숙위로 든 지 그새 3년이 되었더냐?"

"예, 지난 3년 많은 것을 보고 배웠으니 황은에 감읍할 따름입니다."

"내가 말미를 주라 했는데 어디 둘러본 곳이 있느냐?"

"예, 숭산 소림사를 다녀왔습니다. 폐하의 윤허를 얻어 오대산을 찾아

가보고 싶습니다."

황제는 혀를 찼다.

"그럴 수 없게 되었다. 왕자는 이제 그만 신라로 돌아가거라."

귀국은 반가운 일이지만 갑작스러운 명이라 수충은 의아했다.

"신라 왕자 김수충을 대감에 제수하노라."

황제의 명에 승지는 미리 작성해 두었던 듯 대감 제수 교지를 전하니 수충은 두 손으로 받들고 읍하였다.

"황공하옵니다, 폐하."

"승지는 따로 문선왕과 십철, 칠십이제자도를 전하라."

수충이 또 감사의 읍을 하자 황제는 측은한 눈길로 수충을 내려다보았다.

"내 너를 오래 곁에 두고 싶었다만 태자가 졸하였다니 돌려보내지 않을 수 없구나."

중경이 죽었다고! 수충은 황제 앞이라 감히 놀란 감정을 드러내지는 못하였으나 입술 사이로 비어져 나오는 신음마저 감추지는 못하였다. 황제도 안쓰러운지 지그시 눈을 감았다.

휘청거리는 걸음으로 조당을 나오는 수충에게 태자의 죽음을 황제에게 고하러 사신으로 온 관리가 다가왔다. 오가는 인편이 많아도 동생의 태자 책봉을 대놓고 알려줄 사람은 없었지만 소문은 들은 바였다. 서운하기보다 무슨 사정이 있어 그리된 것인지 걱정이 앞섰다. 그런데 병약하지 않은 중경이 어린 나이에 죽다니 도무지 믿기지 않았다.

"중경의 소식이 사실이오?"

"예, 어찌 황상에게 거짓을 고하겠습니까?"

"어떻게, 어쩌다 그리된 것이오?"

"자세한 사정은 알지 못하고 그저 병환으로 그리되었다고만 들었습니다."

"무슨 병으로?"

"그에 대해서는 아는 이가 거의 없어서…."

얼버무리며 곤혹스러워하는 관리는 고개를 떨구어 눈길을 피하며 말을 이었다.

"그보다는…."

입만 떼고 머뭇거리자 기어이 수충의 언성이 높아졌다.

"뭔가!"

"송구하오나… 왕자님께서 입당하신 이듬해 12월 중경 왕자님을 태자로 봉하셨는데… 후유…."

관리의 한숨이 깊자 수충은 까닭 모르게 가슴이 철렁했다.

"말하시오."

"예, 그 이듬해 삼월… 대왕께서 왕후마마에게… 출궁을 명하셨습니다."

이건 더욱 청천벽력이었다.

"뭐, 뭐! 정녕 어머니를! 그래서, 왕후마마는 어찌 되셨소?"

"대왕께서 마련해주신 사가에서 편히 계십니다."

"편히! 뭐가 편히! 왜! 도대체 왜 그런 일이 벌어진 것이오? 왕후께서 무슨 큰 잘못이라도?"

관리는 황급히 두 손을 내저으며 자신의 죄인 양 어쩔 줄 몰라 했다.

"그럴 리가요. 온후하고 자애로운 왕후마마께서 무슨 잘못을 지으시겠습니까. 그렇지만 대왕께서 폐위를 말씀하시지는 않았고 새로이 왕후를 맞아들이지도 않고 있으니 저희도 뜻을 짐작하기 어렵습니다. 왕후마마의 출궁에 앞서 사가도 준비하시고 밭은 물론 많은 비단과 1만 석의 벼도 내려주셨으니 잘못이나 미움은 아닐 것이라고 다들 짐작합니다."

관리는 감히 입에 올리지 못하지만 분명 귀족들의 발호가 근원일 것이다. 대왕께서는 나라의 부흥과 민생의 안정을 진심으로 갈망했다. 그러나 귀족들은 자신의 영달에만 혈안이었고 화백회의는 언제든 꺼내 들 수 있는 무기였다.

입당하여 두루 견문을 익히며 가장 깊이 염두에 둔 것은 절대적 황권이었다. 비록 이들의 역사에도 무수한 반란과 무력 찬탈이 있었지만 왕조가 존속하는 한 황제는 가히 신성불가침이었다. 황명이 내리면 그 정책은 다시 황명으로 거두어지지 않는 한 일관되게 추진되고 거역하면 가차 없는 응징이 가해졌다. 황제의 결정에 앞서 조당에서는 치열한 논쟁도 있지만 그야말로 바른 결정을 위한 충심이어야 했다. 물론 명민하지 못한 황제가 즉위하면 사특한 간신이 들끓어 나라는 혼돈에 휘말리고 백성은 도탄에 빠져 허덕이다가 기어이 반란이 일어났다. 그렇게 왕조가 교체되는 시간이 짧게는 수십 년에서 길어야 200~300년을 넘지 못했지만 새 나라가 열리기 전까지 황제의 권력은 건재했다.

통제되지 않는 절대 권력은 반드시 부패하고 피를 불렀다. 또한 그렇게 부른 피는 실패한 권력이 마땅히 감당해야 하는 책임이고 업보였다. 그렇지만 왕조의 교체는 권력의 크기만큼 격렬하고, 무고하게 휩쓸린 백성은 더 많은 피를 쏟고 목숨마저 추풍낙엽이 되었다. 참으로 억울한 노릇이 아닌가! 그럼 무기력한 황권은 어떠했을까. 오히려 백성은 짧은 웃음도 여린 희망도 가져보지 못한 채 내내 고통과 절망 속에서 헤매다가 이내 권력의 투쟁에 휩쓸려 또 죽어나지 않았던가. 그래서 강한 권력이 피를 흘리지 않고 견제할 수 있는 제도가 뒷받침한다면 백성은 희망을 품고 나라는 천년을 이어갈 수 있지 않을까 생각했다. 700년 넘게 이어오는 신라의 한 기둥이자 버팀목인 화백회의. 하지만 그런 더할 나위 없는 제도도 그 주역들이 오직 제 탐욕의 수단으로만 여기니….

5. 칠불사

'부처님오신날'이면 불락사에서는 산사음악제가 열린다. 대웅전 현판 걸린 법당이 없으니 본당이 되는 법고전 3면 10개 문이 활짝 열리고 법당과 그 앞 석전(石殿)은 무대가 된다. 어느 해는 하동 출신 대중가수가, 또 어느 해는 서도민요단이, 청년들로 구성된 힙한 음악패가 무대에 오르기도 한다. 놀라운 파격이지만 주도하는 스님의 뜻은 깊다.

이 땅에 범패(梵唄)라 하는 불교음악이 들어온 것은 신라 흥덕왕 5년(830년), 당나라에서 귀국한 진감선사에 의한 것으로 알려진다. 그러나 이전에도 신라에서 범패를 하는 승려가 있었다는 〈삼국유사〉 '월명사 도솔가' 조의 기록이 있으니 신라풍, 당풍 등이 있었던 것으로 볼 수 있다. 진감선사는 지금의 쌍계사인 하동 옥천사에서 범패를 가르치며 후학을 양성했으나 조선조의 억불숭유 정책으로 그 맥이 흐려졌다.

불락사 상훈 스님은 음악을 가까이한 속가 아버지의 영향으로 재능을 키우다가 불교음악인 범패에 매료되어 출가했다. 인연의 끈이 닿았는지 스승으로 모시게 된 고산 스님 또한 범패의 고수였으니 범패는 곧 부처요 그로써 수행의 방편으로 삼으리라 서원했다.

쌍계사도 인연이 깊다. 대학과 대학원에서 불교 공부를 마치고 조계종 총무원에서 임직한 기간을 제외하면 주로 쌍계사에서 종무를 수행했고, 국사암 주지를 하며 범패의 부흥과 발전을 도모해 '제1회 부처님오신날 봉축음악제'를 개최한 이후 쌍계사 주지를 거쳐 불락사 회주(會主)인 지금까지 음악제를 이어오고 있다.

음악제가 열리면 언제나 절 마당은 하동, 구례를 비롯한 전국 각지에서 찾아온 사람들로 가득 찼다. 모두가 신도나 불자는 아니어도 매년 펼쳐지는 공연이 다르니 이번에는 어떤 무대일까 기대했다. 오늘 산사음악제의 주인공은 염주가 아니라 묵주를 든 하동군 성당의 신부님과 성가대였다. 십자가 또렷한 흰색 가운 차림의 성가대가 무대 위로 오르자 사람들 사이에서는 작은 탄성이 터져 나왔다. 절집에 성가대라니! 그러나 음악이 흐르고 노래가 시작되자 수선거림은 금세 사그라들고 모두가 하나 되어 귀와 눈을 집중했다.

절집의 중심은 법당이고 법당의 중심은 불단과 불상이라 하루 세 번 그에 예불을 드린다. 법고전 불단에는 가운데 석가모니불을 중심으로 좌우에 협시불로 관음보살과 지장보살 불상이, 또 그사이에 보현보살과 문수보살상이 조금 작은 크기로 봉안되어 있다. 불교의 가장 상징적인 석가모니불과 네 보살을 한 번에 봉안한 것도 특이하다. 불단이 있는 북쪽을 제외하고 동·남·서 3면의 문을 모두 열었으니 불단과 불상은 그대로 무대인가 싶기도 하고 청중인 듯도 하다. 지휘자를 마주 보는 남녀 열 명 성가대원의 조화로운 화음이 법당에 가득 퍼지니 다섯 불상의 은은한 미소는 노래에 대한 화답인 듯 더욱 자애롭다.

"이젠 찬송가까지 범패라 하실 모양이지요?"

마당 한쪽에 상훈과 나란히 앉은 유스티노 신부는 짓궂게 물었다.

"범패 뜻을 모르시는 것도 아니면서 어찌. 하늘의 소리가 범패의 본래 뜻 아닙니까. 그러니 찬송가인들 다를 게 무엇입니까. 보세요, 여기 대중 중에 부처다, 예수다, 가르는 사람이 있습니까. 모두가 하나로 귀 기울여 천상을 누비고 있을 뿐이지 않습니까."

"그렇기는 합니다. 법당 안 부처님과 보살님들도 오늘은 미소가 더욱 환하시고요."

"그분들이야 언제나 은은하고 한결같지요."

"아닙니다, 오늘은 입꼬리가 조금 더 올라간 것 같습니다."

"어허, 불경스럽습니다."

"생색 좀 내려는데 야박하시기는."

"생색 아니 내셔도 됩니다. 성가대를 모신다고 했더니 공양주께서 정성을 다해 공양을 준비했습니다. 차밭에서 새로 찻잎을 따 나물로 무친 게 놀라운 맛일 겁니다."

"찻잎 나물이라, 기대됩니다. 그럼 미사주도 한 잔 나눠야겠습니다."

"어허, 사탄도 아니시고 어찌 절집에 오셔서."

"부처님 오신 좋은 날 예수님 피로 기쁜 마음을 나누고자 하는 걸 사탄이라 하시면 예가 아니지요."

모시는 이는 달라도 하늘의 뜻을 세상에 전하는 인연이 같으니 10년도 넘게 벗처럼 지내오며 스스럼없이 농도 주고받는 사이다. 성직자라 하여 인간의 고뇌와 번민이 없을 리 없고, 더구나 두 교단의 성직은 고독을 계율로 받아들여야 하니 때로는 사무치는 외로움이 깊은 우울에 빠지게도 한다. 참선으로 마음을 다잡고 천배, 만배의 절로 잡념을 떨치다가 도반에게 기대고 스승에게 의지도 해본다. 그러나 걷는 길이 같아서 다른 길을 찾지 못하는 것인지 깨어지지 않는 벽에 막히기도 한다. 어쩌다 인연이 닿아 신부를 만나고 문득 새로운 활로의 기미를 느끼며 서로의 교유가 깊어졌다.

성가대의 새로운 곡이 시작되자 유스티노는 상훈을 돌아봤다.

"다음 곡에는 스님 바이올린 연주를 더하면 좋지 않을까요?"

"범패에 익숙한 제 연주가 찬송가에 어울릴 리가요."

"불법을 전하는 범패와 복음을 전하는 성가가 다르지 않다는 말씀은 스님이 먼저 하신 걸로 기억합니다."

퉁소, 장구, 공후, 바라 같은 범패에서 주로 사용되는 악기는 물론이고 거문고·가야금 같은 국악기, 피아노·바이올린 등의 서양 악기까지 여러 종류를 능숙하게 다루는 상훈이었다. 그렇지 않아도 마지막 곡에는 거들어볼까 생각 중이었다. 효명에게 악기 심부름을 시킬 요량으로 주변을 두리번거렸지만 보이지 않는다. 어려서부터 음악제가 열리면 앞자리에 앉아 꿈쩍도 안 하던 녀석이 어쩐 일인가, 자리를 일어서던 상훈이 한 손을 의자 등받이에 의지하며 어정쩡하게 멈춰 섰다.

주차장을 향해 서두는 듯 걸음을 옮기는 여인. 짙은 화장에 검은 선글라스, 챙 넓은 모자까지 썼지만 분명 효명을 두고 간 그 여인이었다. 상훈은 황급히 효명을 찾아 사방을 둘러보지만 어디에도 보이지 않았다. 상훈은 공양간으로 바삐 걸음을 옮겼다.

음악제가 끝나면 공양을 나눠야 할 테니 한창 바빠야 할 공양주는 담벼락에 등을 기대 쪼그려 앉은 채 고개를 치마폭에 묻고 있었다.

"어디 아픈 거요?"

상훈의 목소리에 옷소매로 눈자위를 훔치며 고개 드는 공양주의 두 눈이 촉촉했다.

"무슨 일이요?"

"왔다 갔십니더. 14년 전 그 여자가예."

상훈은 까닭 모르게 혓바닥이 싸했다.

"뭐라고 합디까?"

"뭐라긴 무신. 지는 단번에 알아봤는데 눈이 마주쳤는데도 모르는 척하데요. 그라고는 줄창 효명이만 보데요. 그게 봐야 10여 분 남짓이지만."

"효명이 공양간에 있었소?"

"아입니더. 음악제라카면 앞자리서 꼼짝도 않던 아가 오늘은 우짠 일인지 마당 뒤짝에서 뒷짐을 지고 어슬렁거리데요."

"그럼 여인이 효명이를 만났소?"

"그라기라도 했으면 이래 마음 아프지는 않지요. 어슬렁대던 효명이가 그짝으로 고개를 돌리가 눈이 딱 마주치니까 고마 홱 돌아서 가뿌데요. 효명이는 물끄러미 눈길로만 그 뒤를 쫓다가 안 보이게 되니까 어디론가 갔고요."

상훈은 새삼스레 주차장 쪽으로 고개를 돌렸지만 보일 리 없었다. 공양주가 양손으로 무릎을 짚고 일어서며 말을 이었다.

"초등학교 졸업반이 됐으이 궁금은 한 긴가. 아무튼동 그냥 왔다 가는 기라도 에미면 차림새라도 에미다워야지, 미친년도 아이고, 쌔빨간 치마에 알록달록한… 스님도 봤지예?"

"뭘 말이오?"

"사나도 하나 꿰차고 왔데요, 지보다 열 살은 더 어려 보이더구먼. 원, 망칙스러바가, 쯧쯧."

상훈은 더 듣고 싶지 않았다.

"효명이는 어디로 갔소?"

"하도 기가 막히가 넋을 놓고 있었으이 어디로 갔능가 모르겠십니더. 그래도 그 여자를 따라가지는 않았십니더."

"효명이 눈치는요?"

"가가 어데 속내를 읽히는 압니꺼. 설사 뭐가 땡긴다 캐도 생전 처음 본 기나 마찬가진데 우예 눈치나 채겠습니꺼. 황덕이를 불러보까요?"

"공연 중인데 큰소리를 내서 어쩌려고요."

상훈의 못마땅한 기색에 공양주는 멋쩍어하며 얼른 공양간으로 돌아섰다.

갈 데라고는 뻔했다. 상훈은 마지막 곡을 거들려던 생각을 접고 삼성각으로 향했다.

우리나라 절집은 대부분 삼성각이나 산신각을 두어서 민족 신앙의 여러 대상을 보존하고 존숭한다. 불교의 교리를 엄격히 해석하자면 온당치 않으나 중생을 구제하고 위안이 되려는 것이 본래의 뜻이니 천지의 신명과 자연을 숭배하는 전래의 믿음을 굳이 부정하지 않으려는 포용의 정신이다.

상훈은 불락사에 삼성각을 세우며 산신과 칠성과 독성을 탱화와 함께 모셨다. 산신은 지리산이 본디 모성의 산인지라 산신할머니를 모신 것이고, 칠성은 인간의 죽음과 길흉화복을 관장하는 북극성과 북두칠성의 상징이고, 독성(獨聖)은 고요한 곳에서 혼자 깨쳐 성인이 된 나반존자이니 생각하면 효명의 걸음이 자주 삼성각을 향하는 것은 섭리인가 싶기도 했다.

역시나 황덕은 삼성각 문 앞에 배를 깔고 엎드려 눈만 끔뻑거렸고 효명은 따스하게 드는 햇살 아래 좌복을 펼치고 웅크린 채 잠들어 있었다. 오늘은 마음이 놓이기보다 안쓰러움이 더 큰데 새삼 생각해보니 웅크린 모양이 태중(胎中) 아이의 모습이다. 아! 어미가 그리워서 산신할머니 품을 찾은 것이고, 마음의 답답함을 걷어내려 독성을 찾은 것이라면…!

젖어 드는 눈시울을 감추려는 듯 얼른 발길을 돌리며 상훈은 마음을 정했다. 언제 다시 찾을는지, 다시는 찾지 않을는지, 자식으로 마음으로나마 품는지, 이젠 아예 한 점 미련마저 지울는지, 여인의 속은 알 수 없고 효명의 마음은 더욱 모른다. 외로움이든, 의혹이든, 분노이든, 체념이든… 일체 물음 없는 어린 효명이 길을 찾고 있는 것이라면 지혜의 문을 열 열쇠를 쥐여줘야 한다. 독성이라 할지라도 지혜 없는 깨침이라면 그것은 깨침이 될 수 없고 진창과 허망의 길을 향하는 것일 테니.

기쁨과 즐거움이 상훈에게는 번거로움이 되어버린 하루가 저물고 밤이 깨어나는 새벽이다. 홀로 법고전에 든 상훈은 새벽 예불을 끝내고 가져온 바이올린을 켜기 시작했다. 악보도 가사도 없이 마음이 번거로울 때 그저 내키는 대로 연주하며 익숙해진 곡이었다.

첫 소절은 느리게 시작되지만 서글프지 않고, 서서히 빨라지지만 가볍지 않고, 탕 튀어 오르는가 싶은데 경쾌한 행진곡풍이 되고, 행진 뒤의 땀방울을 식혀주듯 산들바람처럼 부드럽게 바뀌고…. 열어둔 문안으로 들어서는 인기척은 효명일 터. 새벽 예불을 거르지 않는 녀석이 어쩐 일인가 싶어 상훈은 연주 속도를 늦추며 효명의 움직임을 읽는다. 먼저 다섯 불상을 향해 각각 삼배, 이제 백팔배인가 하는데 멈춰서 이어지지 않는다. 현에서 활을 내린 상훈이 돌아보자 효명은 합장한 채 반배를 하고 앞으로 다가온다.

상훈은 어깨 위의 바이올린도 내렸다.

"…?"

눈빛으로 묻자 효명은 다시 고개를 숙여 보였다.

"스님, 첼로 하나 사주세요."

뜻밖이고 생뚱맞다.

"첼로를?"

"예, 배우고 싶어요."

잠깐 생각한 상훈은 너그럽게 웃었다.

"허허, 바이올린과 첼로의 현악이중주라… 좋구나. 그런데 하동 읍내에 배울 곳이 있을까?"

"학교 음악 선생님이 연주합니다."

"그럼 됐구나. 오늘 방과 후에 우리 같이 진주에 나가보자. 아마 거기는 악기점이 있을 거다."

효명은 별로 기뻐하는 빛도 없이 그저 허리만 숙였다.

"고맙습니다."

"그전에 넌 먼저 짐부터 싸야겠다. 책하고 학용품, 며칠 갈아입을 옷가지도."

효명의 눈이 동그래졌다.

"이제 날씨는 따뜻하니 가을까지 칠불사에서 지내는 게 좋을 듯싶다."

"칠불사요?"

"그래, 등교 전에 칠불사에 들러 인사부터 하자. 그래야 네가 머물 준비를 해둘 테니. 간단하게 싸라. 내일이나 모레 공양주한테 마저 준비해서 갖다주라 할 테니."

"황덕인요?"

상훈은 잠깐 고민했다. 열네 살인 효명이 태어난 이듬해 들어왔으니 황덕도 비슷한 나이일 테고 저희 세상에서는 거의 수명을 다한 상노인이었다. 진작부터 이런저런 병치레를 하더니 며칠 전부터는 도무지 기운이 없어 보였는데 음악제 준비로 병원에 데려가지 못했다. 더군다나 환경이 바뀌면 회복에 나쁘지 않을까 걱정이 되지만 효명이 없으면 모든 게 소용없을 터였다.

"그러자꾸나. 황덕이도 같이 가자. 공양주한테 병원에 데려갔다가 오라 할 테니 이따가 진주 다녀오면서 데려가자."

그제야 효명은 밝은 미소를 지으며 제 방으로 뛰어갔다.

"그래, 그것도 인연이다."

상훈은 혼잣소리를 하며 효명의 뒤를 지켜보았다. 자신은 물론이고, 먹이고 씻기고 재우며 어미가 되어 보살피는 공양주에게도 그저 슬쩍 미소나 지을 뿐 소리 내 웃음을 보이지 않았다. 효명의 웃음소리를 들을 수 있는 건 황덕과 뒤엉켜 장난칠 때이고 제 나이가 되는 것도 황덕과 달리고 놀 때였으니 떼어놓을 수 없는 노릇이었다.

칠불사(七佛寺). 하동군의 북쪽 끝자락인 지리산 토끼봉 정상 가까운 곳에 자리한 쌍계사 말사이다. 서기 101년 가야 김수로왕과 허황옥 왕후의 일곱 왕자가 이곳에 암자를 지어 운상원(雲上院)이라 하고 정진하여 2년 뒤 한날한시에 함께 성불했다고 전해지니 뒷사람들이 칠불암이라 하였다가 몇 차례의 중창을 거치며 칠불사가 되었다.

차를 세운 상훈은 효명을 앞세워 가파른 계단을 올라 한 법당 앞에 멈춰 섰다. 질집을 찾으면 먼저 대웅전에 예불하는 것이 보통인데 상훈은 무심히 지나쳤다.

"뭐라고 쓰여 있냐?"

"문수전입니다."

망설임 없는 답변에 기특하다는 듯 머리를 쓰다듬은 상훈은 효명의 손을 잡고 문수전(文殊殿)으로 들었다.

"먼저 예부터 올리자."

상훈을 따라 삼배를 올리며 효명은 불단 위 문수보살 좌상을 경건한 마음으로 올려다보았다. 연꽃 좌대에 가부좌를 틀고 양손으로 여의(如意)를 든 문수보살의 그윽한 미소는 여느 불상과 크게 다르지 않았지만 그 명호에 머리가 맑아지는 느낌이었다.

상훈은 효명이 삼배를 마치기를 기다려 앉으라는 손짓을 했다.

"누가 문수보살에 대해 말해주더냐?"

"예, 의백 스님이 지혜의 보살이라고 했습니다."

"그럼 지혜는 뭐냐?"

"거기까지는 알지 못하지만 단순히 지식은 아닌 것 같습니다."

이제 초등학교 6학년인 효명의 답이 제법 의젓하니 상훈은 놀라우면서도 흐뭇하다.

"예로부터 지리산은 문수보살께서 상주하는 산이라 여겨왔다. 그래서 지리산이라는 이름도 '대지문수사리보살(大智文殊師利菩薩)'에서 취한 것이니 그대로 지혜의 산인 것이다. 저 멀리 동쪽에 있는 상봉 천왕봉과 건너편 반야봉은 지리산 주봉으로 문수보살의 대지혜를 상징하는데 칠불사 자리는 그 심장에 해당하여 생문수도량, 즉 살아 있는 문수처럼 지혜를 탐구하겠다는 서원으로 세워진 절이다. 그 맥이 지금껏 이어져 오늘도 지혜를 구하려는 스님들이 용맹정진하고 있고, 문수전을 따로 둔 절도 많지는 않다. 그러니 내가 널 여기로 데려온 까닭을 짐작할 수 있을 테지?"

"자주 문수전을 드나들며 물을 수 있게 되면 스님들께 여쭤보겠습니다."

학교 수업이 끝나면 대부분 도서실에서 공양주를 기다린다고 들었고 점점 데리러 오는 시간을 늦춰 달라는 이야기도 들었다. 상훈은 학원도 보내라고 했지만 효명이 필요로 하지 않는다며 그저 불락사를 드나드는 스님들에게 영어와 수학을 물어서 공부해도 남들에 앞선다고 공양주는 제 자식인 듯 뿌듯해했다. 아마 그런 도중에 스님들이 나누는 이야기도 들었을 테지만 의젓함을 넘어서고 있었다.

이른 아침에 법당 바로 아래까지 자동차를 운전해 들어온 이가 누구일까 싶어 마당에 나와 있던 주지 도응 스님은 가파른 계단 위로 불락사 상훈이 보이자 반색하며 합장해 허리를 숙였다.

"큰스님! 이른 아침에 어쩐 일이십니까?"

단숨에 계단을 올라올 듯한 기색에 상훈은 손을 저었다.

"내려가는 중이니 방에 들어가 찻물이나 끓이시게."

그래도 도응은 계단 밑에서 기다렸다가 공손하게 상훈을 맞아 방으로 안내했다. 상훈이 손을 잡고 있는 아이는 효명일 터, 그에 대해서는 이미 쌍계총림 43개 도량에서 얼굴을 보지 않았어도 이름과 사연은 모르는 스님네가 없었다.

도응이 차를 따르자 상훈은 효명을 돌아보며 절을 올리라 일렀다. 효명은 절집의 예를 따라 삼배를 드리며 도응을 살폈다. 부리부리한 두 눈에 형형한 빛이 가득하니 후덕한 인상의 상훈과는 다른 근기일 테지만 무섭지는 않았다.

"이름은 들었을 테지, 효명일세."

"그럼요, 단번에 짐작했습니다."

"이제 자네가 좀 맡아주시게."

마땅한 듯 태연한 말씀에 도응은 순간 당황했다.

"무슨 뜻인지요?"

"문수전을 드나들게 하고 싶어서일세. 등하교시키는 게 어려우면 내가 공양주를 보내고."

도응은 상훈이 무슨 생각을 하는지 알 수 있었으니 마땅히 따라야 할 일이었다.

"염려 마십시오. 기꺼이 나설 스님이 여럿일 겁니다. 그런데 따로 공부는…?"

상훈이 먼저 손을 저으며 말을 막았다.

"내 조금 전에 일렀더니 물을 수 있으면 묻겠다고 하니 그런 줄 아시게."

도응은 새삼 효명을 돌아봤다. 맹랑하다 싶었는데 반듯하게 앉아 흔들림 없는 눈빛이 맑았다.

"그럼 따로 다니는 학원이나 도장 같은 건 있습니까?"

"학원은 필요 없다 하고 운동은 새벽 예불을 마치고 둘레길을 뛰거나 스님네들이 수련하면 따라 하는 것 같았네. 그럼 이제 등교를 해야 하니 내가 데려가고, 첼로를 사주기로 했으니 진주에 나갔다 오려면 좀 늦을 테니 기다리지 말고 거처할 방이나 마련해주시게."

상훈의 거침없는 행동이야 익숙하지만 합장하고 허리 숙여 인사한 뒤

쭈뼛거리거나 머뭇거리지 않고 다시 돌아보지도 않는 아이의 태도는 조금 기이하기까지 했다. 절집에서 태어나고 부처와 스님의 돌봄으로 자라 불가에 젖어든 것이라면 인연도 이런 인연이 없다는 생각이 스쳤다. 문득 아이 하나를 키우는 데는 마을 전체가 필요하다는 속가의 격언이 떠올랐다.

"나무관세음보살…."

도응은 공손하게 합장하고 법당을 향해 경건하게 허리를 굽히며 명호를 외웠다.

6. 귀국

귀국길을 서둘렀으나 때늦은 태풍으로 항행이 지체되어 낙엽이 지기 시작하는 9월에야 서해 포구에서 배를 내릴 수 있었다. 3년 세월에도 금수강산은 변함이 없었지만 수충의 마음은 갈기갈기 찢어져 평화롭던 예전의 그것이 아니었다. 서라벌로 오는 내내 역참에서 말을 바꿔 타며 고삐를 늦추지 않았다. 마침내 명활산성을 나서 왕성이 한눈에 들어오자 고삐를 잡은 두 팔에 기운이 빠졌다. 어디로 가야 하나….

마음은 당장 어머니가 계시는 사가로 달려가고 싶지만 그게 어떤 구설을 일으킬지 모르니 망설여지는 것이었다. 결국 수충은 말머리를 궁으로 향했다.

수충이 입궐한다는 소식에 조당에 든 신료들은 끼리끼리 눈길로 속삭일 뿐 입을 여는 이는 없었다. 대왕조차 어좌에 앉아 두 눈을 감은 채 굳은 표정이니 팽팽한 긴장은 금방이라도 몰아칠 태풍의 눈 같았다.

"수충 왕자님께서 드십니다."

입시한 내관이 아뢰었다. 이어서 수충이 들어서니 대왕은 번쩍 눈을 떴다.

7척은 되어 보이는 키에 떡 벌어진 어깨와 우람한 근골로 당당하게 걸음을 내딛는 아들의 풍모에 대왕은 입가에 절로 흐뭇한 미소가 지어졌다.

"그간 평안하셨습니까, 아바마마. 소자 수충, 당의 숙위를 마치고 돌아왔습니다."

"강건한 모습을 보니 매우 기쁘구나, 하하하. 그래, 당에서는 많은 것을 보고 배웠느냐?"

"황제께서 국자감에 숙위 학생으로 들게 해 유학을 공부하였으며 낙양성과 장안성 밖으로도 나가 여러 문물을 보고 체험하였습니다."

"훌륭하구나. 네가 보고 배운 것은 모두 신라의 귀하고 소중한 자산이 될 것이다."

대왕은 자신에 찬 눈빛으로 좌우의 신료를 돌아보았다. 그들 중에는 대왕과 눈길을 맞추며 기쁜 미소를 짓는 이도 있었고 고개를 숙여 불안한 눈빛을 감추는 이도 있었다.

"아바마마, 황제 폐하께서 저에게 대감직을 내리시고 문선왕과 십철, 칠십이제자도를 하사하셨습니다."

수충의 말에 수행한 관리가 여러 상자를 가져와 수충 앞에 내려놓았다. 문선왕에 추증된 공자와 십철이라 불리는 안유 등 열 명의 제자, 그 밖의 칠십이제자의 화상(畫像)으로 유학의 상징이었다.

"귀한 보물이구나. 바로 태학에 안치하여 귀감으로 삼게 하라."

대왕이 자리를 뜨자 수충은 신료들과 인사를 나눴다. 모두가 웃음 짓는 얼굴로 귀국을 축하하고 이런저런 상찬을 늘어놓았지만 비수를 감춘 이가 더 많을 것이다. 외조부인 김원태가 보이지 않는 것은 수충의 감정을 자극하지 않으려는 뜻일지도 모른다. 인사가 끝나가자 신료들은 제각각 무리 지어 수군거리며 파당을 드러냈다. 수충은 상관하지 않고 목례로 마무리하고 기다리는 내관을 뒤따랐다.

수충과 독대를 기다리는 대왕의 낯빛은 조당에서와 달리 매우 어두웠다. 수충도 굳은 얼굴로 고개를 숙인 채 대왕의 말문이 열리기를 기다릴 뿐이었다.

"이제 다 자랐구나."

한참 만에 들린 음성에 수충이 고개를 들자 대왕은 눈길을 피했다.

"중경은 어린 나이에 어찌 된 일입니까?"

"병약했던 듯싶구나. 제대로 살피지 못한 내 탓이다."

대왕은 지그시 눈을 감으며 자책 같은 한숨을 이었으나 수충의 눈에는 분노의 체념으로 보였다. 더 물어도 답은 다르지 않을 테니 달리 알아보리라 마음먹었다.

"어머니는 따로 보신 적이 있으십니까?"

"보는 눈이 많다. 너에게는 아비로서 민망하다만 나는 오로지 왕후의 안전을 생각할 뿐이다."

어떤 심경인지 어렴풋이 짐작할 수 있었다. 처음 소식을 들었을 때는 아버지에 대한 원망이 컸다. 그러나 귀국길에 생각을 거듭하다 보니 원망보다 전후 사정을 제대로 아는 것이 우선이라는 생각이 들었다. 대왕께 그 사정을 직접 듣기는 어려울 듯싶었다. 침묵이 이어지자 수충은 어머니를 향한 그리움에 마음이 바빠졌다.

"소자 이만 물러가겠습니다."

"동궁에 들고 궁 밖을 나갈 때는 반드시 호위 군사를 대동하여라."

수충이 물러나자 대왕은 감았던 눈을 뜨며 긴 한숨을 토해냈다. 그리웠던 자식을 3년 만에 만나고도 제대로 눈길조차 마주하지 못하는 자신의 처지가 참으로 한심했다. 무슨 말을 해도 변명이 될 것이니 비루하고, 전후 사정에 적의를 품어 상대에게 드러내기라도 한다면 치명적인 약점이 될 수 있다. 더구나 훗날 나라를 다스리게 되더라도 적의로 상대를 품을 수는 없을 테니 왕위가 불안하지 않겠는가. 왕은 자신이 재위하는 동안 그런 모든 대립과 갈등을 해소해 국정을 편안하게 하고 싶지만 실마리를 잡지 못했다.

오매불망 그리던 자식이 돌아왔으니 어미의 마음은 들뜨고 벅차야 마땅하지만 성정왕후의 마음 한구석은 묵은 슬픔이 되살아나 벼린 칼날처럼 폐부를 찔렀다. 어찌 어미로서 한시라도 자식을 잊겠는가. 왕후는 시시각각 중경의 죽음이 떠오를 때마다 도리질 쳐 눈물을 누르며 텃밭으로 나가 호미를 들고 허리가 부서져라 몸을 괴롭혔다. 결코 잊을 수 없음에도 잊으려 애쓰는 건 수충의 앞날에 대한 두려움 때문이었다. 이제 하나뿐인 자식인데 그마저 어떤 일이라도 당한다면…. 차라리 애간장이 녹는 고통은 견딜지언정 그 두려움은 연신 숨통을 막고 몸서리치게 했으니….

왕후는 수충이 왕궁에 들었다는 전갈을 듣고부터 마당에 나와 안절부절 서성거렸다. 무슨 말로 맞아야 하나. 눈물은 보이지 말아야지. 몸은 궁 밖에 있어도 왕후의 품위는 여전하다는 것을 보여줘야지. 그저 궁의 번거로움을 피하는 것일 뿐 언제든 돌아갈 것이다, 의연해야지. 이제 태자의 위를 지켜 폐하를 든든히 하라 말해야지….

"수충 왕자님께서 오십니다."

대문 밖을 지키던 호위의 말에 왕후는 한걸음에 대문으로 가 문턱을 넘으려다 문득 멈췄다. 아니다, 어미이기 전에 왕후여야 한다! 주춤주춤 몇 걸음을 물러선 왕후는 허리와 어깨를 펴고 의연하려 했으나 눈자위가 시렸다.

이내 말 울음과 함께 말발굽 소리가 멈추더니 대문 안으로 수충이 들어섰다.

"왕후마마!"

사가의 담장을 지나면서부터 북받친 억울함이 어머니 아닌 왕후마마를 소리치게 했다. 수충은 문턱을 넘어서며 초췌한 어머니의 모습을 보자 그대로 바닥에 무릎을 꿇고 절을 올렸다.

"와, 왕자⋯."

벌떡 일어선 수충은 아직 발걸음을 떼지 못하는 왕후에게 달려가 와락 어깨를 안았다.

"어머니⋯."

"수, 수충아, 이리 장성⋯하였구나."

그 3년 사이에 청년의 티를 벗고 건장하게 성장한 아들의 모습에 왕후는 기어이 눈물을 지었다.

"마마께서 어찌 이런 사가에⋯."

누추하지는 않았어도 왕후의 거처는 궁이어야 하지 않은가. 기어이 치밀어오르는 분노에 수충은 부르르 몸을 떨었다. 껴안은 팔을 풀고 두 손을 들어 아들의 얼굴을 어루만지던 왕후는 이글거리는 수충의 눈빛에 그만 서러움이 밀려와 어깨를 들썩이며 눈물을 터트렸다.

"아, 어머니⋯."

들썩거리는 어머니의 어깨를 껴안아 토닥이며 수충은 주변을 둘러봤다. 시녀와 시종은 모두 등을 돌려 허리를 굽힌 채 어깨를 들썩였고 대문을 닫아건 무관들도 먼 하늘로 시선을 두어 눈물을 감췄다. 그들도 왕후의 사람이니 설움과 분노는 다르지 않을 것이고 돌아온 자신을 향한 기대도 같을 것이었다. 어깨가 무겁지만 아직은 어떤 위로의 말도 내놓을 수 없는 처지였다.

어머니의 흐느낌이 잦기를 기다려 방으로 들어온 수충은 다시 한번 큰절을 올렸다.

"어머니께서 대체 왜? 대왕께서도 답해주시지 않았습니다. 무슨 까닭으로?"

"나도 직접 듣지 못했으니 그저 짐작만 할 뿐이다."

"그 짐작되는 일이 무엇입니까?"

왕후는 살며시 고개를 저었다.

"짐작일 뿐이니 어찌 대왕의 처분에 대해 말할 수 있겠느냐."

어머니는 여전히 대왕을 믿고 의지하고 있음이었다.

"그럼 중경은 어떻게 된 일입니까? 대왕께서는 병약했다고 하시는데 미덥지 않습니다."

왕후의 낯빛에 슬픔이 더욱 깊어졌다. 그러나 자식의 일이니 머뭇거리지 않았다.

"그 사흘 전에 내게 다녀갔다만 어떤 병세도 없이 건강하고 활달했다."

"예? 그런데 사흘 만에 병이라니요, 더구나 왕궁이 아닙니까?"

"그러니 더욱 기가 막히는구나."

"혹시 어떤 위해가…?"

왕후는 한숨을 내쉬며 다시 눈물을 비출 뿐 답을 내놓지 않았다.

"어머니, 말씀해주십시오. 어떤 세력입니까?"

왕후는 머뭇거렸다. 짐작일 뿐이고 누구에게도 입 밖에 내서는 안 된다고 했지만 아들이고 왕자이지 않은가. 그러나 망설임이 끝나기도 전에 대답은 문밖에서 들려왔다.

"아무런 근거도 없습니다. 섣불리 의심을 품을 일이 아닙니다. 아무래도 믿어지지 않으신다면 부처님의 뜻이라 받아들이십시오."

문이 열리며 들어선 사람은 승부령 김원태, 수충의 외조부였다. 그는 문 앞에 선 자신의 수행에게 다른 모든 사람을 30보 밖으로 물리라 명했다.

수충이 벌떡 자리에서 일어서자 김원태는 빠른 걸음으로 다가와 무릎을 꿇고 예를 표했다. 수충도 황급히 무릎을 꿇어 외손으로서의 예를 올리자 엉거주춤 일어서던 왕후도 다시 자리에 앉았다.

"이렇게 다시 왕자님과 마주하게 되니 기쁘기 한량없습니다. 진심으로 귀국을 축하드리고 환영합니다."

"승부령께서 여전히 강건하신 듯하니 마음이 놓입니다. 어머님을 지켜주신 외조부님의 은혜에 깊은 감사를 드립니다."

김원태는 문 쪽으로 고개를 돌렸다.

"모두 물렸느냐?"

"예!"

문밖 수행의 대답이 들리자 김원태는 좌정한 채 목소리를 낮췄다.

"놀랍고 두려운 일들에 황망하실 줄 압니다. 하나 왕실의 일에는 드러낼 수 없는 사정이 있고 대왕의 결단 전까지는 함부로 의심을 입에 올려서는 아니 될 일입니다. 당분간은 그저 왕후마마와 회포나 푸시고 궁금한 일은 차차 이야기 나누도록 하시지요."

"그리 한가로운 일들이 아니지 않습니까. 언제 어디서 그 사정을 들을 수 있습니까?"

수충은 한시도 미룰 수 없는 다급한 마음이었지만 김원태는 엄한 표정을 지으며 더욱 목소리를 낮췄다.

"며칠 쉬시다가 왕후마마를 모시고 황룡사로 납시지요. 소신도 한동안 불전을 찾지 못한 터라 참배에 나설 요량이었습니다."

황룡사는 왕궁과 지척이니 주변에 사는 사람이면 언제라도 찾아갈 수 있는 사찰이었다. 그런데도 왕실 지친의 신분으로 발길이 조심스러웠다면 위험이 사방에 도사리고 있다는 뜻일 터였다.

김원태는 왕후와 수충을 번갈아 돌아보며 속삭이듯 말했다.

"사가의 시종들은 오랫동안 왕후를 보필해왔으니 모두가 마마의 사람일 것 같지만 누군가는 생쥐의 귀일 수 있습니다. 누구도 믿지 마시고 말씀을 조심하셔야 하니 두 분이 마음을 여실 때도 주변을 살피셔야 합니다. 또 왕자께서도 궁의 호위라 하여 마음 놓지 마시고 경계하셔야 합니다. 다만 소신의 군사 중 후봉이라는 자가 믿을 만하여 따로 명을 내려두었으니 너무 긴장하실 필요는 없습니다."

"후봉이라고요?"

김원태가 문 쪽으로 고개를 돌렸다.

"예, 저자입니다."

"아버님 고맙습니다."

안도하며 감사하는 어머니의 모습에 수충은 마음이 저렸다. 어쩌다 이 지경이 된 것인가. 비록 북쪽 옛 고구려 땅에 대조영이 말갈족과 함께 일으킨 발해가 흥기하고 있으나 아직 크게 근심할 기세는 아니었다. 하지만 이러한 때 나라의 힘을 키워 앞날을 대비하지 않으면 어떤 환란이 닥칠지 모르니 그를 위해서도 백성의 삶을 더욱 보살펴야 할 일이었다. 그럼에도 왕가의 안위까지 마음 놓을 수 없게 하는 귀족 세력은 이제 그저 토호이고 도려내지 못하는 신라의 환부였다.

7. 곁에 왔던 부처

여름방학이 되자 효명이 문수전에 머무는 시간이 길어졌다. 새벽에 눈을 뜨면 문수전 새벽 예불에 참석하고, 오전 시간 제 방에서 공부하다 점심 공양이 끝나면 오후 내내 문수전에 머물렀다. 주로 도서실에서 빌려온 책을 읽었지만 가부좌를 틀고 문수보살상을 바라보며 생각에 잠기기도 했고 경전을 읽기도 했다. 가끔 좌복 위에 모로 쓰러져 낮잠에 빠질 때면 문수전에 드나드는 스님이나 신도들은 효명이 잠에서 깰까 조용히 발길을 돌렸다. 저녁 예불 시간에는 혼자 문수전에서 백팔배를 올리고 두어 시간 머물렀는데 스님의 염불이나 신도들의 참배가 있어도 눈길조차 주지 않고 가부좌를 튼 채 눈을 감고 명상에 잠겼다. 처음에 스님들은 어린 초등학생의 명상이 그저 절집에서 자라며 배운 흉내겠거니 했으나 이제는 함께 명상에 들어 곁을 지켜주기도 했다.

오늘도 새벽 예불이 끝나자 효명은 주지실 옆에 마련해준 방으로 돌아가 몸을 씻고 운상선원(雲上禪院)으로 올라갔다. 운상선원은 옛 가야 일곱 왕자가 '운상원'이라 명명하여 선원을 짓고 성불한 신성한 곳이다. 그 맥을 이어 지금도 일반 대중의 출입은 엄격히 금하고 오직 수행에 전념하는 선승들만 머무를 수 있는 선방이다.

여름 일출이 빨라지며 예불이 끝나는 5시쯤이면 벌써 어스름 여명이 퍼져 밝은 빛의 하늘과 아직 어두운 지리산 줄기가 또렷이 나뉘었다. 오늘처럼 구름 한 점 없이 맑은 날이면 서북쪽 남원군 방향에 우뚝한 자태로 드러나는 반야봉의 기운이 가슴 가득 밀려드는 것 같았다. 스님의 말씀으로는 처음 이곳에 운상원이라는 이름으로 불사를 일으킨 것도 지혜의 상징인 반야봉을 마주해 깨달음을 얻기 위한 것이었고 문수전을 세운 뜻이라 했다. 지혜는 효명에게 아직 막연했다. 단어의 뜻은 알지만 지식과 다른 지혜의 깊은 의미를 알기에는 너무 어리기도 했다.

"반야봉이 좋으냐?"

언제 와 있었는지 선원장실 문이 열리며 도응이 나왔다. 효명은 얼른 합장하고 허리를 숙여 인사했다.

"예."

"왜 좋으냐?"

효명은 반야봉을 향해 고개를 돌렸을 뿐 답을 하지는 못했다. 도응도 그저 빙그레 웃는데 효명이 물었다.

"어떻게 해야 지혜를 알 수 있습니까?"

"마음이 맑고 눈이 밝아지면 알 수 있지 않겠느냐."

"공부와 책으로 지식을 쌓는 것은 중요하지 않습니까?"

"당연히 필요하지. 그렇지만 지혜는 머리보다는 마음의 영역이다."

"머리와 마음은 뭐가 다릅니까?"

"지식만으로 바른 판단을 할 수 있을까? 바른 마음의 생각이라야 가장 현명한 결정을 할 수 있을 테지."

"마음이 맑고 눈이 밝아지려면 어떻게 해야 합니까?"

"넌 왜 문수전을 자주 찾느냐?"

효명이 답하지 못하자 도응은 또 빙그레 웃으며 말했다.

"아마 그 마음이 답일 거다."

공양간 종소리가 들려오자 도응은 효명의 어깨를 두드렸다.

"가자, 공양주께서 어서 오라는구나."

도응을 뒤따라 효명이 바닥에 내려섰지만 어쩐 일인지 황덕은 배를 바닥에 깐 채 일어날 기색이 없었다.

"황덕아, 밥 먹으러 가자."

그래도 꿈쩍하지를 않자 효명은 쭈그려 앉아 머리를 쓰다듬으며 일으켜 세우려 해도 여전했다. 도응이 끼어들었다.

"영 기운이 없나 보구나. 어제도 상훈 스님께서 진하게 달인 재첩국을 갖다 두셨다. 소화도 잘되고 기력도 보충될 테니 갖다 먹이자."

효명이 벌떡 일어나 공양간을 향해 뛰어가자 황덕이 슬며시 일어나

힘겨운 걸음을 내디뎠다. 도웅은 안타까움에 혀를 차며 그 뒤를 따랐다.

　병원에서도 특별한 이상이 있지는 않고 노쇠해 영양을 흡수하지 못하는 것이라니 황덕의 수명이 다한 셈이었다. 명이야 어쩔 수 없는 노릇이지만 효명이 어찌 감당할지 모르겠다고 상훈의 걱정이 이만저만이 아니었다. 그러니 얼마라도 더 버텨보라고 정성을 다하지만 고깃국물도 토해내는 노쇠한 몸뚱이는 겨우 재첩국에 의지하고 있었다.

　칠불사는 지리산 토끼봉 정상 근처 가파른 산면을 깎아 세운 도량이다. 일주문을 지나 산을 오르면 조선 후기 대선사로 다도를 중흥한 초의선사 다신탑비(茶神塔碑)가 있고 더 위쪽 제법 너른 평지에 아담한 연못이 있다. 가야 일곱 왕자가 성불하였다는 소식을 들은 수로왕과 허왕후는 아들들을 만나러 왔지만 산문을 걸어 잠그고 서릿발 같은 수행의 기상을 보였다. 그러나 왕과 왕후 또한 며칠을 머무르며 떠나지 않으니 일곱 왕자는 연못에 그림자를 비춰 위로하였다는 이야기가 깃든 영지(影池)이다.

　점심을 거른 채 황덕에게 겨우 재첩 국물 몇 숟가락을 떠먹인 효명은 오늘은 문수전에 들지 않고 첼로를 들고 영지로 내려왔다. 학교 선생님에게 몇 개월 배웠지만 제법 곡조를 냈고 방학이 시작되고부터는 스님들의 수행에 방해되지 않도록 영지로 내려와 연습했다. 〈도차우어첼로 연습곡집〉으로 배우지만 어느 정도 음을 익힌 뒤로는 가끔 제 감정이 이

끄는 대로 현을 켜기도 했다. 새벽 예불 때 바이올린을 연주하기도 하는 상훈의 곡은 대부분 염불의 운율을 응용한 악보가 없는 곡이었다. 물론 효명의 기량은 아직 미치지 못하지만 문득 악보를 벗어나 자유롭게 자신의 감정을 담아보고 싶은 때가 있었다.

황덕이 활기를 잃으면서 덩달아 기운이 빠지고 우울했지만 요 며칠은 가슴이 먹먹하도록 슬픔이 밀려들었다. 효명은 무심히 활을 움직이지만 흘러나오는 곡조는 잔뜩 슬픔을 머금고 있었다. 효명의 발밑 풀 위에 배를 깐 황덕도 그 곡조를 느끼는지 물기 촉촉한 눈으로 영지에 비친 효명의 그림자에 눈길을 둔 채 미동도 없었다.

얼마나 시간이 흘렀을까. 한여름 뙤약볕의 기운이 수그러들 때 산자락 아래 아자방(亞字房) 체험관 문이 열리고 학승 한 분이 나와 효명에게 다가왔다.

아자방은 처음 운상원을 세울 때 가운데 바닥을 중심으로 양쪽 출입문을 제외하고 사방 벽면을 두 자 조금 넘게 높여 면벽참선하는 좌선대로 하고, 바닥에서는 불경을 읽으며 공부하는 구조인데 그 모습이 '아(亞)' 자와 닮아 붙여진 이름이다. 특히 겨울에 한 번 불을 때면 100일 동안 바닥은 물론 좌선대까지 온기가 식지 않아 동안거 동안 오직 용맹정진에만 전념할 수 있게 한 것인데 본래의 아자방 자리는 대웅전 옆이고 영지 옆에는 그 체험을 위해 근래에 재현한 것이다.

"오늘 곡조는 너무 슬프구나."

효명은 활을 팔에 끼고 합장한 뒤 말없이 우울한 눈빛을 영지로 돌렸다.

"황덕이 때문이구나?"

그래도 답이 없자 학승은 잠깐 망설이다 말을 이었다.

"효명인 누구와 헤어져본 적이 없을 테지?"

효명은 말없이 고개를 끄덕였다.

"사람은, 아니다, 모든 생명에는 반드시 헤어짐의 때가 있단다."

"죽는 걸 말씀하시는 거예요?"

"그래."

"죽으면 어떻게 돼요?"

"왔던 곳으로 돌아가는 거지."

"거기가 어딘데요?"

"나도 가보지 않아서 잘 모르겠다만 번뇌도 고통도 없는 곳일 거다."

"그래도 남은 사람은 슬프잖아요."

"다시 만날 날이 있을 테지."

"그걸 어떻게 알아요?"

"글쎄다… 하지만 세상에는 수없이 많은 것들이 있는데 우리가 사는 짧은 동안에 만나고, 심지어 잠깐 스치는 것들을 모두 더해도 아주 하찮은 숫자에 불과할 거다. 그러니 그 모든 것에는 반드시 특별한 인연이 있지 않을까. 더구나 너와 황덕이처럼 각별하다면 아주 깊은 인연이 있어 만난 것일 테고, 또 이렇게 인연을 다한다면 반드시 또 만나게 될 거다."

"언제 또…."

효명은 말을 멈췄다. 그런 기약은 헤어짐을 받아들여야 하는 것이니 기약하고 싶지 않아서였다. 그 마음을 알아챈 학승은 한 손으로 효명의 머리를 쓰다듬어준 뒤 법당으로 향했다.

다시 연주를 시작하려던 효명은 손길을 멈추고 슬픈 눈빛으로 황덕을 내려다봤다. 황덕은 붙박인 듯 눈길조차 돌리지 않았다. 죽음이라니, 짐작할 수 없었다. 절집에서 태어나고 자랐으니 벌레 한 마리 죽이지 않았고 한여름 무더위에 스님들이 개울에 데려가도 헤엄이나 가르쳤지 아이들 천렵에도 끼이지 못하게 했다. 공양주가 더러 식당에 데려가 육식을 시켰지만 전부 요리한 것이지 살아 있는 것은 생선 한 마리조차 가볍게 여기지 못하게 했다. 그런데 이제 황덕이 죽을지도 모른다니….

효명은 황덕을 품에 안아 집에 데려다 놓고 대웅전으로 향했다. 잘 들르지 않는 대웅전이지만 그곳에는 석가모니 부처와 협시불로 문수보살과 보현보살상을 모시고, 성불한 가야 일곱 왕자의 목탱화(木幀畵)도 모셨다. 효명은 황덕을 얼마간이라도 더 살게 해달라고 눈물로 간절하게 빌며 절을 올리고 또 올렸다.

영지에서 산 쪽으로 조금 떨어진 비탈을 깎아 석축을 쌓고 넓게 마당을 낸 뒤 다시 석축을 높게 쌓아 토끼봉 정상 가까운 대웅전과 문수전

등이 있는 본래의 칠불사 터를 튼튼히 하였다. 영지 쪽 축대에는 가운데에 방을 들여 템플 스테이 객실로 쓰고, 그 위에 주지실과 접견실을 비롯한 몇 개의 방이 있는 건물에는 첨월각(瞻月閣)이라 편액을 걸었다. 영지 쪽 마루에서는 여명이 밝으면 지리산 자락을 두루 볼 수 있었고 법당 쪽 문을 열면 떠오르는 달이 아름다워서였다.

절을 많이 해서 지쳤던지 깜빡 잠이 들었던 효명이 방문을 여니 보름 달빛이 밝아 사방이 훤했다. 방으로 들어가기 전 아무리 권해도 재첩국 한 모금 넘기지 못하던 황덕이 마음에 걸려 들여다봤지만 제집에 없었다. 효명은 가슴이 철렁했다.

"황덕아…."

기척도 없었고 주변에는 보이지도 않았다. 날마다 가던 곳이니 문수전 앞에 갔나 뛰어가 보았지만 법당 어디에도 없었다. 용변을 보는 것인가 산자락도 뒤져보았지만 마찬가지였다.

"황덕아! 황덕아!"

목소리를 높이며 아래쪽 아자방 뒤로 가보았다. 가끔 멧돼지가 나타나기도 하니 혹시나 해서였지만 아무런 흔적도 보이지 않았다. 정신이 아득해지고 심장이 멈출 것 같았다. 설마, 설마… 안 돼, 절대 안 돼! 영지가 보였다. 오후에 거기 있었으니 혹시…. 마음과 달리 발이 움직이지 않았다. 차라리 거기에 없었으면 좋겠다고 생각했다. 주춤주춤 다가가던 효명의 걸음이 우뚝 멈췄다. 있었다. 아까 그 자리, 자신의 곁에서 영지를 향해 눈길을 두고 엎드렸던 그 자리에, 그 모습으로 있었다.

"화, 황덕아…."

물기 어린 목소리에도 황덕은 그대로였다. 비로소 걸음이 내딛어졌다.

"황덕아…."

성큼 다가가 와락 껴안았지만 몸뚱이가 축 늘어지며 온기가 느껴지지 않았다.

"황덕아! 황덕아! 안 돼! 눈 떠! 황덕아! 아아아…!"

터지는 울음 속에 흔들어봐도 기척이 없고 눈꺼풀을 올려도 금방 되감겼다. 울음이 통곡이 되고 산이 쩌렁쩌렁 울려 메아리로 되돌아오도록 황덕을 외쳤다.

아자방 학승 둘이 맨 처음 달려오고, 그렇지 않아도 잠을 이루지 못하던 도응도 한달음에 밖으로 나왔다. 뒤이어 법당 쪽 선방의 스님들도 모여들어 효명과 황덕을 둘러쌌지만 할 수 있는 건 없었다.

상훈에게 전화한 도응은 물끄러미 영지를 내려다봤다. 오후 내내 영지에 눈길을 두더니 달빛에 비칠 그림자를 기다렸던가, 영지에 그 눈길을 영원히 두려 했음인가….

"나무아미타불…."

오래지 않아 자동차 불빛이 비치고 영지 옆 길가에 멈춘 차 안에서 상훈과 공양주가 내렸다. 효명에게 다가온 상훈은 공양주에게서 하얀 천을 건네받았다.

"여기 풀 바닥에 그대로 둘 셈이냐, 잠시 내려놓거라."

공양주가 효명을 안아 팔을 풀게 하자 상훈은 받아든 천을 펼쳐 그 위에 황덕을 누이고 다시 덮었다.

"황덕이 보내주는 건 불락사에서 해야 할 것 같으니 네가 안아서 차로 가거라."

효명은 여전히 어깨를 들썩이며 황덕을 안아 일어섰다. 공양주가 앞서고 스님 몇도 효명을 뒤따르자 물끄러미 뒷모습을 지켜보던 상훈이 도응을 돌아봤다.

"왜 하필 영지인가?"

"효명이 여기서 첼로 연습을 했는데 오늘은 오후 내내였습니다. 황덕이 줄곧 물속에 눈길을 두던데 기운이 없으니 물에 비친 효명을 보고 있었던 모양입니다."

"올 때도 그렇더니 갈 때도 다르지 않으니 무슨 인연이었을까, 나무아미타불…."

"멀찍이서 들었습니다만 오늘 곡은 꽤 슬펐습니다."

"무슨 곡이었는데?"

"가끔 큰스님처럼 마음 가는 대로 현을 켜는 것 같은데 서툴기는 하지만 감정을 느낄 수 있었습니다."

"그런가, 겨우 몇 달을 배우고서?"

"옥보고 선생의 이야기가 깃든 칠불사 아닙니까."

신라 경덕왕(742~765년 재위) 시절 육두품 사찬 공영(恭永)의 아들로 태어난 옥보고(玉寶高)는 운상원에 들어 50여 년 거문고를 배우고 익혀 새로운 곡조 30곡을 지었고, 그가 거문고를 타면 현학(玄鶴)이 날아와 춤을 추었다고 전해지는 이야기를 하는 것이었다. 상훈은 그제야 생각난 듯 고개를 끄덕였다.

혈육이라 여길 만한 유일한 존재였으리라. 자신이 아무리 정을 주었다 해도 승복을 입었으니 스님이었을 테고, 공양주의 살가운 보살핌은 여느 어미와 다르지 않았지만 엄마라 여기지는 못했을 것이다. 첫발을 떼기도 전에 제 곁을 찾아와 그림자처럼 뒤를 쫓고 문 앞을 지키며 함께 뛰놀고 말벗이 되어주었으니 피붙이와 다름없었으리라. 아마 누구에게도 꺼내놓지 못하는 그리움과 설움, 아픔과 슬픔을 황덕에게는 털어놓았을 것이다. 그런 피붙이를 잃어버린 비통함은 어떤 위로도 소용되지 않으리라. 상훈은 잠을 잊은 채 눈물과 통곡을 멈추지 못하는 효명을 위해 관을 마련하여 황덕이 날마다 찾았던 삼성각 옆 그늘진 곳에 안치해 정성으로 염불했다.

"지장보살님, 우리 황덕이 좋은 곳으로 데려다주이소. 지장보살님 비나이다, 지장보살…"

공양주는 설거지를 끝내면 삼성각으로 와 늘어져 엎드린 채 어깨를 들썩이는 효명의 곁에서 그렇게 넋두리처럼 빌며 명호를 외웠다.

"스님요, 오늘이 사흘째 되는데요."

상훈이 그저 고개를 끄덕이자 공양주는 효명의 어깨를 흔들었다.

"효명아, 암만 슬프고 헤어지기 싫어도 사흘째는 보내줘야 한데이."

효명이 힘겹게 어깨를 일으키며 공양주를 돌아봤다. 절이 집이었으니 위패를 안치하러 오는 상주들로부터 삼일장 소리는 수없이 들은 터였다.

"그래, 이래 더 두면 안에서 상하기도 할 기고."

효명은 이번에는 상훈을 돌아봤다.

"다비를 해주랴, 무덤을 만들어주랴?"

한참 생각하던 효명이 물었다.

"뭐가 달라요?"

"본래로 돌아가는 거야 다르지 않다만 절집에서는 다비를 하지."

"그럼 아무것도 남지 않잖아요?"

"재를 수습해 삼성각에 안치하면 아무 때고 찾아볼 수 있을 테지."

"그캐라. 그라면 스님이 자주 염불도 해주실 기고."

공양주가 거들자 효명은 슬며시 고개를 끄덕이며 눈물을 훔쳤다.

하동 읍내 목재상에 나무를 주문하며 인부 몇 사람도 부르고 칠불사 스님 몇이 내려와 다비 준비를 주도하게 했다. 어차피 여름 한낮에 불을 지필 수도 없었지만 제법 시간이 걸려 해가 저물녘에야 준비가 끝나자 도응을 비롯한 스님 몇이 찾아왔다. 좀 이례적인 일이지만 모두가 쌍계총림의 아들인 효명을 아껴 위로하는 마음이었다. 뜻밖에 유스티노 신부도 찾아왔다.

"어찌 아시고 신부님도 문상을 오신 겁니까?"

상훈이 웃음을 지으며 묻자 유스티노도 미소를 지었다.

"황덕이 죽었다는 이야기를 어떤 불자분이 전해줍디다. 아무래도 쉽사리 보내지 않을 것 같고 효명이 위로도 할 겸 왔습니다."

"기왕 오셨으니 이따가 하나님께도 기도 좀 해주시구려."

"그럽시다. 하나님 인도도 받게 됐으니 황덕이는 참 복이 많네요. 그런데 절에서는 동물도 다비하고 장례를 치릅니까?"

"황덕이 어디 그저 동물이던가요?"

"하긴, 효명에게는 각별하지요."

상훈은 크게 고개를 가로저으며 경건하게 합장했다.

"아무래도 곁에 오셨던 부처님 같소이다."

유스티노도 고개를 끄덕였다.

해가 저물고 스님들이 목탁을 손에 들고 다비단을 둘러싸자 상훈이 불을 붙였다. 스님들이 목탁을 두드리며 염불을 외우자 효명은 북받치는 오열을 참지 못했다.

"그만 눈물을 거둬라. 황덕이는 곁에 왔던 부처님이었을 거다."

상훈이 효명의 어깨를 안으며 조용히 말했다.

"부처님요?"

"그래, 네 곁에 오셔서 너를 지켜주었고 우리 곁에 오셔서 몸소 가르침을 보여주신 듯하구나."

효명은 어깨를 들썩이면서도 눈물 흐르는 눈동자를 동그랗게 떴다.

"너는 내게 부처고, 공양주의 부처고, 우리 모두의 부처다. 나는 너의 부처고, 공양주도 너의 부처고, 다른 모두도 너의 부처다. 우리는 그렇게 모두의 부처인데 그저 알아보지 못하는 것뿐이니 언젠가 또 네 곁으로 오실 거다."

무슨 의미인지 다 알지는 못하지만 어렴풋이 슬픔이 멀어지는 듯했다. '지장보살, 지장보살…' 목탁을 두드리며 명호를 외우는 스님들의 낭랑한 목소리가 타오르는 불길의 빛을 더했다.

"지장보살은 어떤 분이세요?"

절을 찾는 많은 이들이 외우는 명호이니 효명도 어려서부터 외웠고, 여러 불경도 문자로 읽었지만 상훈은 따로 가르치지 않았다. 절집의 인연이라고 모두 그 길을 걸어야 하는 것은 아니기에 스스로 마음을 두기 전까지는 보태지 않는 것이 인연을 맞는 바른 도리라 여겨서였다.

"쉽게는 저승을 관장하는 보살님이라서 많은 불자가 앞서가신 분들을 좋은 곳으로 이끌어달라고 한다만 지장보살님은 이미 성불하셨지만 부처가 되지 않은 보살님이시지. 지장께서는 세상의 모든 생명이 성불하기 전까지는 부처가 되지 않겠다는 서원을 세우셨으니 아주 오랜 이전 세상에서부터 앞으로 다가올 미래 세상까지 보살로서 생명들을 구원하실 것이다. 그러니 부처님 아래 여러 보살 중에서도 으뜸으로 부처님 바로 아래 서열이라고 할 수 있지.”

“그럼 두 번째로 높은 거예요?”

상훈은 빙그레 웃었다.

“이번 부처님 세상이 끝나면 다음 세상에 부처로 오실 미륵보살이 계시니 높다 낮다로 말할 일은 아니다.”

“도응 스님께 지장보살님을 물어 배울까요?”

상훈은 흐뭇했지만 고개를 저었다.

“서두르지 마라. 불가에서는 지혜의 보살인 문수보살과 그 지혜를 실행하게 하는 보현보살, 세상을 보살피는 자비의 관세음보살을 지장보살과 함께 4대 보살이라 한다. 그러니 문수보살에 의지하며 부지런히 공부하고 지혜를 깨치우는 것이 먼저 아닐까 싶다.”

가만히 듣고 생각하는 사이 불길은 사그라지고 효명의 눈물도 말라갔다.

8. 자객

수충은 입궁하지 않고 왕후의 사가에 머물렀다. 몇 차례 대왕이 명하였지만 외로운 어머니를 홀로 둘 수 없는 자식의 도리를 내세우면 부왕도 어쩔 수 없다는 듯 뜻을 거두었다. 대왕은 국사에 관해 일절 의견을 묻지 않았다. 왕자를 국사에서 배제하는 대왕의 처사에 왕후와 외조부는 실망이 컸지만 수충은 개의치 않았다. 이제 중년이 된 부왕은 여전히 강건하니 오랫동안 왕위를 지킬 것이다. 왕자가 국사에 관여하면 뜻이 왜곡될 수 있고, 견제하는 세력 사이에서 외줄을 타듯 정사를 다스리는 대왕을 곤란하게 할 뿐이었다.

귀국하여 한동안은 당나라 국자감에서 공부하던 유학의 여러 경전에 집중했지만 수충의 마음은 점차 불교에 기울었다. 서라벌에는 아도화상이 세운 신라 최초의 사찰 흥륜사와 왕궁 가까이 황룡사를 비롯하여 분황사, 백률사 등의 사찰이 있고 문무대왕 수중릉이 있는 동해 가까이의 감은사와 같은 왕실과 인연 깊은 사찰도 여러 곳이었다. 신라는 통일 전 고구려, 백제에 이어 뒤늦게 불교를 받아들였지만 가장 흥성했다.

불교가 전래되던 당시 고구려와 백제는 이미 고대국가체제를 공고히 했다. 하지만 신라는 아직 부족 연맹체를 벗어나지 못했고 6부의 수장은 전통 종교를 고집하며 불교의 공인을 반대했다. 그 무렵 즉위한 법흥왕은 목이 베이는 처형을 당하자 붉은 피가 아닌 흰 젖이 뿜어져 나왔다는 이차돈 순교의 신이(神異)를 기화로 불교를 공인하고, 불법을 바탕으로 왕권을 강화하며 율령을 반포하는 등 국가체제로 전환을 이루었다. 이처럼 신라 불교는 초기부터 왕실과 깊은 관계가 있었고 신라가 삼한일통을 하는 데 호국불교로 정신적 지주 역할을 했다.

인간은 나약한 존재이기에 생존을 위해 공동생활을 영위하기 시작했다. 그러나 날마다 반복되는 캄캄한 밤조차 두려운데 변화무쌍한 자연의 경이에 놀라기 일쑤였고 더구나 죽음은 공포였다. 두려우니 빌어야 했다. 하늘에, 땅에, 산에, 강에, 바위와 나무에도 빌었다. 비는 행위가 반복되며 의례가 생기고 주재자가 나왔다. 제의는 신앙과 종교가 되었고 그 주재자의 권위는 권력이 되었다.

신앙은 마음의 위안이 되었지만 현실을 극복하고 변화하는 데는 사람의 힘이 필요했다. 무리의 수가 늘어날수록 커진 힘은 더 많은 것을 변화시킬 수 있었고 전체를 통솔하여 이끌 수 있는 지도자의 등장은 필연적이었으니 제의의 권력에 정치의 권력이 더해진 것이다. 오래지 않아 두 권력의 균형은 흔들렸고 정치가 우위를 점했다. 그렇지만 아직은 정치가 밝혀주지 못하는 미지의 영역이 많았으니 종교를 부인할 수 없었고 묵시적 협력이 이루어졌다.

서역의 불교가 동으로 전래되는 과정에서 국가권력의 지지와 지원을 받은 것은 모든 나라에서 다르지 않다. 그것은 정치로 위무하지 못하는 백성의 마음에 위안과 희망을 주려는 권력과 안전한 존립과 포교의 성과를 위한 종교의 필요가 맞물린 까닭이었다.

수충은 당에서도 지역의 중심이 되는 주요한 성마다 수많은 사찰이 건립된 것을 보았으니 서라벌 왕성 내의 많은 사찰을 자연스럽게 받아들였다. 왕실의 보호를 받고 안녕을 빌며 대가람을 이룬 사찰에는 당연히 명망 높은 고승 대덕이 있었으니 그들의 법문은 오묘하고 그 중심은 원효, 의상이 천명한 화엄이었다.

부처가 깨우친 진리의 세계를 설파하는 화엄은 형이상학적 사유체계로 어지간한 학식으로는 이해하기 어려웠다. 이에 원효는 '모든 것에 거리낌이 없는 사람이라야 생사의 편안함을 얻는다'라는 뜻의 무애가(無㝵歌)를 지어 부르며 미친 중처럼 시장을 누비고 술집과 기생집을 드나드는 파격으로 민중의 관심을 모아 교화하려 하였으나 사람들의 관심은 그저 파격에 있을 뿐이었다. 왕실의 일원 또한 대부분 화엄의 오묘한 진리를 깨치는데 힘을 기울이기보다는 살아서의 복과 죽은 뒤의 극락왕생을 빌며 많은 재물을 시주했다. 그러니 진정한 구원의 대상인 민중은 빈손으로 절 문을 넘기도 민망했다.

수충은 대승불교의 또 다른 맥인 선종을 찾아 깊은 산속의 사찰을 돌아다녔다. 그러나 마음을 참구하여 본래 지닌 부처의 성품을 깨달으면 부처가 된다는 참선도 일반 민중의 삶과는 거리가 멀었다. 수충은 세상 모든 이를 구원하겠다는 부처의 뜻을 받드는 것은 고통받는 민중을 구원하는 것이라 믿었다.

오솔길을 따라 산에서 내려오던 수충은 문득 머리카락이 쭈뼛 서는 한기를 느꼈다. 한 발짝 떨어져 뒤를 따르던 무사 후봉도 성큼 걸음을 내디뎌 수충의 곁에 붙어 섰다.

"왕자님."

속삭이는 후봉에게 수충은 짐짓 태연한 기색을 보였지만 한껏 목소리를 낮췄다.

"멈추지 말고 모르는 척 걷게."

사람들로 붐비는 왕성 내의 사찰에서도 위험을 감지할 수 있었고 밤길에 몇 차례 칼잡이들을 마주친 적도 있었지만 기습을 피하면 곧바로 물러갔다. 그러나 여기는 인적 드문 한겨울의 산중이었다.

'쉭—' 몇 발을 옮기자 기어이 쉿소리와 함께 화살이 날아왔다.

후봉이 칼을 뽑아 날아온 살을 쳐내자 수충도 환도를 뽑아 서로 등을 맞대고 다음 공격을 대비했다. 화살은 연이었지만 오솔길에서 숲속으로 걸음을 옮기자 위력을 잃었다.

"죽여랏!"

삼면에서 복면으로 얼굴을 가린 10여 명의 자객이 달려왔다.

칼과 칼이 부딪치는 쇳소리가 산중을 쩌렁쩌렁하게 울렸지만 후봉의 방어를 뚫지는 못했다. 7척 장신인 수충의 무예도 만만치 않았지만 칼날이 머뭇거렸다. 아직 사람을 베어본 적도 없었지만 저들도 신라의 백성일 것이라는 생각 때문이었다.

"왕자님, 적입니다!"

"칼등으로 제압하라!"

그 말에 자객들의 칼날은 더욱 거침없었고 합이 거듭될수록 포위망은 좁혀졌다. 칼등의 타격에 널브러진 자객은 넷이었고 남은 여섯 자객의 칼날은 더 매서웠다. 잠시 숨을 고른 그들의 발걸음이 어지럽더니 둘은 후봉을 다른 넷은 수충을 향해 짓쳐들어왔다. 등을 맞대고 있으니 한꺼번에 막지 못하면 후봉의 빈틈을 노릴 수도 있었다. 수충은 크게 칼을 휘두르며 후봉에게서 등을 떼고 두어 발 앞으로 나아갔다. 순간 양 날개가 된 자객의 칼날 중 하나가 수충의 어깨를 베며 지나갔다.

"억!"

짧은 신음에 고개를 돌린 후봉이 이를 악물며 칼날을 바로 했다. 한 번의 검광에 둘, 이어진 검광에 또 둘, 마지막 검광에 남은 둘. 시뻘건 선혈이 공중에 흩뿌려지며 여섯 명의 복면이 고꾸라져 숨을 헐떡였다.

"목숨을 거두지는 마라…"

수충은 어깨의 상처를 움켜쥔 채 다시 칼을 세우는 후봉을 제지했다. 어쩔 수 없이 칼을 거둔 후봉은 고꾸라진 복면들을 발길질로 밀어내고 수충에게 다가왔다. 칼에 베인 어깨 부위가 피로 흥건했다.

"상처가 깊은 듯합니다."

옷을 찢어내자 상처가 드러났다. 엄지손가락 길이로 살이 벌어졌고 상흔이 뼈에까지 미쳤다. 후봉은 자신의 저고리 자락을 잘라 어깨를 묶어 지혈하고 수충을 부축했다.

말을 달려오는 사이 이미 의식을 잃은 수충의 모습에 왕후는 낯빛이 하얗게 질려 금방이라도 쓰러질 것 같았다. 소식을 듣고 한달음에 달려온 외조부 김원태는 후봉을 질책했다.

"넌 무엇을 하고 있었기에…!"

"송구합니다. 어떤 벌이라도 받겠습니다."

후봉은 변명하지 않았지만 김원태는 상황을 짐작할 수 있었다.

"놈들은 어찌했느냐?"

"왕자님의 상태가 위급하여 현장에 그대로 둔 채 왔습니다. 넷은 칼등에 뼈나 부러졌을 테지만 여섯은 상처가 깊습니다. 수소문하면 기미는 알아낼 수 있을 것입니다."

김원태는 인상을 찌푸렸다. 열 명이나 되는 자객을 보냈다면 누구일지 뻔한 노릇이었다. 그들이 자객을 치료하기 위해 서라벌에 들였을 리는 없으니 이미 꼬리는 잘린 꼴이었다.

마침 의원이 방을 나오고 왕후가 뒤를 따랐다.

"어떤가? 위중하지는 않은가?"

"피를 많이 쏟기는 하셨으나 생명에는 지장이 없을 것입니다."

김원태는 안도의 한숨을 내쉬었지만 왕후는 서슬이 퍼렜다.

"당장 대왕을 뵈어야겠습니다."

"부질없는 일입니다. 오히려 대왕의 의지가 흔들릴 수 있습니다."

벌써 3년 넘게 내궁을 비우고 있는 대왕의 의지를 말함이니 왕후도 어쩔 수 없었다.

칼날이 뼈를 스친 상처는 한 달이 넘어서야 아물었고, 체력을 완전히 회복하는 데는 두어 달이 더 걸렸다. 그사이 왕궁에도 수충의 소식이 알려졌지만 어쩐 일인지 대왕은 공적인 하교 없이 왕후의 사가로 의관을 보내 치료를 당부했을 뿐이다.

마당에서 후봉과 합을 맞추며 수련한 수충은 땀을 씻고 어머니의 방으로 들어갔다. 염불을 외던 왕후는 염주를 내려놓으며 왕자를 반겼다.

"이제 수련을 할 만큼 좋아진 것이오?"

"예, 가뿐합니다."

"그래도 덧나지 않도록 조심하세요."

"예, 어머님은 무얼 빌고 계셨습니까?"

"무얼 특별히 빌겠소. 그저 부처님을 생각하는 염불이지요."

"소자는 이제 몸도 가뿐하고 봄기운도 따뜻하니 다시 사찰들을 돌아 볼까 합니다."

왕후의 낯빛에 수심이 돌았다.

"그 위험을 겪고서도 또 왕성을 나가겠다고요? 아니 될 일이오."

"염려 놓으십시오. 이번에는 서라벌 인근이 아니라 상주를 거쳐 멀리 명주까지 가볼 생각이니 자객들의 위협은 없을 겁니다."

상주는 오늘날 경상북도 지역이고 명주는 강릉 인근이니 부석사와 오대산을 염두에 두고 있는 것이다.

"길이 멀면 또 다른 위험이 있을 게 아니오."

"하하, 후봉이 있지 않습니까."

"처음에는 유학에 몰두하시더니 어찌 자꾸 불법에 기우는 것이오. 더구나 이 나라에 하나뿐인 왕자의 신분으로요."

어머니는 여전히 태자의 위를 염두에 두고 있음이었다. 그러나 수충은 이미 권력의 자리나 국사에는 미련이 없었다.

"이미 진흥대왕께서도 만년에는 스스로 삭발하시고 법운이라는 법명을 쓰지 않았습니까. 이는 불법이 왕법을 뛰어넘는 것이니 진리를 탐구하여 그것으로 백성을 구제하려는 뜻입니다."

왕후가 다시 말을 이으려는데 문밖에서 후봉이 아뢰었다.

"대감님께서 드십니다."

왕후와 수충은 자리에서 일어섰다. 미리 기별도 없이 이렇게 불쑥 찾는 것은 드문 일이었다. 왕후는 무슨 일인가 의아하면서도 불길한 느낌이 들어 마른침을 삼켰다.

말없이 자리를 가리켜 앉기를 권하는 김원태의 낯빛이 못내 어두웠다.

"아버님께서 갑자기 어쩐 일이십니까?"

김원태는 먼저 수충을 돌아본 뒤 왕후와 눈길을 마주쳤지만 차마 입술을 떼지 못하였다.

"무슨… 아무래도 좋지 않은 일인 모양입니다."

한참을 침묵하던 김원태의 입술이 어렵게 떨어졌다.

"대왕을 뵙고 나오는 길입니다… 새 왕비를 맞겠다는 뜻을 밝히셨습니다."

청천벽력에 왕후는 질끈 두 눈을 감았고 수충은 눈자위가 파르르 떨렸다.

"이찬 순원공의 딸입니다."

이찬 김순원은 선왕인 효소왕 시절 이찬 경영의 반란에 연루되어 파면되었다가 복권된 자였다. 비록 그 반란이 지금의 대왕을 옹립하려는 것이었다지만 역심을 품었던 자이고 지금도 전통 귀족의 수장으로 왕권을 위협하고 있었다.

"타협하신 겁니다. 이 길만이 왕후마마와 왕자님의 안전을 보장할 수 있다는 말씀이었습니다. 아무래도 지난겨울 왕자님이 위해를 당한 것이 더는 버틸 수 없게 한 듯싶습니다."

　수충은 마치 자신의 탓인 양 괴로웠지만 이제는 왕성에서 멀어지는 것만이 대왕을 편안케 하고 어머니의 안녕을 담보할 수 있는 길이라 마음을 굳혔다.

9. 학교폭력

학교에서 상훈에게 연락해온 건 처음이었다. 전화로 내용을 말하기는 어렵다는 것으로 보아 좋은 일은 아닐 터, 상훈은 길을 서둘렀다.

중학교 3학년이 된 효명은 그간 개학 중에는 불락사에서 살고 방학을 하면 칠불사에 머무는 생활을 반복했다. 드나드는 스님네들이 공부를 봐준 덕분인지 다른 사교육 없이도 성적은 상위권을 지켰고 중학교에 들어가며 부쩍 자라기 시작해 키는 170센티미터가 넘었다. 산사에서의 운동으로 근육도 탄탄했다. 학교생활도 무난한 듯 다른 소리가 들려오지 않았는데 뜻밖이었다.

담임은 상훈을 교장실로 안내해 기다리고 있던 교장과 마주했다. 교직의 대부분을 하동군에서 수행했기에 상훈과도 인연이 있었다.

"송구합니다, 절에서 뵈어야 하는데."

교장의 민망한 웃음에 상훈은 일부러 허리를 굽혔다.

"무슨 말씀을. 아무래도 오늘은 내가 학부모 노릇인 듯하니 마땅히 와야지요."

"이해해주시니 고맙습니다. 다른 학부모와도 공평해야 해서요."

"그래, 무슨 일이요?"

"효명이 다른 아이들과 좀 다퉜습니다."

상훈은 내심 짐작하고 있었기에 고개를 끄덕였다.

"조금 다툰 거로 날 학부모로 부르지는 않았을 테니 서로 상하기라도 한 거요?"

교장은 담임에게 눈길을 돌려 대답하게 했다.

"예, 여러 아이와 주먹다짐을 했는데… 상대 아이들 여섯은 피투성이가 되었고 효명인 아무 상처도 없습니다."

"어허, 그놈이. 학생들은 얼마나 다쳤고 지금 어디 있소?"

"모두 병원에 다녀왔고 지금은 각자 교실에 있는데 주먹과 발길질만 해서 타박상과 찰과상 정도입니다."

"효명인 어디 있고요?"

"학생주임과 같이 있습니다."

"까닭은 말합디까?"

"양쪽 다 입을 다물고 있는데 아무래도 고아라고 비웃으며 시비를 걸었던 모양입니다."

"그건 초등학교 때부터 하동이 다 아는 사실 아니오. 그런데 왜 새삼스

115

레?"

"중3 아닙니까."

"어허, 조폭보다 무섭다더니 정말인 모양이오."

상훈은 혀를 찼다.

"다른 학생들과 관계도 무난해서 저희도 이런 일이 일어날 줄은 몰랐습니다."

"그런데 왜 갑자기?"

"효명이 방과 후에는 잘 어울리지 않고 도서실에 박혀 책만 읽으니 그게 눈에 거슬렸던 모양입니다. 그러니 따지면 시비를 건 아이들의 잘못이지만 저렇게 상해를 입었으니…."

난처한 기색의 담임 말끝을 교장이 받았다.

"학부모로서는 시비의 원인보다 제 자식 다친 게 더 눈에 들어오니 어쩌겠습니까."

"이제 절차가 어찌 되는 거요?"

"학부모들이 피해를 주장하니 아무래도 학폭위를 열어야 할 것 같습니다."

"징계를 주겠다는 거요?"

"학부모들이 양해하지 않으면 어쩌겠습니까?"

"시비의 원인은 저쪽인데 결과로만 따진다?"

"스님, 세상이 이렇고 법이 그런데 어쩌겠습니까. 저희도 선생이라

는 꼴이 한심스러워 당장 그만두고 싶은 심정이 들 때가 한두 번이 아
닙니다."

"정당방위라는 건 태초 인간이 가진 권한인데 그건 없고 오직 결과라
…? 참으로 개법이오. 그러니 세상이 이 모양이지!"

상훈의 분노에 교장과 담임은 머리를 숙였다.

"스님. 그저 효명이 앞날만 생각했으면, 부탁드립니다."

상훈은 부당하다고 생각했지만 마음뿐이었다.

"일단 내일모레 사이에 내가 어찌해볼 테니 학부모 명단이나 좀 주시
구려. 그리고 효명인 내가 데려갈 수 있겠소?"

"수업도 끝났으니 그렇게 하시지요."

교장과 담임도 모르지 않았다. 아픈 치부인 고아, 버려진 새끼를 들먹
이면 누구라서 폭발하지 않을까. 더구나 놀리는 아이들은 교활하기까지
했다. 선생이 먼저 나서 혼내야 했다. 하지만 알면서도 하지 못하는 세상
이 되었다. 미안했다. 안타깝고 부끄러웠다.

효명을 차에 태운 상훈은 핸들을 칠불사 쪽으로 돌려 반야봉이 보이
는 길가에 세웠다.

"넌 다친 데 없고?"

효명은 반야봉에 눈길을 둔 채 묵묵히 고개만 끄덕였다.

"육 대 일이라… 제법 전설이 되겠구나, 허허."

꾸중을 할 줄 알았는데 상훈의 농에 효명은 그제야 눈길을 돌렸다. 상

훈은 빙그레 웃음을 지었다.

"서럽더냐? 그래서 화가 났던 거냐?"

"아닙니다, 그저 성가셨습니다."

덤덤한 대꾸에 상훈은 무심히 고개를 끄덕였지만 마음에는 잔잔한 여운이 일었다. 아직 마음 여린 나이인데 그사이 사고무친의 설움을 아물렸다는 것인가. 그렇더라도 아직 딱지는 남아 있을 테니 다시 건드리는 일은 없게 해야겠구나 생각했다.

"네가 먼저 주먹을 쓴 거냐?"

"아니에요. 몇 번을 피했는데 그게 더 약이 올랐는지 한꺼번에 덤벼들기에….."

그러한 사정을 짐작했기에 상훈은 일 처리가 아주 어렵지는 않으리라 생각하고 있었다.

"그럼 됐다, 가자."

상훈이 시동을 걸자 효명은 눈길을 차창으로 돌린 채 더듬더듬 말했다.

"학폭위를 연답니까?"

"왜, 겁나냐? 그런다기는 하는데 보자꾸나. 그보다 졸업이 몇 달 안 남았으니 고등학교는 서울로 가는 거로 알고 마음 준비를 해둬라."

"서울요? 제가 어떻게요?"

"쫓아내는 건 아니니 걱정 말거라. 그보다 너무 절밥만 먹었으니 이제 다른 세상도 좀 봐야 하지 않겠느냐?"

효명은 뜻을 알아듣지 못해 눈만 동그랗게 떴다.

"유스티노 신부와 상의해서 서울에 있는 독실한 신자님 집에서 학교에 다니게 할까 싶은데 네 생각은 어떠냐?"

한 번도 생각해본 적 없는 일이니 효명은 답을 할 수 없었다.

"천천히 생각해봐라. 난 군청으로 가서 군수를 만나야 하니 넌 차에서 좀 기다려야겠다."

상훈은 주차장에 차를 세우고 군청으로 들어갔다. 아이들 다툼에 부모가 나서 처벌을 능사로 삼는 세태도 마음에 들지 않았지만 원인에 대한 반성 없이 피해만으로 잘잘못을 따지는 행태는 사리 분별을 어둡게 하는 짓이었다. 그러나 외로운 효명의 일이니 어쩌겠는가.

전말을 들은 군수는 혀를 찼지만 자신이 나설 일이 아니었기에 난감해했다.

"군수님께서 나서 달라고 찾아온 건 아니고 학부모들과 가까운 군의원들을 알아봐달라는 거요. 그럼 내가 의원들에게 주선을 부탁해 쌍계사 스님들이 만나게 할 요량이오. 무턱대고 스님네들이 나서면 모양새가 민망하고, 학부모들도 대부분 불자일 테니 당황스럽지 않겠소. 불자가 아니면 유스티노 신부도 있고."

"그게 좋겠네요, 알겠습니다. 효명이는 어떻습니까?"

"의연하기는 한데 일이 더 불거지면 아무래도 흔들리지 않을까 싶어 이러는 거요."

"반듯하게 자라고 있어 저희도 흐뭇했는데, 참…."

"나나 우리 스님네들이 절집에만 박혀 사니 세상 돌아가는 걸 잘 모른 탓이지요. 그래서 고등학교는 서울로 보낼 생각이오."

"아이고, 효명인 하동의 아들이나 마찬가지인데 그렇게 떠나면 서운해서 어떡하지요."

"돌아오기를 바라야지요. 아마 돌아올 겁니다."

아귀다툼으로 내 자식 네 자식을 먼저 따지지 않으면 생각을 달리할 수 있는 일이었다. 스님네들이야 애초 나와 네가 없으니 법 쪼가리가 따지는 선후 인과가 아닌 사람의 인연으로 말을 나누면 효명을 굳이 벌하자 고집할 일은 없으리라 상훈은 믿었다. 그게 사람이 살아가는 도리이니 말이다.

10. 오대산

소백산맥 동남쪽 봉황산 자락에 들어선 부석사는 신라 화엄종의 시조 의상대사가 문무대왕의 명으로 창건했다. 전해지는 이야기에 따르면 왕명을 받은 의상이 봉황산 자락에 이르니 절터 인근에 터를 잡고 살던 500여 명 도둑의 무리가 격렬히 반발했다. 그러자 집채만 한 바위가 공중에 떠 위협해 도둑의 무리를 쫓아낼 수 있었고 '뜬 바위'라는 뜻의 '부석(浮石)'을 절 이름으로 삼았다. 바위는 의상이 당나라에 들어 불법을 공부할 때 그를 연모한 선묘라는 낭자가 귀국하는 대사를 평생토록 지키겠다는 서원으로 바다에 몸을 던져 화한 용이었다. 당시는 삼한일통 전쟁이 막바지에 이른 때로 고구려 내기면이었던 지역 유민이 험한 산세에 의지해 복종하지 않으니 대사로 하여금 절을 세우고 불법으로 위무한 것이다. 수충은 대웅전인 무량수전과 그 옆에 내려앉은 부석을 돌아보며 불법은 설움과 분노, 반발까지 어루만져 달랠 수 있어야 한다는 것을 다시 한번 깨우쳤다.

이어 걸음은 북쪽으로 향했다. 사방이 산으로 둘러싸인 산중은 구름 빛깔만 검어져도 어둑해 길을 잃지 않으려 눈을 부릅떠야 했지만 동쪽 산등성이에 오르면 파란 물빛의 끝이 보이지 않는 수평선이 가슴을 시원하게 했다.

군데군데 산중 분지에 수십 호 마을을 꾸린 사람들이 논을 갈고 밭을 일궈 부족하나마 삶을 꾸렸다. 산중에 화전을 일군 이들은 대개 대여섯 가구로 더불어 삶을 꾸리는데 그 가난과 고단함이 한눈에 드러났다. 그래도 처음에는 낯선 사람에게 경계의 빛을 띠다가도 적의 없이 다가가면 기장 가루에 산나물 섞은 죽 한 그릇이라도 권하니 고운 천성에 마음이 따뜻해졌다.

산을 내려가 바닷가 어촌을 가면 대부분 수십 호를 넘는 가구로 마을을 이루었다. 거친 파도와 바람에 그슬린 피부에 억센 노동으로 근육은 불거져 투박해 보이지만 꾸덕꾸덕 말라가는 생선 한 마리라도 찌거나 굽고 몇 가지 해초를 무쳐 밥상을 내놓는 미소는 실로 푸근했다. 바다에는 발목만 적시며 들어가도 이런저런 조개류를 얻을 수 있고 하다못해 해초라도 사철 풍성하니 몸은 고달파도 크게 배를 주리지 않아 넉넉한 마음을 쓸 수 있는 것이리라.

왕경과 멀리 떨어지고 궁벽한 땅 백성의 삶을 살필 기회라 걸음이 늦어져 서라벌을 떠난 지 여섯 달이 지난 가을에야 명주의 서쪽 경계인 오대산 어름에 닿았다. 수충이 굳이 오대산을 목적지로 삼은 것은 그곳에 1만 문수보살이 산다고 들은 때문이었다.

오대산 불사의 시작은 자장율사였다. 자장은 선덕왕 대에 문수보살을 친견하고자 당으로 건너가 오대산 태화지(太和池)에 있는 문수보살 석불 앞에서 7일 동안 기도하니 꿈에 부처가 나타나 네 구의 게(偈)를 주었으나 범어(梵語)여서 뜻을 알지 못하였다. 이튿날 한 노승이 찾아와 '일체의 법을 깨달았다' '본래의 성품은 가진 바가 없다' '법성을 이와 같이 해석한다' '노사나불(盧舍那佛)을 곧 보게 된다'라고 게를 해석해주고 가지고 있던 부처의 머리뼈 한 조각과 바리때 하나, 붉은 비단에 금색 점이 있는 가사 한 벌을 주며 '그대 본국의 동북방 명주 경계에 오대산이 있는데 그곳에 1만 문수보살이 상주하니 가서 뵙도록 하시오' 말하고 홀연히 사라졌다. 이후 자장은 여러 보살의 유적을 두루 찾아보고 돌아오려 할 때 태화지의 용이 현신해 전일의 그 노승이 문수보살이었음을 알려주었다.

귀국한 자장은 오대산으로 가 초막을 짓고 기다리다가 문수보살을 친견하고 선덕왕의 부름에 따라 대국통(大國統)이 되어 널리 불법을 전파했다. 뒷날 범일대사의 제자가 그 초막에서 살다가 죽은 뒤 수다사의 장로 유연이 그곳에 다시 암자를 지으니 바로 오늘날의 월정사다.

오대산은 다섯 개의 대가 있다는 의미인데 수충은 먼저 중대가 있는 풍로산(風盧山)으로 향했다. 바로 비로자나불을 수위로 1만 문수보살이

상주한다는 곳이다. 수충은 후봉의 도움을 받아 토굴을 마련해 지혜를 깨치고 문수보살을 친견하고자 정진했다.

겨울이 지나고 봄이 오자 토굴을 나온 수충은 이번에는 동대가 있는 만월산(滿月山)으로 향하니 1만 관음보살이 있는 곳이다. 관음보살은 석가모니가 입적한 뒤 미륵이 올 때까지 중생의 고통을 보살펴주는 대자대비 보살이니 그 뜻을 알고자 초막을 짓고 정진했다.

다시 가을이 깊어지자 초막을 나온 수충은 북대가 있는 상왕산(象王山)으로 향했다. 그곳에는 석가여래를 수위로 번뇌의 미혹을 끊은 500 대아라한이 있는 곳이니 토굴을 파고 번뇌를 끊는 수행에 들었다.

봄이 되자 수충은 토굴을 나와 서대가 있는 장령산(長嶺山)으로 갔다. 무량수여래를 수위로 1만 대세지보살이 있는 곳이다. 대세지보살은 서방 극락세계의 보처보살로 아미타불의 지혜문(智慧門)을 상징하니 초막을 짓고 수행했다.

가을이 되자 초막을 나온 수충은 남대가 있는 기린산(麒麟山)으로 가 겨울을 날 토굴을 팠다. 그곳에는 팔대보살을 수위로 한 1만 지장보살이 있다고 했다. 그러나 사실 수충은 월정사에서 처음으로 지장보살이라는 명호를 들었다. 당에서도 듣지 못한 명호였고 신라에 전해진 지도 오래되지 않아 짧은 경 하나를 필사한 것이 전부이니 그 뜻을 깨우치기도 벅찼다. 겨울이 가고 봄이 찾아왔지만 수충은 토굴을 나오지 못하고 수행을 이어갔다. 그사이 산을 오르내리며 수발을 들던 후봉도 어느덧 여름이 다가오는데 나올 기미가 없자 답답해했다.

밤새 굵은 빗줄기가 휩쓸고 지나간 아침이었다. 아침밥을 짓던 후봉은 드문 인기척에 허리를 펴고 고개를 돌렸다. 허름한 옷차림의 노인이 한 손에 석장(錫杖)을 든 채 흰 털이 눈을 가릴 듯 덥수룩한 삽살개를 앞세워 다가왔다. 석장은 스님들의 용품이니 후봉은 얼른 일어나 합장해 고개를 숙이고 토굴 앞으로 갔다.

"왕자님. 좀 나와보시죠."

"무슨 일인가?"

"스님이 찾아오신 듯합니다."

지난 3년 가까운 시간 동안 초막과 토굴을 찾아온 승려는 없었다. 수충은 얼른 토굴 입구를 가린 거적을 제치고 밖으로 나왔다. 머리는 깎지 않았지만 분명 스님이었다. 수충은 합장하고 예를 갖췄다.

"더위도 시작되는데 토굴에 들어앉아 무얼 하는 거요?"

마치 오래전부터 지켜본 듯한 말에 수충은 부끄러운 낯빛이 되었다.

"지장경을 깨쳐보려 애쓰고 있으나 미욱하여 실마리도 잡지 못하고 있습니다."

스님은 빙그레 웃으며 토굴 앞 바위에 걸터앉았다.

"그러시면 내가 지장에 관한 이야기를 하나 할 테니 잘 들으시오.

부처님이 살아 계시는 동안의 정법의 시대에 이어, 아직 부처님의 법이 전해지던 상법(像法)의 시대에 한 바라문의 딸이 있었소. 그는 여러 생애 동안 닦은 복이 깊고 두터워 대중의 존경과 사랑을 받았으며, 여러 하늘 신도 돕고 지켰소. 그러나 그 어머니는 불보, 법보, 승보의 삼보를 가벼이 여기니 여러 방편으로 믿음을 권하였으나 따르지 않고 목숨을 마쳐 무간지옥에 떨어지고 말았소.

바라문의 딸은 어머니가 업에 따라 악도에 떨어졌음을 알고 집을 팔아 향과 꽃 등 여러 가지 공양을 갖추어 부처님을 모신 탑사에 나아가 지극히 예불했소. 그는 각화정자재왕여래의 벽화를 우러러보며 '부처님은 대각(大覺)이시니 일체 지혜를 갖추고 계십니다. 만약 부처님께서 세상에 계셨더라면 돌아가신 우리 어머니가 어디로 가셨는지 여쭈어 알 수 있을 것을…' 하며 오랫동안 흐느껴 울었다 하오.

문득 하늘에서 소리가 들리는데 '성녀여, 슬퍼 말아라. 나는 과거의 각화정자재왕여래이니라. 그대가 어머니를 생각하는 것이 다른 중생보다 배나 더하니 내가 그 간 곳을 일러주리라' 하니, 바라문의 딸은 스스로 몸을 부딪쳐 팔다리가 모두 상하였소. 좌우의 사람들이 그를 부축하고 돌보아 한참 만에 소생하니 '바라옵건대 부처님의 자비로 어머니 가신 곳을 알려주십시오. 저는 오래지 않아 죽을 듯합니다'며 애원했소. 각화정자재왕여래는 '공양을 마치고 집으로 돌아가 단정히 앉아 나의 명호를 생각하면 곧 알게 될 것이니라' 하였소.

집으로 돌아와 그대로 하룻밤, 하룻낮을 보내고 나니 자신이 홀연히 어느 바닷가에 있음을 알게 되었소. 그 바다는 물이 펄펄 끓고 온몸이 쇠로 된 여러 악한 짐승들이 바다 위를 뛰고 날며 물속에서 허우적거리는 사람들을 잡아먹고 있으니 차마 눈 뜨고 볼 수 없는 광경이었소. 하지만 바라문의 딸은 부처님을 생각하니 하나도 두렵지 않았소.

무독(無毒)이라는 귀왕(鬼王)이 나타나 무슨 일로 왔는지 묻더니 그곳이 지옥의 첫 번째 바다임을 알려주고, 죽은 지 49일이 지나도록 죽은 자를 위해 공덕을 베푸는 자가 없고, 살아서도 착한 일을 한 적이 없어 그 업에 따라 지옥에 빠진 것이라 말해주었지. 또 이 바다를 지나면 고통이 배가 되는 지옥이 있고, 그곳을 지나면 다섯 배의 고통이 기다리는 바다가 있다고 알려주었소.

바라문의 딸은 자신은 어떻게 이곳에 온 것인지 궁금해 물으니 귀왕은 부처님의 위신력이나 업력에 의한 것이 아니라면 결코 이곳에 올 수 없었을 것이라고 말하는 것이 아닌가. 이에 그가 '어머니가 삼보를 비방하고 공경치 않았는데 어디로 가신 것인지 알고 싶습니다. 저의 부모는 두 분 모두 바라문의 후손으로 아버지의 이름은 시라선견(尸羅善見)이고 어머니는 열제리(悅帝利)입니다' 하자, 귀왕은 합장하고 '보살은 염려하거나 슬퍼하지 말고 집으로 돌아가십시오. 죄업을 지은 열제리 부인이 천상에 난 지 이제 사흘이 되었습니다. 효순을 행하는 딸이 어머니를 위해 각화정자재왕여래의 탑사에 공양하고 복을 닦은 공적으로, 보살의 어머니뿐만 아니라 그날 이 무간지옥에 있던 모든 죄인도 함께 천상에 태어나 즐거움을 누리고 있습니다' 하였소.

부처님이 이 일을 문수보살에게 말해주며 '그때의 무독귀왕은 재수보살(財首菩薩)이고, 바라문의 딸은 바로 큰 서원을 세운 지장보살이었느니라' 하셨습니다."

수충은 두 눈이 번쩍 뜨이는 맑은 기운으로 합장하고 물었다.

"지장보살께서 세운 서원이 무엇입니까?"

"그것은 중생을 모두 제도하고 나서 비로소 깨달음을 이루겠다. 지옥이 텅 비기 전에는 맹세코 성불하지 않겠다. 내가 지옥에 들어가서 중생을 제도하지 않으면 누가 지옥에 들어가겠는가, 라는 것이오."

"언제까지 해야 모든 중생을 제도할 수 있는 것입니까?"

"지금의 말법의 시대가 끝나고 미륵불이 오시는 날까지겠지요."

"모두의 죄와 업이 다른데 어떤 방편으로 할 수 있습니까?"

스님은 빙그레 웃으며 바위에서 일어났다.

"허허, 각각 다른 방편을 찾는 것이 지혜일 테지요."

스님은 등을 돌려 날 듯이 산을 내려갔다.

한참 동안 멍하게 그 뒷모습을 지켜보던 수충은 문득 정신을 차려 후봉을 돌아봤다.

"이제 그만 내려가야겠네."

"곧장 서라벌로 가시는 겁니까?"

"먼저 월정사로 가서 머리를 깎고, 가는 길에 중생의 삶과 고통도 더 깊이 들여다봐야겠네."

후봉은 출가하려는 수충의 결심이 너무 결연하니 그대로 따를 수밖에 없었다.

11. 하동

"내일 방학하면 뭐 할 거야?"

단란한 저녁 밥상이다. 유스티노 신부의 주선으로 2월에 왔으니 반년 남짓한 시간에 한 가족처럼 익숙해졌다. 광고회사 이사인 김형일과 공예가인 신예원은 독실한 가톨릭 신자로 사려 깊고 정이 많은 이들이었다. 그렇더라도 이처럼 편하게 지낼 수 있는 건 유쾌하고 저돌적인 그들의 딸 동희 덕분이었다.

"하동 가야지."

"하동? 거긴 왜? 아무도 없잖아."

"동희야…."

엄마가 눈치를 주자 동희는 금세 알아듣고 손바닥으로 제 이마를 가볍게 쳤다

"오, 쏘리. 내가 좀 그렇잖아, 헤헤."

재빨리 사과하는 동희를 보며 효명은 빙그레 웃었다.

"괜찮아, 사실인데 뭐. 그렇지만 가야지."

"왜?"

"집이잖아."

"집? 어디가, 절이?"

"어허…."

이번에는 형일이 나서려 했지만 효명은 미소로 막았다.

"불락사도 집이고, 칠불사도 집이고, 하동은 내 집이야. 큰스님도 가족
이고, 공양주님도 가족이고, 다른 스님들도 모두 가족이야. 그러니 가서
뵈어야지."

동희는 눈을 동그랗게 뜨고 잠시 생각하더니 고개를 끄덕였다.

"그렇네. 집, 가족이 뭐 별건가."

"넌 뭐 할 거야?"

"난 쌍꺼풀 수술하려고."

"뭐?"

효명이 놀란 눈으로 바라봤지만 동희는 태연했다.

"2학년 되면 대입 준비한다고 다들 눈에 불을 켤 텐데 나만 한가하게
쌍꺼풀 같은 거 할 순 없잖아. 또 미리 해둬야 대학 들어가면 자연스러울
거고."

"지금 그대로도 괜찮은데…."

"효명이 네 생각도 그렇지. 아빠나 나도 같은데 기어이 고집을 부린 다, 쯧."

예원의 말에 동희는 들은 척도 안 했다.

"지금 효명이 너, 나 예쁘다고 칭찬한 거지? 아빠, 엄마 들었지, 앗싸!"

효명은 그만 밥그릇으로 눈길을 돌렸고 형일과 예원은 한심하다는 표 정을 지었다.

"엄마, 아빠. 나 효명이 따라 하동 가서 구경 좀 하고 돌아와서 수술할 까? 유스티노 신부님도 뵙고."

두 사람이 젓가락질을 멈추며 고개를 드는데 효명의 대꾸가 앞섰다.

"나 자전거로 내려가."

"뭐, 거기 남해 바닷가 아니야? 몇 킬로나 되는데? 며칠 걸리는데?"

"한 열흘은 걸릴 거야."

"그렇게나?"

"여기저기 돌아보며 슬슬 가려고."

"어딜?"

"정하지는 않았어."

"뭘 보는 건데."

"그저 사람도 보고, 사는 것도 보고, 생각도 보고…."

"뭐라니."

어이가 없다는 듯 말을 멈추는 동희와 달리 형일 부부는 놀란 눈빛으로 마주 보았다.

신부님의 부탁으로 효명과 함께 생활하기로 했지만 딸 하나뿐인 집 안에 남학생은 조심스러웠다. 그러나 같은 학년임에도 효명은 신중하고 생각이 깊어 천방지축인 동희에게 도움이 되었다. 무엇보다 형제가 없 는 동희가 의지할 수 있고, 효명의 성품을 닮아가는지 짜증도 줄어들어 마음을 놓았다. 그런데 생각을 보겠다는 의미심장한 말에 새삼 그 속이 궁금해졌지만 걱정이 앞섰다.

"고등학생은 모텔 같은 데서도 받아주지 않을 텐데 잠은 어디서 자려 고, 열흘이나?"

형일의 걱정에 효명은 빙긋이 웃었다.

"어딜 가도 가까운 산에 절은 다 있잖아요."

"절에서 잔다고? 절이라고 다 받아주지는 않을 텐데?"

"그럴 때는 큰스님한테 전화해야죠."

"아, 명망 높으시다더니…."

선뜻 수긍하는 형일의 반응에 동희가 끼어들었다.

"효명이 빽이 그렇게 센 거야?"

"그런가 보다. 그럼 이참에 우리도 보름쯤 뒤에 하동 한번 가볼까? 스 님께 인사도 드리고 신부님도 뵙고."

그렇지 않아도 고맙고 미안한 마음이 컸던 효명은 환하게 웃으며 반 겼다. 예원도 반색했고 동희는 펄쩍 뛰며 신이 났다.

불락사에 도착해 짐을 푸는 효명의 가방에서 〈법학개론〉이 나왔다. 지켜보던 상훈은 고개를 갸웃했다.

"뜬금없이 〈법학개론〉은 뭐냐?"

"오는 도중에 광주 서점에 들렀는데 재미있을 것 같아서요."

눈도 마주치지 않는 무심한 대답에 상훈은 미소를 지었다.

"그럼 수왕을 한번 불러야겠구나."

처음 듣기도 했지만 이름이 귀에 설면 법명이기 십상이었다.

"법명이 뭐 그래요?"

"법이라는 한자가 어떻게 만들어졌더냐?"

"물 수(水) 변에 갈 거(去)잖아요."

"그렇지. 원래 법학을 전공했는데 수거는 이상하게 들릴 수 있어서 거 대신에 갈 왕(往)을 줘서 수왕이다."

"너무 성의 없이 법명을 주신 거 아닙니까?"

"이름이 뭐 별거냐. 부르기 쉽고 원래 그 사람이 담겨 있으면 되는 거지. 마침 칠불사 선방에 있으니 며칠 내려와서 한번 읽어주라고 하마."

그제야 효명은 고개를 돌려 눈을 맞추며 고개를 숙였다.

"고맙습니다."

"그런데 서울에서 수업은 따라갈 만하더냐?"

"예, 스님들에게 한 학년 앞서 배워가서 큰 어려움은 없었습니다. 이번 방학에는 3학년 과정을 배워갈 생각입니다."

"그럼 3학년 때는 뭐 하려고?"

"아직은 딱히, 뭐 천천히 찾아봐야죠."

속에 무엇을 담았는지 쉽게 짐작할 수 없는 아이였다. 아마도 오는 동안 보고 들은 것에 생각한 바가 있으니 고작 고등학교 1학년이 〈법학개론〉을 사 왔을 것이다. 무슨 생각인지 묻고 싶었지만 정해지지 않은 속을 미리 보일 리 없으니 그저 기다려야 할 일이었다.

닷새 뒤 유스티노 신부와 동행해 동희 가족이 불락사로 찾아왔다. 효명보다 더 반긴 건 상훈과 공양주였다. 효명을 부탁하고 한번 찾아보지도 못했으니 도리가 아니어서 내내 찜찜하던 터였다. 인사를 나눈 상훈은 오늘은 효명의 보호자로 파계를 감당하겠다며 모두를 노량바닷가 '해안가횟집'으로 데려갔다. 상훈은 신도가 아닌 다음에야 횟집을 알 리 없고 유스티노가 안내한 집이었다.

"하동은 지리산, 섬진강, 남해가 어우러져 사시사철 다양한 먹거리가 넘칩니다. 화개장터에는 영호남이 어우러진 음식도 좋고 재첩은 전국 제일이지요. 계시는 동안 많이 즐기세요."

상훈은 한껏 자랑했는데 상에 차려진 음식을 본 동희가 형일의 귀에 대고 속삭였다.

"아빠, 회…."

그러고 보니 상차림에는 흔한 광어회조차 보이지 않고 장어구이와 흔히 '하모'라 불리는 갯장어회가 꽃 모양으로 예쁘게 담겨 있었다.

상훈은 유스티노를 향해 짐짓 눈을 부라렸다.

"이게 어찌 된 노릇이오? 날 야박한 사람으로 몰려고 작정이라도 한 거요!"

유스티노도 당황한 낯빛으로 주인을 불렀다. 미남형의 젊은 사장은 난처한 기색이었지만 자분자분 설명했다.

"저희는 가능한 이곳 바다의 자연산만 내놓으려 하는데 감성돔은 산란철이고, 다른 횟감들도 수온이 높아 여름철에는 신선한 맛을 자신할 수 없어 내놓지 않습니다. 그렇지만 갯장어는 제철이고 인근 바다에서 매일 잡아 신선하고 맛도 뛰어납니다. 붕장어도 제철인데 뼈째 썰어 냈고, 특히 민물장어는 가격이 만만치 않지만 신부님이 오셨기에 원가로 모시려고 합니다."

"섬진강 민물장어요?"

"아닙니다. 근처 바다에서 잡은 겁니다. 민물장어도 산란 때는 바다로 나갔다가 거슬러 민물로 돌아옵니다. 민물에만 가둬 키운 건 뻘내가 나는데 바다에서 잡은 건 그렇지 않아서 저희 식당 여름철 주요리는 장어구이가 되는 셈입니다. 곁들임으로 올린 해삼, 멍게 등은 근처 바다에서 당일 재취한 자연산이고, 소라와 갑오징어 숙회는 여름철 상이 부실해 겨울과 봄에 잡은 자연산을 냉동시켰다가 올린 거니 그런대로 괜찮을 겁니다. 다른 계절에 한 번 더 오시면 생각하시는 횟상을 제대로 맛보실 수 있을 겁니다."

"음식에는 자유로운 세상을 누리는 신부님이기에 뭘 좀 아시나 했더니 오늘 가이드는 엉터리요."

상훈의 타박에 형일이 얼른 나섰다.

"아닙니다. 설명을 들으니 이게 제대로 된 여름 횟상입니다. 저희야 바다라면 그저 사시사철 같은 회만 생각하지 이런 특성이 있는 줄 어떻게 알겠습니까. 덕분에 생각지 못한 호사를 누리겠습니다."

"그런데 여기 앞바다가 이순신 장군님 노량해전의 그 바다예요?"

동희의 관심은 그새 역사로 비켜간 모양이었다.

"그렇지요. 바로 건너에 보이는 섬은 남해군이고, 요 앞바다는 그 노량만이 맞지요. 오른쪽 다리는 노량대교고, 왼쪽 다리는 남해대교니 이따가 나가면서 이순신 장군님을 더듬어보던가요, 하하."

당장 바다를 보러 나갈 기세이던 동희는 상훈의 이야기에 멋쩍은 웃음을 지으며 젓가락을 들었다.

"그래 동희야 많이 먹어라. 내 오랜만에 널 만나니 반가워서 최고의 집을 찾았더니 저렇게 음식에 대한 철학과 양심 있는 사장님을 모르고 스님이 타박한 거다."

"허, 소 뒷발에 쥐 잡은 거 아닙니까."

"우리 신자분이 소개해준 건데 그게 어디 소 뒷발이오."

"좋으시겠습니다. 술이며 고기며 가릴 것 없으니 신자분들도 자유롭고요."

"스님이라고 꼭 가려야 하는 겁니까?"

"먹자고 들면 못 할 것도 없지만 굳이 찾지 않아도 이리 강건하지 않습니까."

"남들 눈이 조심스러워 그러시는 거면 제가 가끔 포장이라도 해서 가져갈까요?"

"어허, 신부가 아니라 아주 사탄이요."

"그래도 사탄은 너무 심하십니다."

"그렇지 않습니까. 포장을 하려면 조용히 해야지 저리 소문부터 내니 어찌 사탄이라 하지 않겠어요."

"뭐요? 하하하."

두 사람의 격의 없는 농담으로 시작된 이야기는 서로의 인생사까지 이어졌다. 유쾌하게 몇 순배 술잔이 돌고 난 뒤 형일이 불콰한 얼굴로 효명을 돌아봤다.

"서울에서 자전거로 하동까지 오며 사람, 사는 거, 생각을 보겠다고 했는데 뭘 봤니? 지난 보름 동안 그게 정말 궁금했다."

효명은 난처한 표정으로 주위를 돌아보며 망설이자 상훈이 거들었다.

"그래, 나도 네가 먼 길을 자전거로 오겠다고 할 때 그저 여행은 아닐 거라 생각했다. 아직 설익었더라도 한번 말해봐라."

"그게 뭐 중요한 거야?"

"그런 생각이었어? 허, 그건 나도 듣고 싶구나."

고개를 갸웃하는 동희에 이어 유스티노도 나섰지만 효명은 여전히 쭈뼛거렸다. 신부는 동희를 바라봤다.

"동희는 효명이를 성당에 데려가보지 않았냐?"

"몇 번 데려갔어요."

"어떻더냐?"

효명은 그제야 입술을 뗐다.

"신부님 강론도 스님 법문과 별반 다르지 않은 것 같았어요. 그래서 몇 번 다니다 만 거예요."

"어떻게 다르지 않다는 거지?"

"그래서 자전거로 내려온 거예요. 사람들은 대부분 마음에 종교를 가지고 있고, 많은 사람이 절이나 성당, 교회를 다니며 법문이든 강론이든 설교든 듣잖아요. 설교는 들어보지 않았지만 아마 비슷할 테고요. 그런데 말씀은 열심히 들으면서 생각과 행동은 바뀌지 않으니 그게 이상했어요. 오는 동안 나름 눈과 귀와 마음을 기울였지만 아직 잘은 모르겠어요. 그렇지만 사람들은 살아가는 어려움보다 마음의 어려움이 더 커서 아파하는 거 같았어요. 살면서 누구나 수없이 많은 미움을 갖게 되지만 그 때문에 용서라는 말이 있는 거잖아요. 제가 잘못 본 건지 모르지만 사람들은 오히려 미움에 미움을 더 얹고, 서로를 부추기며 아파하는 것 같았어요."

상훈은 참선에, 신부는 묵상에 든 듯 두 눈을 감은 채 고요했고, 형일은 팔짱을 끼고 예원은 두 손을 모은 채 고개를 끄덕였다. 말이 없으니 속을 알지 못했는데 이처럼 꽉 차 있다니 공양주는 눈물을 글썽거렸고 동희도 차분한 눈빛으로 효명을 지켜보았다. 더 말이 이어지지 않자 상훈이 눈을 떴다.

"그럼 뭐라도 해보거나 준비를 해야 할 거 아니냐."

"미워서 억울한 것이든 억울해서 미운 것이든, 억울함이 있으면 용서가 더 쉽지 않을 것 같아서 먼저 그걸 덜어주고 없애주는 건 어떨까 생각 중이에요."

〈법학개론〉을 산 이유리라. 상훈은 속이 후련해져 한번 호탕하게 웃었다.

"하하하! 내일 새벽 예불 법문은 이렇게 들으셨으니 다른 예불을 드려야겠소이다. 낯설더라도 오늘 밤은 다들 불락사에서 묵으시지요. 템플스테이를 할까 준비해둔 방이 넉넉합니다, 하하하!"

여명의 기운이 희미하게 돌자 상훈은 세수를 하고 종을 쳐 새벽을 알렸다. 도량을 청정하게 하고 잠을 깨우기 위해 절집 마당을 돌면서 염불하며 종송(鍾頌)으로 준비할 시간을 주는 것이 예법이나 오늘은 염불도 법문도 하지 않을 것이기에 종만 치는 것이었다.

사람들이 절 마당으로 나오자 상훈은 법고루(法鼓樓)에 올라 법고를 치기 시작했다. 이는 부처님의 가르침을 담은 북소리로 모든 길짐승을 구원하는 의미이며 그 자체로 장중한 음악이 되었다. 뒤따라 법고루에 들어온 효명은 상훈이 법고 의식을 마치자 목어(木魚)의 비워둔 배 속을 두드렸다. 이는 항상 눈을 뜨고 있는 물고기를 염두에 두어 거침없이 수행하고 수중의 모든 생명을 구원하겠다는 뜻이다. 이어 상훈이 운판(雲版)을 쳤다. 이는 구름 모양으로 만든 청동판으로 해와 달을 새겨 넣어 그 변화처럼 부단히 수행하며 모든 날짐승을 구원한다는 의미이기도 했다. 마지막으로 상훈과 효명은 손을 번갈아 범종을 쳤다. 크고 으뜸이라는 뜻의 범과 천상의 소리라는 뜻의 종을 담은 범종은 부처님에게 새벽을 이르고, 가장 멀리까지 퍼지는 종소리로 지옥에 있는 중생을 구원한다는 의미였다. 33번의 장중한 울림이 그치자 두 사람은 법고루를 나와 법고전으로 향했다.

유스티노는 절 마당에서 법고루의 불전사물(佛殿四物)이 빚어내는 하모니에 젖었던 동희 가족을 법고전 안으로 이끌었다. 절집 예절에 익숙하지 않아 머뭇거리는 그들에게 신부는 그저 편하게 서서 합장만 해도 된다고 일렀다.

상훈과 효명은 어젯밤 가져다 놓은 바이올린과 첼로를 들고 서로 눈짓으로 연주를 시작했다. 법당도 생소한데 처음 보는 두 악기의 조합에 동희의 가족은 어리둥절했지만 유스티노는 기대 가득한 표정이었다.

여리고 느리게 시작된 곡은 고조를 높여 긴장을 주다가 경쾌하게 밝은 기운을 퍼트리는가 하면 장중하게 마음을 울리며 변화무쌍했다. 광고 기획을 하며 많은 음악을 접한 형일과 클래식을 즐기는 예원이 귀를 기울였지만 들어보지 못한 곡이었다.

"처음 듣는 곡이에요."

참지 못한 동희가 유스티노에게 속삭여 물었다.

"즉흥곡이라고 생각하면 된다."

동시에 눈이 휘둥그레지는 세 사람을 보며 유스티노는 낮은 목소리로 설명을 이었다.

"스님이 곡을 이끌면 효명이 따라가며 화음을 연주하는 거지. 가끔 저렇게 음악으로 염불을 대신해. 그래도 반년 만인데 효명이 꽤 잘 맞추는구나."

새벽 산중의 불 밝힌 법당 안에 울려 퍼지는 바이올린과 첼로의 조화는 부처의 법음으로 가히 손색이 없었다. 달콤한 꿈에 젖은 듯 아름다운 시간이 아쉽게 끝나자 동희는 손뼉을 쳤다. 예원이 질색하며 막으려 하자 상훈은 웃음을 지으며 손사래 쳤다.

"괜찮습니다. 법음에 감동해 치는 손뼉인데 부처님도 기뻐하시겠지요. 본디 염불은 부처님을 생각하는 간절한 마음이고, 중이 부처님 말씀을 대신 전하는 게 법문이지요. 불가에서는 범패라는 음악으로 법문을 전하기도 했으니 오늘 연주는 현대의 범패라 생각하셔도 됩니다. 다만 재주가 모자라 송구하기는 하지만요, 허허."

"아닙니다. 아주 좋았습니다. 그런데 신부님 말씀으로는 즉흥곡이라 하는데 그렇습니까?"

형일의 물음에 상훈이 답했다.

"목적이나 의식을 두어 만든 즉흥곡은 아닙니다. 연주를 이어가며 그날그날 느낌에 따라 조금씩 변화를 주는데 의외로 효명이 잘 따르고 받쳐주어서 날마다 새롭습니다."

"악보를 만들면 좋을 것 같습니다."

"그건 효명이 몫이겠지요."

광고 기획을 하며 음악에 관심이 많은 형일은 악보가 남겨지길 간절하게 바랐다.

"서울에서는 음악 하는 기색이 없더니 어떻게 연주를 바로 할 수 있었던 거냐?"

"학교 음악실에서 가끔 연습했어요."

"첼로를 가지고 가서 집에서 연습하면 어떨까?"

"폐가 되지 않으면 그렇게 해라. 혹 여기 내려왔을 때 새벽 예불 연주에 참여하고 싶으면 기타나 비올라로 해도 될 테니."

형일의 말에 상훈이 동의했다.

"효명이가 기타와 비올라도 연주해요?"

동희는 신기하다는 듯 물었다.

"기타는 훨씬 잘하고 비올라도 나쁘지 않지."

"그럼 첼로는 부피가 크니 저희가 서울 갈 때 미리 가져다 놓아도 될

까요?"

형일은 마음이 바쁜 모양이었다.

"그럽시다. 효명인 방학 동안에 학과 공부 외에도 읽을 책이 두꺼운 모양이던데."

"하동에도 학원이 많아요?"

"하하, 효명인 개인 교사가 많아서 학원은 다닌 적이 없지."

"과외요?"

"스님 중에는 영어, 수학, 국어, 과학은 물론이고 전 과목에 제각각 뛰어난 분들이 많거든. 그분들이 전부 효명이 공부라면 두 팔 걷고 나서니 학원 부러울 게 없지."

"어쩐지, 방학하자마자 내려온 이유가 그거였네."

동희는 효명에게 부러운 듯 눈을 흘겼다.

절집이라 나물과 채소뿐이지만 엄마의 마음으로 정성을 다한 공양주의 아침상에 모두 감탄했다. 상을 물리자 상훈은 휴일에 가끔 들러 종무소 서류일을 처리해주는 선주를 불러 형일과 예원에게 따로 소개하며 일렀다.

"여긴 하동녹차연구소에서 연구원으로 일하는 불자입니다. 하동에 머무는 동안 길잡이가 되어주라고 도움을 청했어요. 효명인 하동에 살았지만 학교와 절밖에 모릅니다. 지금껏 소풍도 수학여행도 간 적이 없으니까요. 아마 아버지와 어머니가 되어줄 사람이 없어 그랬던 것 같으니 효명이 가족도 되어주시면 고맙겠습니다.”

"예, 제가 가끔 들러서 데리고 나가려 했지만 겨우 누나라고는 불러도 따라나서지는 않았어요. 며칠 전 효명이 왔다기에 얼른 달려왔더니 전보다 훨씬 밝아 보였어요. 말수도 좀 늘었고요. 아마 가족이라는 울타리를 느낀 덕분일 거예요.”

형일과 예원은 새삼 가슴이 찡했다. 미처 생각하지 못했지만 자신조차 알지 못하는 깊은 아픔을 묻어두고 있었던 모양이다. 아마도 동희의 밝은 성격이 효명의 아픔을 상처 없이 아물리고 있는지도 모를 일이었다.

선주는 남쪽에서 여행을 시작하자며 먼저 금오산으로 향했다. 남해와 접한 금오산에서는 앞쪽 남해군을 중심으로 왼쪽의 사천시와 오른쪽 여수시의 다도해를 한눈에 볼 수 있다. 그리고 동희 또래가 가장 좋아하는 아시아에서 제일 길다는 짚와이어가 있었다.

산 정상에서 외줄 와이어에 매달린 기구 의자를 보자 효명은 완전히 겁먹은 얼굴이었고 동희는 신이 났다. 형일도 두려운 표정이었지만 예원은 설레는 낯빛이었다.

먼저 효명과 동희가 나란히 출발했다. 첫 번째 구간은 높기도 했지만 내려오는 속도가 빨라 효명은 두 눈을 질끈 감았고 동희는 큰소리로 환호하며 두 팔을 흔들어댔다. 효명은 뒤늦게 눈을 떴지만 정신없는 사이에 산중 구간에 도착했다. 효명은 후들거리는 다리를 겨우 추스르며 동희를 따라 다음 구간 출발선에서 대기했다.

"겁쟁이, 두 눈 다 꼭 감고 뭐 했어. 이제 적응됐을 거니까 두 눈 크게 뜨고 바람을 즐기며 눈앞의 경치를 봐, 멋져."

동희는 들뜬 얼굴로 엄지손가락을 세워 보였고 효명은 바람을 즐기라는 이야기가 마음에 와닿았다.

다시 출발. 효명은 눈을 감지 않았고 속도는 조금 느려져 맞춤했다. 옆줄 동희를 따라 두 팔을 활짝 펼치니 정말 바람이 느껴졌다. 그저 스쳐가는 바람이 아니라 자유롭고 온몸을 품어주는 바람…. 다시 눈을 감고 바람을 느끼는데 옆 라인 동희가 소리쳤다.

"앞쪽 바다 경치도 봐!"

눈을 뜨자 난생처음 하늘을 날며 만나는 끝없이 펼쳐진 바다와 점점이 박힌 섬들의 향연이라니! 갑자기 눈물이 핑 돌았다. 설움도 슬픔도 아닌데 눈물이 저절로 흐르고 가슴이 뭉클했다. 저 아름다움이 부처의 세상이라면 모든 무거운 것을 벗어 던진 듯한 이 자유는…. 동희는 효명의 뺨을 적시는 눈물을 보자 왠지 숙연해 환호를 멈추고 그저 두 팔을 펼친 채 바다만 내려다봤다.

12. 교각

산에서 내려와 월정사를 찾은 수충은 마침 인근 암자에서 왔다는 보천이라는 승려를 마주했다. 세수(世壽)는 알 수 없으나 노년에도 어린아이 같은 맑은 얼굴에 형형한 눈빛으로 쏘아보는 그에게서 단박에 범접할 수 없는 깊은 법기를 읽을 수 있었다. 수충은 얼른 땅바닥에 무릎을 꿇고 말없이 절을 올렸다.

"그대가 오대를 돌며 여름 초막과 겨울 토굴에서 수행한다는 이요?"

"민망하지만 그렇습니다. 노승께서 어찌 그런 하찮은 이야기를 들으셨는지요?"

"산에서 내려왔으니 깨우친 것이 있을 터, 무엇이오?"

"아무것도 깨치지 못하였습니다."

"그런데도 내려온 것이면 이제 속세로 돌아가야겠구려."

"아닙니다. 이른 아침 한 노승께서 석장을 끌고 토굴 앞을 찾아오셨는데 지장보살의 이야기를 들려주셨습니다."

"무슨 이야기였소?"

"바라문의 딸 이야기였습니다."

"그럼 더욱 수행에 정진해야 할 것이 아니오."

"수많은 방편을 찾는 지혜는 수행에만 있지 않을 듯하여 내려왔습니다."

보천은 눈을 감고 합장하며 희미한 웃음을 비쳤다.

"혹시 삽살개와 같이 오셨던가?"

"예, 그러합니다."

"그분이 지장보살이시다."

"예…!"

수충이 경악하며 입을 다물지 못하는데 보천은 허리를 굽혀 머리를 쓰다듬었다.

"그래, 이제 무엇을 할 생각이냐?"

"우선 뭇 생명의 삶과 고통의 근원을 알아보려 합니다."

"내게 바라는 것이 있느냐?"

"감히 구족계를 청합니다."

"속명이 무엇이냐?"

"수충이라 합니다."

보천은 보일 듯 말 듯 움찔했다. 이런 인연이라니!

보천은 정신대왕의 아들로 알려지나 〈삼국유사〉 '대산오만진신'에서는 정신대왕이 신라 31대 신문왕일 것으로 비정(批正)하니, 그에 따르면 두 사람은 숙질간으로 수충이 조카가 되었다.

"따라오거라."

법당으로 간 보천은 직접 벼린 칼을 들어 수충의 머리를 망설임 없이 밀었다.

"교각. '높을 교(喬)' '깨달을 각(覺)', 이제 너의 이름이다."

수충은 일어나 세 번 절하여 비구의 예를 갖추었다.

서라벌에서 동북으로 길을 잡아 오대산에 왔던 것과 달리 이번에는 서쪽으로 향했다. 삼국이 오랫동안 다투었던 한수(漢水) 유역을 거쳐 서해 가까운 땅을 돌아보며 서라벌로 돌아갈 계획이었다.

산에서 내려왔다고 하지만 서쪽으로 향하는 길은 한동안 높고 낮은 산들이 이어져 제법 고단했다. 나라의 영향력이 미치지 않는 깊은 산중에 화전을 일군 가구들은 찌든 가난이 고스란히 드러났지만 사람들의 표정은 밝고 심성은 따스했다. 마르지 않는 내(川)와 작으나마 전답이 있는 마을은 배고픔은 덜하나 마음은 편치 않아 보였다.

서쪽으로 더 흘러 한수와 합쳐지는 강이 나오자 제법 너른 들이 펼쳐지고 고을에는 관아가 있었다. 이미 머리를 깎고 잿빛 승복을 입었으니 신분을 묻거나 따질 사람은 없고 교각 스스로도 왕자임을 잊었다. 당과 달리 신라는 아직 공적인 화폐를 사용하지 않았으니 먼 길을 나서는 사람에게는 어려움이 되었다. 후봉은 서라벌을 떠나올 때 금과 은을 두드려 납작한 편으로 만든 조각을 넉넉히 챙겼지만 산간 마을은 물론 수십 호의 마을에서도 사용하기 어려운 가치라 교각의 뒷바라지에 어려움이 컸다. 이제 제법 그럴듯한 시장이 선 고을에 이르렀으니 금과 은을 사용하기 수월한 물품으로 바꾸러 나갔던 후봉이 돌아왔다.

"그동안 자네 고생이 컸네. 여기 시장에서는 금편과 은편을 쓸 수 있던가?"

"금편은 쓸 만한 곳이 없었고 은편을 피륙과 포목으로 바꿔왔습니다."

"갈 길이 먼데 짐이 되지는 않겠는가?"

"봇짐으로 걸머질 만큼만 바꿨습니다."

"나도 나눠 질 테니 봇짐을 나누게."

교각의 말에 후봉은 대답이 없었다. 눈을 들어보니 뭔가 할 말이 있는 기색이었고 낯빛이 어두웠다.

"왜, 무슨 일인가?"

"송구합니다. 대왕께서 왕자님이 서라벌을 나오시고 곧 왕비를 들이셨고, 유월에 왕후로 책봉하셨다 합니다."

교각은 말없이 눈을 감았다. 그리되리라 짐작은 했으니 놀랍지는 않았다. 다만 어머니의 상심이 크실 테니 마음이 쓰렸다.

"자네가 송구할 일은 아니지. 마음 쓰지 말게."

"새 왕후께서 왕자님도 생산하셨다 합니다. 이만 돌아가셔서 왕후마마를 뵙는 것이…."

"3년이 지났으니 불효를 씻기에는 이미 너무 늦었네. 게다가 돌아가면 또 분란의 씨가 될지 모르니 마음 정한 대로 길을 가세."

후봉은 어차피 서라벌로 갈 텐데 시간을 늦춘다고 달라질 것도 없지 않으냐고 묻고 싶었지만 말을 내뱉지는 않았다.

마침내 한수가 큰 강폭을 이루는 곳에 이르자 둑 남쪽으로 옛 백제가 쌓은 토성이 보였고, 그 위에 올라 보니 과연 한 나라의 도읍으로 삼기에 부족하지 않은 너른 들이 펼쳐졌다. 잦은 전쟁으로 무너지고 부서진 흔적이 남아 있기는 했지만 성안 중심에는 기와를 인 집들이 빼곡히 처마를 맞대고 변두리에는 초가집들이 정겹게 모여 있었다. 성 밖 너른 들에서는 누렇게 익은 곡식을 이제 막 추수하기 시작한 농민들의 손길이 바빴고 그들이 사는 초가집도 제법 번듯해 보였다. 북쪽으로 돌아서서 강쪽을 보니 크고 작은 배들이 분주하게 포구를 드나들며 이런저런 화물을 싣고 내렸다. 서쪽 대륙과 뱃길로 연결되는 중요한 요충지이기도 했고, 너른 땅에서 풍부하게 생산되는 농산물과 한수의 어물이면 수만의 백성과 군사를 먹일 수 있으니 누구라서 탐내지 않았으랴.

성안으로 들어가자 포구에서 내린 화물이 바리바리 기와를 인 저택으로 들어갔다. 번듯한 집이며 북적이는 사람들은 풍요로워 보였다. 전쟁은 고난이었지만 통일의 결과라 생각하니 교각은 선왕들의 노고에 새삼 감사하고 그 자손임이 흐뭇했다. 그러나 변두리 초가집을 둘러보니 사정은 달랐다. 전쟁의 상흔이 그대로인 집이 다수였고 사람들의 입성도 부실한데다 초췌한 몰골이 가난을 여실히 드러냈다.

"전쟁이 끝난 지가 언제인데 아직도 이러고 사는 것이오?"

지붕 한쪽이 주저앉을 듯 허름한 집 마당 멍석 위에 쪼그려 앉아 해바라기하는 노인이 있어 말을 걸자 고개를 돌리더니 힘겹게 일어나 합장한다. 꼬부라져 불편한 허리를 나무 작대기에 의지한 노인은 미안하고 난처한 얼굴로 우물거렸다.

"스님이 오셨는데 시주할 게 아무것도 없으니 어쩌지요, 송구합니다."

"시주를 바라서 온 게 아닙니다. 나라의 관리들도 바뀌었을 텐데 어찌 아직도 이리 피폐합니까?"

"아이고, 스님은 산중에만 계셨던 모양입니다. 전쟁이 벌어지고 성의 주인이 여러 번 바뀌었지만, 부자와 가난은 바뀌지 않더이다. 승자가 새로운 주인으로 성을 다스리게 되면 너나없이 금세 부자들과 손을 잡는 건 다르지 않습디다. 부서진 성을 보수하고 군사를 지키려면 많은 물자가 소용되니 어쩔 수 없이 손을 잡는 거겠지요. 무작정 빼앗고 몰락시켜서는 물자 공급이 이어지지 않아서 그럴 테지만, 그렇게 권력과 손잡은 부자들은 우리 같은 힘없는 사람들을 쥐어짜서 보충하지요. 아니, 그걸 빌미로 오히려 부를 늘립디다. 관리는 칼이라도 들었지, 무서운 강도는 따로 있지요. 그러니 지붕이 내려앉는다고 해도 당장 입에 풀칠하는 것보다 바쁘지는 않지요."

교각은 그들을 욕하기에 앞서 자신이 부끄러웠다. 백성을 위하는 마음만은 진정이라 여겨왔지만, 청맹과니에 귀까지 먹어 제대로 알지 못하는 마음 따위가 무슨 소용이겠는가. 교각은 한없이 부끄러웠다. 후봉에게 바꿔온 피륙과 포목을 모두 노인에게 주라 하고 발길을 돌렸다.

큰 고을만이 아니었다. 노인의 넋두리에 번쩍 눈을 뜨고 살펴보니 수십 호의 적은 마을에도 토호는 있었다. 같은 초가를 이어도 그들의 지붕은 두터웠고 굴피를 이어도 더 촘촘했다. 필경 관리가 상주하지 않으니 그 일을 대신하거나, 하다못해 오가며 말을 전하는 것만으로도 위세를 부릴 것이었다. 관아가 버젓한 고을이라고 다르지 않았다. 여러 관원이 저마다 결탁하여 바치고 비호하니 설령 심지 바른 수령이라 해도 눈뜬 소경이 될 뿐이었다. 따져보면 6부의 수장으로 권세를 누리는 귀족도 다르지 않은 셈이었다. 다만 정치라는 이름으로 토호의 탈을 가렸을 뿐 그들은 오히려 더 큰 도적이었다.

추수가 끝나고 잠시 배를 곯지 않는가 싶더니 채 겨울을 나기도 전에 벌써 곡식을 빌리러 나서는 이들도 있었다. 그들에게는 봄도 그저 한기를 면해줄 뿐 가을을 기다리는 굶주림의 시작일 것이었다. 제대로 눈을 뜨니 세상의 참혹함은 정치의 무기력을 처절하게 일깨웠다. 교각은 이제 더 돌아볼 것 없이 뜻을 굳혔다.

"와, 왕자. 어찌 정녕…."

4년 만에 돌아온 아들의 모습에 어머니는 말을 잇지 못하고 털썩 땅바닥에 주저앉았다. 잿빛 승복에 머리까지 삭발했으니 구족계를 받고 출가했음이었다. 교각은 어머니를 일으켜 세워 두 손을 모아 합장하고 고개를 숙여 예를 다했다. 함께 있다가 나온 외조부 김원태에게도 합장으로 인사하자 그도 합장하고 고개를 숙였다.

"출가하신 겁니까?"

방 안에 들어가 앉자 김원태가 물었다.

"예, 교각을 법명으로 받았습니다."

"흐음…."

신음인지 질타인지 모를 소리를 내뱉고 김원태는 눈을 감았다. 어머니는 여전히 눈물만 지을 뿐 말이 없었다. 한참 만에 김원태가 감았던 눈을 떴다.

"태자 이야기는 들었습니까?"

"들은 바 없습니다."

"새 왕후의 왕자를 태자로 삼았습니다."

교각은 무심하게 어머니를 돌아보았다.

"어머님께서도 이제 다른 생각을 마시고 마음을 편히 하십시오."

"정녕 한 점 미련도 없다는 것입니까?"

"얼마나 어두운 눈을 가졌던지 깨달으니 참된 길이 보였습니다. 이제 그 길에 매진할 것입니다."

어머니는 긴 한숨을 내쉬었지만 김원태는 결심한 듯 고개를 크게 끄덕였다.

"그리 정하셨다니 당으로 가십시오."

교각은 무슨 까닭인지 의아한 눈빛으로 물었고 어머니는 화들짝 놀란 얼굴이었다.

"대왕께서 아직 핏덩이인 왕자를 태자로 삼은 것은 새 왕후의 건강으로 보아 더는 자식을 생산할 수 없을 듯해 김순원이 밀어붙인 때문입니다. 아시다시피 그는 지금의 대왕을 추대하려는 뜻이었지만 반란을 도모해보았던 자입니다. 태자가 어린 만큼 더욱 불안할 테니 반드시 불씨를 제거하려 들 것입니다. 왕자의 안전은 이제 누구도 보장할 수 없고 여차하면 마마저 위험할 수 있으니 차라리 당으로 가는 것이 모두가 안전할 수 있는 길입니다."

교각은 고개를 주억거리며 잠시 생각에 잠겼다가 눈을 떴다.

"신라 백성을 두고 떠나는 건 아쉽습니다만 당의 백성도 중생이겠지요. 그리하겠습니다."

김원태는 방문을 지키는 후봉을 들어오게 했다.

"네가 왕자님을 수행해서 당에까지 가야겠다. 부모님께는 이미 길이 멀 것이라고 일러뒀고 곡식과 비단도 넉넉히 보냈다. 다녀올 때까지 매년 잊지 않을 테니 걱정 말거라. 왕자의 안전을 믿을 수 있게 되면 기별

할 것이다.”

“부모님은 더 신경 쓰지 마십시오.”

후봉은 기꺼이 대답했지만 교각은 손사래를 쳤다.

“제 몸은 제가 지킵니다. 더구나 당에까지 손을 뻗치겠습니까?”

“모르시는 말씀입니다. 대왕을 압박해 왕후를 내보내고 기어이 제 딸을 왕비로 삼은 자입니다. 태자가 어리니 더욱 혈안이 될 것입니다.”

교각의 성품을 아는 후봉이 끼어들었다.

“그렇지 않아도 왕자님을 수행하며 저도 불가에 귀의할 생각을 했습니다. 기왕 당에까지 함께 해야 하니 저도 머리를 밀어주십시오.”

“그리 쉽게 결정할 일이 아니네.”

교각은 단호히 말했지만 후봉은 이미 마음을 굳힌 터였다.

13. 사법고시

"아유, 알뜰하게도 챙겨 보내셨네."

예원이 불락사에서 보내온 택배를 풀며 연신 탄성을 터트렸다.

"초봄에는 고로쇠 수액을 보내주시더니. 고로쇠 수액은 역시 지리산게 제일이더라고, 역시 하동이야. 효명이 덕분에 여러 가지 호사를 누리네."

"이건 스님이 직접 덖는다는 햇차예요. 나물은 전부 공양주님 손길일 테고. 당장 전화해서 인사라도 드려야겠어요."

"내일 해, 9시가 넘었어. 절집인데 벌써 주무시지."

5년 전 고등학교 첫 방학 때 하동을 다녀온 뒤부터 불락사에서 수시로 이런저런 특산물을 보내왔다. 형일도 자주 찾아보고 싶었지만 2학년 여름방학에 한 번 더 다녀온 뒤로는 효명이 방학을 서울에서 보내니 발길을 못 했다. 그사이 효명은 서울대 법대에 입학했고 동희는 컴퓨터 그래

픽을 전공으로 홍익대에 들어갔다.

"효명이 안 들어왔지?"

얼굴에 알코올 기운을 담은 채 들어온 동희는 효명의 방 쪽을 돌아봤다.

"12시는 돼야 들어올 텐데 뭘. 아휴, 술 냄새."

예원이 눈을 흘기자 동희는 입을 삐죽 내밀었다.

"얼굴 본 게 도대체 언제야. 같이 밥 먹은 지도 몇 달은 되는 것 같아, 여기가 모텔이야. 엄마 아빠, 효명이 쫓아내자."

"마음에 없는 소리는. 그런데 효명이는 벌써 사법시험 준비라도 하는 거냐?"

형일이 물었다. 대학에 입학하고부터 자정이 넘어 들어왔다가 새벽같이 나가는 생활이었으니 모텔이나 다름없기는 했지만 그렇게 늦게라도 들어오는 것은 고등학교 3년을 함께해준 동희와 보살펴준 가족에 대한 효명 나름의 예의일 것이다.

"몰랐어요? 효명이 지난해 입학하고 오월엔가 경험해본다고 1차 시험 응시했었어. 한 과목인가 과락으로 떨어졌지만, 올해는 아마 1차는 무난히 통과할 거야."

형일이나 예원은 전혀 모르는 일이었다.

"정말이야? 아니 입학해서 두 달 만에 법을 얼마나 배웠다고?"

동희가 빙그레 웃었다.

"걔 아마 고3 때부터 수능시험과 사법시험 공부 같이 했을 거야."

"그걸 네가 어떻게 알아?"

"우리 처음 하동 갔을 때 효명이 방에서 〈법학개론〉이 있는 걸 봤거든. 이게 뭐냐고 물었더니 재미있을 것 같아서 한 권 샀다더라고, 참. 그런데 두 번째 갔을 때 스님께 살짝 물어봤더니 그 여름에 법대 다닌 스님이 일강을 해주셨다는 거야. 그러니 그때부터 작심했던 거지. 완전 애늙은 이야, 쳇."

형일과 예원의 눈이 휘둥그레졌다.

"그런 걸 왜 이제 이야기해."

"시험이 잘 될지 안 될지도 모르는데 뭘 이야기를 해. 아, 우리 학교 선배들도 응시자들이 있는데, 어제인가 오늘인가 1차 발표라는 것 같던데."

"그래? 그럼 어디 인터넷으로 확인해볼 수 없나?"

"그래 볼까?"

동희가 컴퓨터를 켜서 사이트를 뒤지는 사이 현관문 열리는 소리가 들렸다. 역시 효명이었고 11시를 막 지나고 있었다.

"아, 모두 안 주무셨네요. 무슨 일 있으세요?"

효명의 얼굴에 술기운이 비쳤다.

"어, 효명이 술 마셨니? 술 먹는 거 못 봤는데?"

신기하다는 듯 예원이 웃음을 짓자 동희가 끼어들었다.

"너 1차 합격했구나? 언제 발표였어?"

효명의 눈이 동그래졌다.

"동희 네가 그걸 어떻게 알아?"

"넌 내 손바닥 안이야. 통과했지?"

효명이 멋쩍은 얼굴로 뒷머리를 긁적였다.

"오늘. 별것도 아닌데 같이 응시한 선배들이 술 한잔하자고 해서 어쩔 수 없이. 아저씨 아주머니 죄송해요."

"어휴, 저 엉큼한 놈."

"야, 축하한다! 여보 우리도 축하주 한잔하자."

"그래야죠. 잠깐만 기다려요. 뭐로 할까요? 와인? 양주?"

예원은 주방으로 향했고 형일은 와인잔을 챙기며 셀러에서 와인을 골랐다.

"너 스님께는 알려드렸어?"

"아니, 시험 본다는 말씀도 안 드렸는데 뭘."

"그럼 내가 내일 알려드릴게."

"아니야, 하지 마. 그냥 변호사 자격증 하나 얻는 건데 수선 떨 거 없어. 나중에 2차까지 합격하면 그때 말씀드리려고."

"뭐, 자격증? 어유, 저 잘난 척."

동희는 믿지 않게 눈을 흘겼다.

"일찍 합격하면 좋지만 뭘 그렇게 서둘렀어?"

와인을 가져온 형일이 물었다.

"곧 사법시험이 폐지되고 로스쿨 제도가 시행될 것 같아요. 그럼 비용도 많이 들 테고 시간도 아까워서 서둘러 보는 거예요."

"그럼 앞으로 법조인이 될 건가? 뭐, 검사? 판사?"

효명은 고개를 저었다.

"법조계에서 일할 생각은 없어요. 그저 언제라도 누군가를 도울 때 그 자격증이 필요할지도 모르겠다는 생각 정도예요."

누구에게서도 들어보지 못한 이야기였다. 이제 스물을 갓 넘긴 나이 아닌가. 아마 같이 캠퍼스를 누비는 청춘들, 더구나 법대생이라면 모두 법조인으로서 번듯한 성공과 화려한 인생을 꿈꿀 것이다. 그런데 누군가를 도울 때 필요할지 모를 자격증이라니. 그럼 이미 인생의 길을 정하기라도 했다는 것인가. 형일은 설핏 두려움마저 느껴졌다.

"앞으로 어떤 길을 걸을지 벌써 정한 거야?"

"아직 정한 건 아무것도 없어요. 아주 작은 일에도 마음을 정하려면 실체와 배경을 제대로 알아야 하는데 아무리 보잘것없는 저라지만 인생을 벌써 정할 수 있겠어요. 더 많은 세상을 보고 공부한 다음이라야 할 수 있겠지요."

"사람들에게 도움 주는 일을 생각하는 것 같던데?"

"얼핏 그런 생각도 하지만 제가 뭘 할 수 있을지, 그것도 사람들의 아픔을 알아야 할 테니 시간이 오래 걸릴 것 같아요."

"지금까지 만나고 들으며 느낀 것도 있지 않아?"

"아직은 막연한데… 사람들의 미워하는 마음과 갈등이 점점 커지는 것 같아요. 흙수저니 금수저니 하는 이야기도 있지만 그렇게 단순히 빈부나 기회의 문제만은 아닌 것 같아요. 표면은 그렇게 보이지만 분명히 근원에는 다른 무언가가 있을 거 같아요. 미움과 갈등은 사람의 이성을 마비시키기 십상이니 이대로면 폭발할 여지가 크고, 그땐 회복 불가능하지 않을까 싶어요. 그래서 근원을 알고 싶은데…."

효명은 고개를 갸웃거리며 곤혹스러운 표정을 지었다.

"정치를 하면 어떨까? 요즘 정치판에 청년들 모습이 보이기 시작하던데."

효명은 고개를 내저으며 코웃음을 쳤다.

"정치는 한 사람이 하는 게 아니잖아요. 역사에서 어떤 위대한 철인도 정치로 성공하지 못한 건 반대 세력은 물론 연합하는 세력까지 결국은 자신들의 권력을 목표로 하기 때문인 것 같아요. 지금의 정치는 더 말할 것도 없으니 거기에서 뭘 할 수 있겠어요."

냉소적이지는 않았지만 냉정했다. 사법시험을 준비하자면 법 공부만으로도 벅찰 텐데 언제 저만한 생각을 할 수 있는 책을 읽고 공부한 것인지 형일은 속으로 혀를 내둘렀다. 게다가 제 뼛속에 들어 있는 시린 외로움에도 다른 사람을 돕고 구원이라도 하겠다는 저 마음은 어떻게 나올 수 있는 것인지. 그래, 구원. 마치 불법과 성경에서 말하는 구원과 사랑의 마음이 아니고서야….

두 달 뒤 2차 시험을 치른 효명이 하동에 다녀오겠다고 하자 동희 가족도 함께 나섰다. 이번에는 다 같이 자동차로 이동하자는 제안에도 군소리 없이 따랐고 이동하는 중에도 동희의 수다를 받아주고 지나치는 경치에 고개를 끄덕이기도 했다. 시험이 끝난 홀가분함도 있겠지만 그새 뭔가 마음을 세운 것인가 싶기도 해 형일은 운전을 하면서도 룸미러로 연신 효명을 힐끔거렸다.

꼬박 3년 만에 효명이 절집에 들어서자 공양주는 반가움에 눈물을 쏟았고 상훈도 환한 웃음을 지으며 두 팔을 벌렸다. 반가운 인사를 나누고 이런저런 안부를 주고받은 뒤 상훈은 효명을 데리고 법당으로 향했다. 남부 지방에 비가 잦았다더니 불이폭포 물소리가 우렁차 천장 높은 법고전은 더욱 시원한 느낌이었다.

"그래, 시험은 잘 봤냐?"

"어떻게 아셨어요."

"고등학교 2학년 여름방학에 다녀가고 발길을 안 했으니 그 3년에 네가 할 게 뭐 있었겠냐. 더러 전화해 이런저런 질문을 하고 법률 문제에 대한 네 생각을 말하더라는 수왕의 이야기도 들었고. 이맘때면 2차 시험이 끝났을 테니, 자신은 있는 거냐?"

효명은 멋쩍은 웃음부터 지었다.

“떨어지지는 않을 것 같습니다.”

신중한 효명의 대답이니 상훈은 흐뭇한 미소를 지었다.

“기특하구나.”

효명이 주머니에서 봉투를 꺼내더니 불쑥 내밀었다.

“이제 이건 스님이 쓰세요.”

“뭐냐?”

“서울 가면서부터 매달 보내주신 용돈인데 쓰고 남은 겁니다.”

상훈이 봉투에서 통장을 꺼내 잔액을 보니 거의 그대로인 듯싶었다. 더구나 고등학교 시절 보내준 돈도 많이 남아 있는 데다 대학 입학 이후로는 한 번도 찾은 흔적이 없었다.

“등록금이나 학비는 장학금을 받은 걸 안다만 어찌 이렇게 안 쓴 거냐? 공부하는 중에 아르바이트라도 한 거냐?”

“생활장학금을 얼마간 받기도 했고, 가끔 교수님 번역을 도와주고 수고비를 받기도 했습니다.”

“그렇더라도 사법시험을 준비하자면 책값도 만만치 않았을 텐데.”

“구내식당 밥값도 저렴하고 주로 도서관에 있었으니 돈 쓸 일이 없었어요.”

상훈은 다시 봉투에 통장을 넣어 효명에게 내밀었다.

“이제 좀 쉬어야 할 테니 네가 쓰거라.”

“아니에요. 연수원에 들어가면 곧바로 급여가 나와요. 군 복무도 법무관으로 할 테니 그것만 모아도 졸업 때까지 충분해요."

"그래도 내가 호적으로는 네 아버지다. 이렇게 철저한 건 효의 근본이 아니지."

스님의 입에서 아버지라는 말을 듣는 건 처음이었다. 효명은 가슴이 뭉클해 따뜻하게 웃어 보였다.

"그럼 받을게요. 그렇지 않아도 옷이 몇 벌 필요하기는 했어요. 대신 이제 더는 돈 보내지 마세요."

"옷은 왜? 연애라도 할 생각이냐?"

"그런 게 아니라 이제 길거리 연주를 해볼까 해서요. 첼로를 연주할 땐 연미복까지는 아니어도 정장은 갖춰 입어야 하지 않을까요."

"연주라… 좋구나. 기왕이면 연미복으로 차려입어라."

"예, 그럴게요."

효명은 선선히 응했다. 내심 염두에 두었던 모양이다.

"악보도 만들어야지."

"아직은 가사가 떠오르지 않아서요. 즉흥연주를 하며 사람들과 마주하다 보면 노랫말이 떠오를지도 모르죠."

상훈은 흡족하게 고개를 끄덕였다. 문득 직접 물어볼까 싶었지만 상훈은 마음속에 묻었다. 결코 법조계에 몸담아 일신의 영달을 좇을 그릇이 아니었다. 길거리 연주를 시작하겠다는 것은 법음을 전하겠다는 뜻일 테니 굳이 법을 공부해 율사의 자격을 갖춘 그다음 행보가 궁금하고 기대가 컸다.

　서울로 돌아가기 전날 예원이 화개장터와 하동시장에 가자고 나섰다. 청정한 지리산 자락의 나물을 비롯한 먹거리를 사려는 것이었다. 효명도 동희와 나란히 그 뒤를 따라 화개장터를 기웃거리는데 부르는 소리가 들렸다.

　"호맹아! 니 호맹이 맞제?"

　낯은 설었지만 효명은 고개를 숙여 인사했다.

　"그래, 중학교 때 보고 처음이다만 대방(단번에) 알아보겠네. 그래, 니 대학생 되가 인자사 연애하나?"

　앞뒤 없이 불쑥 들이미는 질문이 동희는 불쾌했지만 효명은 아주머니들의 관심과 표현의 방법을 아는지라 얼른 손사래를 쳤다.

　"아닙니다. 서울에서 저 돌봐주시는 분 따님입니다. 내일 올라가기 전에 장을 보고 싶다기에 모셔 온 겁니다."

　"아, 글라. 보소, 거 서울댁이, 이리 좀 와보소!"

　아주머니는 몇 발짝 앞서가는 예원과 형일의 등을 향해 소리치며 급하게 팔까지 내뻗었다. 돌아본 두 사람은 놀란 눈이 되어 얼른 다가왔다.

　"왜 그러세요? 무슨 일 있으세요?"

　그제야 아주머니는 느긋하게 일어나 펼쳐놓은 생나물과 말린 고사리, 토란대 등속을 주섬주섬 챙겼다.

"일은 뭔 일이겄소. 우리 호맹이 재워주고 멕이준다 카는데 빈손으로 보내면 너무 염치없는 일이제. 이거 가져가 잡수소. 마카 내 손으로 깨끗하게 다듬은 거요."

"아닙니다. 그러실 거 없습니다."

예원과 형일이 손사래를 쳤지만 아주머니는 큰 비닐봉지 세 개를 가득 채워 내밀었다.

"서울 사람들이라서 이카나, 참 정 없이 받네. 받는 것도 정이요."

"아주머니 이러지 않으셔도 돼요."

효명이 거들고 나서자 아주머니는 정색하며 눈까지 흘겼다.

"야가 뭐라카노! 니는 몰라도 우리는 철마다 니 멕이라고 공양주에게 이것저것 갖다준 게 태어나서 서울 갈 때까지다. 니는 우리한테도 자식이나 진배없다."

"맞다, 불락사 신자는 다 니 부모나 마찬가지다."

지켜보던 아저씨가 거들자 다른 아주머니도 나섰다.

"와 불락사만이고. 쌍계사며 그 말사들 신자도 다 같다 아이가."

"거 말 섭섭게들 한다. 호맹이는 원래 하동에 아들이라. 자는 몰라도 호맹이 얼굴 아는 사람은 다 그런 마음으로 지켜보잖았나?"

"맞다, 하동에 아들이지."

받는 것도 정이라는 말이 틀리지 않으니 예원과 형일은 감사하며 받을 수밖에 없었다. 이 사람 저 사람 건네주는 비닐봉지가 너무 많아 네 사람이 다 들 수 없게 되자 자동차까지 들어다 주마는 사람이 나섰고 그 핑계로 한 봉지씩 더 얹기도 했다.

"바라, 니 호맹이제?"

또 아주머니 한 분이 소리쳤다. 효명은 그저 고개를 숙여 인사했다.

"우째 왔노? 암튼 잘 왔다. 여서 잠깐 기다리라."

아주머니는 부리나케 자신의 자동차로 달려갔다가 박스 두 개를 들고 돌아왔다.

"이거도 가 가라."

"아이고, 우리 김경연 사장님은 여전히 손이 큽니다이."

박스에는 '소문난 김부각'이라고 쓰여 있었다.

"호맹아, 니 불락사 있을 때 김부각 많이 묵었제. 그거 마카 내가 갖다준 기다. 절집이라 맨날 나물이니 을매나 마음이 쓰이것노. 보소, 여 서울 주소 적어주소 자가 김부각을 참 잘 묵심니다. 내 수시로 보내줄게요."

형일과 예원은 동시에 손사래를 쳤다.

"아닙니다, 벌써 신세가 너무 큽니다."

"뭐라카노. 내 공장이요. 평생 그 집 식구들 먹을 만큼 보내줘도 안 망해요."

"맞습니다. 우리 김경연 씨는 군의원도 했고 요즘은 하동 관광해설사 합니다. 돈도 많심니더."

물건을 들어주던 아저씨가 거들자 김경연은 눈을 흘겼다.

"지랄, 내가 뭔 돈이 많노. 밥 묵고 사는 거제. 암튼 가봐라. 내 약속이 있어가꼬. 마카 잘들 가시고 앞으로도 우리 호맹이 잘 부탁합니데이."

종종걸음으로 멀어지는 김경연의 등 뒤에 네 사람은 동시에 꾸벅 허리를 숙였다.

"야아! 호맹이, 너 하동에서는 어마어마하구나."

동희가 효명의 옆구리를 손가락으로 찌르며 속삭이자 형일도 환한 웃음을 지었다.

"그래, 너는 몰랐어도 참 든든했구나. 세상은 여전히 살 만한 거였네."

효명은 눈자위가 시렸다. 아무도 드러내 말한 사람은 없었지만 무심한 듯 절을 드나들며 함께 키워줬고, 혼자라 생각하며 길을 걸었지만 많은 이들이 눈길로 같이 걸어줬던 것이다. 세상에는 미움과 상처만 있는 것이 아니라 여전히 연민과 사랑이 가득하니 그걸로 희망의 불씨를 키워야 할 일이었다.

14. 보타산

　기이한 일이었다. 교각이 후봉과 함께 서라벌을 벗어나 산중에 이르자 어디서 나타났는지 흰 털의 강아지 한 마리가 뒤를 따랐다. 교각이 몇 번이나 돌아가라고 돌려세웠지만 꼼짝하지 않고 앉아 있다가 두 사람이 멀어지면 다시 일어나 쫓아오기를 계속했다. 어쩔 수 없이 모르는 척 길을 서둘러도 주막에서 밥상을 받으면 발밑에 쪼그려 앉으니 먹이지 않을 수 없었다. 그렇게 서해 포구까지 쫓아와 두 사람이 배에 타려 하자 먼저 쪼르르 달려가 배에 올랐다.

　"아무래도 데려가야 할 듯싶습니다."

　후봉이 말했지만 교각은 께름칙한 구석이 있어 선뜻 동의하지 못했다.

　"잃어버린 주인은 도둑이라 생각하지 않겠나."

　후봉은 고개를 끄덕이며 강아지를 내려다보다가 무슨 생각이 들었는지 빙긋 웃으며 교각을 돌아봤다.

"이놈은 지난번 오대산 남대에서 뵈었던 노스님을 따라온 그 삽살개와 같은 종류입니다. 혹시 그 새끼가 아닐까요?"

"그게 말이 되는 소린가."

대꾸는 그렇게 했지만 다시 자세히 강아지를 살핀 교각도 같은 종류임을 뒤늦게 알아보고 옅은 신음을 내뱉었다.

"으음, 인연인가…. 할 수 없네. 스스로 배에까지 올랐으니 이제 우리가 돌보는 수밖에."

교각의 동의에 후봉은 얼른 강아지를 품에 안고 목덜미를 어루만졌다.

서해를 건너는 뱃길은 익숙한 뱃사람이 아니면 견디기 어려운 고난이었다. 그래도 숙위로 오가느라 두 번 배를 탄 경험이 있는 교각은 이틀만에 안정을 찾았으나 후봉은 강건한 육체가 무색하게 뱃길 내내 토악질을 하더니 아예 갑판에 늘어져 기력을 찾지 못했다. 오히려 강아지는 교각과 같이 이틀 만에 적응을 해 끼니때가 되면 덜어주는 음식을 깨끗이 비웠다.

이틀 뒤면 항주만으로 들어갈 수 있을 것이라 했는데 저녁부터 파도가 거칠어지더니 밤중에는 거센 비바람이 몰아치기 시작했다. 금방이라도 엎어질 듯 위태로운 배를 선원들이 밤새 이리 뛰고 저리 뛰어 위험으로부터 지켜내 아침을 맞았지만 이제는 짙은 안개가 드리워 한 치 앞을 분간하기 어려웠다. 서해 뱃길에는 이력이 난 선주조차 어디쯤인지도 분간하지 못해 바짝 긴장한 눈길을 서쪽으로만 두고 있었다.

교각은 뱃전에 가부좌를 틀고 앉아 염주를 굴리며 조용히 염불을 외웠다. 어차피 길을 정하고 나서지도 않았으니 부처님의 뜻이 있으면 어디론가 이끌어주시리라 믿으니 두려움은 없었다.

얼마 뒤 바람이 불어오자 안개는 바람의 길을 따라 물러갔지만 다시 세찬 바람과 함께 파도가 높아 뱃전까지 밀려들었다. 선주의 고함이 터졌다.

"저기 뭍이 보인다! 뱃머리를 돌려라!"

선주의 손끝을 따라가니 저 멀리에 거무스름하게 육지가 보였다.

거친 파도 속에 겨우 포구에 배를 대고 닻을 내리자 선주는 서둘러 사람들을 하선시켰다. 교각도 아예 곤죽이 되어버린 후봉을 부축해 배에서 내렸고 강아지는 생생하게 뒤를 따랐다.

포구 마을은 제법 큰 규모로 50여 호는 되어 보였다. 교각은 그중에서 가장 번듯한 집으로 후봉을 이끌고 가 유숙을 청했다.

"어디서 오셨습니까?"

너른 집 안 곳곳에서 말린 생선 비린내가 풍기는 것으로 보아 포구의 어물을 거래하는 상인인 듯싶은 주인은 후덕해 보였다.

"동쪽 신라에서 왔습니다."

"신라 배가 이곳에 올 리는 없으니 풍랑을 만나셨나 봅니다."

"예, 항주로 가던 뱃길이 풍랑에 밀려 대피했습니다."

주인은 교각을 아래위로 훑어보더니 물었다.

"스님이신가요?"

"그러합니다."

주인은 불자인 듯 합장으로 예를 하고 본채 끝으로 안내해 방문을 열었다. 제법 너른 방 안에는 양쪽 벽면에 흙벽돌을 쌓아 돋운 침상이 있고 가운데에는 탁자를 사이에 두고 등받이 있는 의자 두 개가 마주 놓여 있었다.

"누추하지만 우선 쉬십시오. 곧 음식을 마련해 드리겠습니다."

주인이 돌아가고 후봉을 한쪽 침상에 눕히자 또 구역질을 했지만 더는 토해낼 것이 없었다.

"땅에 내렸는데도 속이 또 울렁거립니다."

"흔들리는 배에 있다가 단단한 땅에 내려서 생긴 땅멀미일세. 조금 지나면 가실 테니 눈을 붙이게."

후봉은 부끄럽고 미안한 기색이었지만 이내 의식을 잃은 듯 곤한 잠에 빠져들었다.

이곳은 어디일까 궁금했지만 밖에서는 비설거지에 분주한 소리가 들리고 일하는 아이가 밥상을 가져왔을 뿐 주인은 얼굴을 비치지 않으니 내일이나 물어볼 수 있을 듯싶었다. 아이가 내려놓은 쟁반에는 밥과 생선조림, 두 가지 나물 반찬이 담겨 있었다.

교각은 난처했다. 출가한 처지에 입에 비린 것을 넣을 수는 없고 그렇다고 그대로 내놓으면 주인의 성의가 무색해지는 일이 아닌가. 교각은 강아지를 떠올려 쟁반을 들고 가 방문을 열었다. 문소리에 고개를 드는 강아지 입에도 생선이 물려 있었다. 짐승의 먹이까지 소홀히 하지 않는 성품이라면 굳이 생선을 찬으로 올린 것은 포구의 산물이 그러니 어쩔 수 없는 주인의 성의이리라. 계율이 엄격하다 하나 사람의 마음을 외면 하는 것은 더욱 부처의 뜻이 아닐 터. 교각은 쟁반을 탁자에 내려놓고 그 릇을 모두 깨끗이 비웠다.

"일어나라, 이놈아!"

벌컥 문이 열리는 소리와 함께 고함이 쩌렁쩌렁했다. 경을 읽고 있었 는데 뱃길의 고단함에 깜빡 잠이 든 모양이었다. 교각이 눈을 뜨자 시퍼 런 칼날이 목에 다가왔다.

"신라놈이라고? 중놈이 호종까지 두었으니 재물이 적지 않겠구나! 당 장 모두 내놓지 않으면 목을 베겠다!"

교각이 사방을 살펴보니 집주인은 포박당해 문 앞에 무릎을 꿇렸고 반대쪽 벽면 침상의 후봉은 잠에서 깨어나지 못한 듯싶었다. 도적은 모 두 다섯이고 인상이 흉포한데다 모두 칼과 쇠몽둥이로 무장했다.

"칼부터 물리시구려. 그깟 재물이야 내어주면 될 터, 몇 마디 물어나 봅시다."

놀란 기색이라고는 일말도 없이 빙그레 미소까지 짓는 교각의 태연함 에 칼을 목에 대었던 도적이 코웃음을 치며 칼을 내렸다.

"흥, 너희 부처가 내 칼을 막아주기라도 한다더냐? 그래, 뭘 묻겠다는 거냐?"

"보아하니 그대들도 풍랑에 밀려 이곳에 닿은 듯한데 그리 작은 배로 도적질을 하자면 목숨은 내놓은 모양이오?"

"뭐라고? 이놈이!"

다시 칼을 치켜들었던 도적은 이내 호탕한 웃음으로 대범함을 가장했다.

"우하하! 그래, 우리는 목숨 따위에는 연연하지 않는다. 그러니 당장 신라에서 가져온 재물부터 내놓아라!"

"다들 부모 형제와 처자는 있겠구려? 그들에게는 자주 들러 돌보아주는 거요?"

갑작스러운 피붙이 이야기에 도적들은 어리둥절 당황하는 기색이었다.

"시끄럽다! 네깟 게 그런 건 왜 물어!"

번쩍 칼을 들어 탁자를 내리치며 도적은 길길이 날뛰었다. 소란에 후 봉이 잠에서 깨어 일어나려는 기척을 하자 도적은 그리로 걸음을 옮기려 했다. 순간 교각은 한 손으로 탁자를 짚고 하늘을 날 듯 두 발을 모아 도적의 등짝을 걷어찼다. 두목인 듯한 도적이 바닥을 나뒹굴자 다른 도적 넷이 저마다 무기를 치켜들었지만 교각은 거침없이 달려들어 주먹과 발길질로 제압하고 마지막 한 놈을 번쩍 들어 자빠졌다 일어나려는 두목에게 내동댕이치니 둘은 그대로 운신을 못 했다. 방바닥에 나뒹구

는 도적들의 무기를 거둬 식탁에 올려둔 교각은 집주인의 포박을 풀어
줬다.

"아이구, 스님. 감사드립니다. 고스란히 죽는 줄 알았습니다."

"밖에 다른 도적은 없습니까?"

"예, 방에 불빛을 보고 누구냐고 물어서 할 수 없이 신라에서 오신 스
님이 묵고 계신다고 했더니 모두 눈이 뒤집혀 달려왔습니다."

"그럼 저자들을 모두 한곳에 무릎을 꿇려주십시오."

"묶어야 하지 않겠습니까?"

"됐습니다. 그냥 무릎만 꿇으라 하십시오."

교각은 후봉에게 다가갔다. 잠에서 깨기는 했으나 배에 오른 뒤 줄곧
토하느라 먹은 것이 없으니 다리를 후들거리며 몸을 가누지 못하는 게
오히려 당연했다. 교각은 따스한 미소로 위로하며 후봉을 다시 침상에
눕게 했다.

"주인장께 죽을 부탁할 테니 먹고 하룻밤 푹 자고 나면 내일은 훨씬
나아질 것이네."

부탁을 받은 주인이 방을 나가고 교각은 도적들이 무릎 꿇은 앞으로
의자를 가져가 앉았다.

"여러분은 들으시오. 목숨을 귀하게 여기든 가벼이 여기든 그것은 각
자의 마음이오만 그 주인이 오직 자신뿐이라고는 생각하지 마시오. 그
대들에게 생명을 준 아버지의 기가 있고 배 안에서 기른 어머니와 하늘

아래에서 보살펴 키워준 부모의 노고가 또 깃들어 있소. 형제는 어떠하오. 피를 나눴다 함은 또 다른 나이니 그들이 그리움에 눈물짓는다면 그것은 곧 그대들의 눈물이오. 혼인하여 자식을 두었다면 또 그들은 어떠하오. 자식을 보살피지 못한다면 그는 그대 부모님과 자식 모두에게 죄를 짓는 것이오. 부처님께 귀의하지 않으려거든 자식에게 귀의하여 그들을 부처로 삼으시오. 누구라도 자식에게는 죄를 짓지 않고 부끄럽지 않으려 하지 않소. 그 마음이 그대들을 지켜줄 것이니 바로 부처가 아니겠소."

교각은 그들의 귀에 맞는 말로 설법을 행했다. 고귀한 법문도 귀에 들어오지 않으면 쇠귀에 경이 될 뿐이니 마음이 움직일 리 없었다. 오래지 않아 도적들은 눈물을 짓더니 엎드려 절했다. 그리고 두목이 넋두리를 늘어놓았다.

"하지만 돌아가봐야 기다리는 건 목구멍에 풀칠하기도 힘든 가난뿐이니 어찌 빈손으로 돌아갈 수 있겠습니까. 작은 밑천이라도 쥐게 되면 고향으로 돌아가리라 항상 마음을 다지지만 목숨 걸어 얻은 재물도 그저 잠깐일 뿐 금세 빈손이 되고는 합니다."

"그럴 테지요. 죽음의 문턱을 넘나드는 길이니 언제나 목마르고 허기져 술과 포식으로라도 위안을 삼아야겠지요. 날마다 도적질이 되는 것도 아니니 쌓이는 재물은 없을 테고요. 그래서 땀으로 얻지 않은 재물은 한 줌 모래에 불과한 것이오. 원한다면 내가 타고 온 배 선주에게 일자리를 부탁해줄 수도 있고, 신라 사람과 말이 통하지 않아 불편하다면 이 집 주인이 상인인 듯하니 무릎을 꿇어 거두어주기를 청해보시오. 땀 흘려 얻은 소득은 그 귀함으로 함부로 쓰지 못할 테니 몇 년이면 집으로 돌아 갈 밑천은 될 것이오."

"어디 가난뿐입니까. 저기 저놈은 고향에서 도둑질하고 도망쳤고, 저 놈은 관리를 두들겨 패 중상을 입히고 도망쳤습니다. 그러니⋯."

당이나 신라나 밑바닥 중생의 어려움과 사연은 어쩌면 이토록 하나같 은 것인지. 교각은 석가께서 왕자의 지위를 버리고 고행에 나선 까닭을 비로소 알 것 같았다.

"그들은 고향으로 돌아가 자수하면 벌이 가벼울 것이니 가족과 함께 하는 게 옳을 것이오. 그래도 벌이 두려워 돌아가지 못하겠다면 변방 다 른 나라의 선량한 백성이 되어 터를 잡은 뒤 가족을 불러 함께 살 수도 있겠으나 선택은 각자의 몫이오. 그대들의 배로 돌아가 상의한 뒤 내일 아침에 뜻을 내면 가능한 도우리다."

도적들이 돌아가고 교각과 마주한 집주인은 감사를 거듭하며 차를 따 랐다.

"저들이 내일 일자리를 부탁하면 거두어주실 수 있겠습니까?"

"스님의 말씀에 진심으로 교화된 듯하니 원한다면 고용해 일을 시키 겠습니다."

"고맙습니다. 그런데 여기는 어디인지요?"

"여기는 항주만 입구 남쪽에 있는 여러 섬 중에 하나입니다. 신라에서 항주로 향하는 중이었다면 풍랑에 남쪽으로 밀린 것이지요. 섬에서 가까운 육지는 명주로 저희는 주로 그곳과 거래합니다."

"섬 이름은 무엇입니까?"

"예전에는 매잠(梅岑)으로 불렸습니다만 요즘은 다들 보타섬이라 합니다."

교각의 눈이 휘둥그레졌다.

"보타입니까? 어떤 연유로요?"

"당나라가 들어서고 오래지 않아 한 스님이 오대산에서 관음보살상을 모시고 어딘가로 향하던 중 이곳 앞바다에서 배가 멈춰 꼼짝하지 않으니 남쪽 산에 절을 지어 모시고 보타사라 하였습니다. 그때부터 사람들은 산 이름도 보타산이라 하고 관음보살의 거처로 여기니 많은 스님과 불자들이 오갑니다."

보타는 천축국 남쪽에 있다는 관음보살의 영지(靈地) 보타락에서 따온 것일 테니 참으로 놀라운 인연이었다. 교각은 풍랑이 배를 이 섬으로 이끈 것이 결코 우연은 아닐 것이라 생각하니 기쁨의 환희로 가슴이 벅차올랐다.

날이 밝자 파도는 잔잔하고 바람은 고요했다. 이른 시간에 찾아온 다섯 도적은 교각의 뜻을 따르겠다며 집주인에게 일자리를 청했고, 죄를 지은 도적도 얼마간 돈을 모으면 고향으로 돌아가 벌을 청하겠다 약속

179

했다. 하룻밤 사이에 선한 눈빛에 유순한 태도로 변한 그들의 모습에 집주인도 흔쾌히 허락했다.

"새롭게 시작하면 또 어려움에 맞닥뜨릴 것이오. 그렇게 마음이 흔들릴 때는 부처님을 생각하시오. 아버지 부처님, 어머니 부처님, 아들 부처님, 딸 부처님, 부인 부처님… 세상 모든 것이 부처님이니 의지할 수 있을 것이오. 그중 가장 힘이 센 부처님은 아들딸 부처일 테니 날마다, 시시때때로 생각하면 어떤 어려움도 인내하며 견뎌낼 수 있을 겁니다."

"명심하겠습니다."

집주인과 도적이 물러가자 교각은 조금 기운을 차린 후봉을 불렀다.

"날이 개었으니 배가 곧 출항할 것이네. 자네는 그 선편으로 항주에 들렀다가 신라로 돌아가시게."

"왕자, 아니 스님은 어쩌시려고요?"

"풍랑이 배를 이리로 보낸 것도 다 부처님의 뜻이었지 싶네. 이 섬 보타산은 관음보살의 거처이니 나는 보타사에 들어가 수행할 참이네."

"그러시면 더욱 제가 모셔야지요."

"어허, 어젯밤 내 몸 하나는 내가 지킬 수 있음을 보지 않았나."

후봉은 털썩 무릎을 꿇었다.

"정녕 저를 호위로만 여기셨습니까. 제가 김원태 대감을 충심으로 모신 것은 저도 가야의 후손이기 때문이었습니다. 또한 가야인은 시조이신 김수로왕의 배필이 되고자 천축 아유타국에서 찾아오신 허황옥 왕후의 오라버니 되시는 장유화상으로부터 신라보다 더 먼저 불법에 의지하고 귀의했습니다. 부모님이 물을 후(候)와 받들 봉(奉)으로 이름을 주신 것도 훗날 큰 스승을 받들어 깨우치라는 뜻이었습니다. 비록 제가 아둔하나 아주 쓸모가 없지는 않을 테니 부디 스님께서 제자로 거두어주십시오."

후봉은 간절했다. 교각은 후봉의 두 손을 잡아 일으켜 세웠다.

"이미 인연이 깊었구나. 내 너를 제자로 받아들이겠다만 앞길이 고단할 것이다."

"스님을 모시는데 고단함이 무슨 대수이겠습니까."

선주가 찾아와 배가 곧 출항한다고 알렸다.

"이 섬과 명주가 가깝다니 나는 여기 생선을 운반하는 배편으로 갈 것입니다. 애초 항주를 목적지로 삼은 것도 아니었으니 그게 편할 것 같아요. 그간 고마웠습니다."

이로써 선주가 귀국해 추적자들의 추궁을 받는다 해도 꼬리는 사라지게 될 것이었다. 선주가 돌아가자 후봉이 강아지를 들어 안았다.

"이제 이 녀석에게도 이름을 주셔야 하지 않겠습니까."

잠시 생각한 교각이 빙그레 웃었다.

"선청이라고 하자꾸나. 착할 선(善) 건물 청(廳). 우리의 곁을 착한 마음으로 지켜 든든한 기둥 같아서 주는 이름이다."

"짐승 이름으로 너무 대단한 거 아닙니까?"

"너는 이 녀석이 짐승으로만 보이냐. 내게는 도반으로 보인다."

"그럼 저도 도반으로 여기겠습니다. 선청아, 나와도 도반이 되자꾸나. 하하하."

선청이 답이라도 하는 듯 꼬리를 흔들었다.

15. 공연

하동에서 돌아온 후 효명은 첼로 연습에 집중했다. 아파트에서는 소음이 되어 이웃에 불편을 줄 수 있다며 근처 연습장을 빌려 종일 틀어박혔다. 밤 9시가 지나서야 돌아오는 효명에게 동희는 눈을 흘겼다.

"시험 때는 모텔로 삼더니 이제는 아침밥만 먹는 하숙집이야?"

현관문 여닫히는 소리에 안방에서 나오는 예원을 향해 효명은 겁먹은 표정을 지어 보였다.

"아주머니, 저 동희가 점점 무서워요."

"그러게, 내가 동희 아빠한테 긁는 바가지보다 더한 것 같기는 하다."

"엄마!"

동희가 얼굴이 발개지며 소리 지르자 예원은 효명을 향해 웃음을 지었다.

"저녁은?"

"샌드위치 사서 먹었어요. 아저씨는 들어오셨어요?"

"그럴 리가, 달리 꼰대 소리를 듣겠니. 그런데 넌 무슨 연주회라도 준비하는 거니?"

효명은 멋쩍은 웃음을 지으며 고개를 저었고 화제가 바뀌자 동희가 얼른 끼어들었다.

"그럼 왜 갑자기 열심인 거야?"

"아르바이트나 해볼까 해서."

농담처럼 하는 효명의 대답에 동희는 고개를 갸웃거렸다. 뭐든 생각과 계획 없이 할 효명이 아니었다. 아무리 여유가 생긴 방학이라지만 첼로 연습에 집중하는 건 너무 맥락 없어 궁금하던 차였다.

"호텔 뭐 그런 데서 연주라도 하겠다는 거야?"

"그런 건 아니고⋯."

말을 할 듯 말 듯 얼버무리는 태도에 동희는 눈초리를 세우며 윽박질렀다.

"좋은 말로 할 때 대답해라."

"길거리 연주를 하려고. 앞에 첼로 케이스 열어 놓으면 동전이라도 넣는 사람이 있지 않을까?"

동희는 황당해 휘둥그레진 눈으로 진지하게 물었다.

"너, 돈 없니?"

"이제 도서관 말고 여행을 좀 해보려고."

"엄마! 효명이 얘 용돈 없나 봐!"

다급한 고함에 싱크대에서 과일을 씻던 예원이 돌아보자 효명은 황급히 손사래를 쳤다.

"아니, 아니야. 용돈은 넉넉해."

"그런데 왜? 뭐, 사법시험은 자신 있다. 그러니 이제 첼로로 폼을 내보자, 그런 거야?"

쏘아붙이듯이 하는 핀잔에 효명은 속을 드러냈다.

"오해하지 마. 하찮은 연주로 잘난 척하려는 게 아니야. 음악으로 사람들과 대화해보려는 거야."

"대화? 연주는 네가 하고 사람들은 그냥 듣는 거잖아?"

"이렇게 한번 생각해봐. 몸이 아파 병원에 있는 분들 앞에서 아픔에 공감하는 애조와 극복할 거라는 희망을 연주하면 그때 보이는 눈물과 미소는 연주하는 사람과 듣는 사람의 대화가 되지 않을까 하는 거지. 그렇게 대화로 노랫말이 만들어지면 즉흥곡을 악보로 만들 수 있을 것 같고."

"말로 대화를 하지 뭘 그렇게 어렵게 해?"

"넌 말을 할 때 항상 평상심으로 정확하게 해? 거짓말이 아니더라도 조심스러워서, 속마음을 들킬까 봐, 어떻게 받아들일까, 마음 상하지는 않을까 하는 등의 이유로 생각과 다르게 말하거나 상대가 달리 들을 수 있는 말을 하기도 하잖아. 하지만 음악에 대한 반응은 그보다 진실할 것 같아.”

“그럼 너나 스님이 연주하는 곡에 악보가 없는 것도 그 가사를 찾지 못해서라는 거야?”

“뭐, 비슷해. 마음으로 느끼는 건 해석이 다를 수 있다는 데 비교적 공감하지만 단어와 문장은 아니잖아.”

“까탈스럽기는. 가사 있는 노래가 세상에 얼마나 많은데, 칫.”

불쑥 말해놓고 동희는 속으로 아차, 싶었다. 그렇게 말할 게 아니었다. 말이 날카로운 칼이 될 수 있다는 것을 이미 알고 있었다. 말의 의미 역시 다르게 전달될 수 있다. 듣는 말만이 아니라 자신이 하는 말도 언제나 마음 그대로는 아니었다. 효명이 말한 대로 이런저런 이유로, 혹은 핑계로 마음과 다른 말을 수없이 내뱉었다. 그게 상대에게 상처가 되리라는 것은 생각하지 않은 채 자신을 베고 찌르는 말에만 아파하고 분노했다. 불쑥불쑥 불거지는 마음과는 다른 말. 효명에게는 말할 것도 없고 엄마 아빠에게도 그랬다.

벼리고 벼려 비수 같은 말이 넘치는 세상. 더 시퍼렇게 날 세운 말에 열광하고 그 환호를 밑천 삼기 위해 부끄러움을 내던지고 야차가 되는 것도 주저하지 않는 이들. 그런 세상에서 말을 두려워해 곡조로 마음을 나누며 바른말을 찾아보겠다는 효명을 동희는 사랑하고 예원은 마음속으로 응원했다.

2학기 수업이 시작되고 효명은 연습실을 나왔다. 동희와 예원은 언제 거리 연주를 나가려나 기다렸지만 효명은 별다른 기색이 없었다. 2주가 지난 금요일 오후, 뒷덜미를 살짝 덮는 길이의 조금 곱슬기 있는 머리카락을 잘 다듬은 효명이 비닐 옷 가방을 들고 들어왔다.

"미용실 들렀어?"

"응, 괜찮아?"

"진작 그렇게 신경 좀 쓰지, 보기 좋아. 옷은 뭐야?"

"샀어."

"미용실에 갑자기 새 옷까지? 데이트 있어?"

"데이트는 무슨. 거리 연주 시작하려고."

무심한 듯 말했지만 정말 데이트인가 가슴 철렁했던 동희가 환하게 웃음을 지었다.

"언제? 내일?"

"응, 토요일 오후면 사람들이 거리로 많이 나올 테니."

"어디?"

"일단 명동에서 시작해볼 생각이야. 그래서 부탁인데 네가 아주머니 차 좀 빌려서 내일 두 시간쯤 동행해줘."

"차는 왜?"

"턱시도 입을 건데 첼로 케이스까지 들고 대중교통은 좀 그래서."

"와우, 턱시도까지! 엄마!"

아침이 밝자 이른 시간부터 집 안이 술렁거렸다. 늦게 귀가해 이야기를 들은 형일은 동영상을 찍어 되돌려봐야 다음 연주에 도움이 된다며 카메라를 챙겼고, 동희와 예원은 자신들이 연주라도 하는 양 입고 나갈 옷차림을 정하느라 수선을 피웠다. 하동을 갈 때도 비슷하게 분주했지만 오늘은 뭔가 달랐다. 함께하는 건 다르지 않았지만 처음으로 자신이 주도하는 듯한 느낌에 울컥 감정이 북받쳐 효명은 얼른 이어폰을 귀에 꽂았다.

꼬박 두 달을 연습했으니 큰 실수는 하지 않을 것이라 자신을 믿었지만 막상 시간이 다가오자 두 손이 뻣뻣해지는 기분이었다. 효명은 이어폰에서 흘러나오는 음악에 청각을 집중해 활을 들 오른손과 첼로 현을 누빌 왼손을 허공에서 움직이며 흐트러지려는 숨을 골랐다.

처음 입는 턱시도는 몸이 뒤틀릴 것처럼 어색했다. 그래도 첼로 연주를 들어주는 사람들에 대한 예의라 생각해 지난밤 옷을 차려입고 몇 시간을 혼자서 방 안을 서성이며 적응하려 애썼다. 출발할 시간이 다가와 효명이 턱시도를 입고 방을 나오자 형일은 엄지손가락을 치켜세웠고 동희와 예원은 입을 딱 벌리며 손뼉을 쳤다.

주차장에 차를 세운 형일이 앞장서며 말했다.

"오늘 명동길에 특별한 행사는 없다니 명동파출소 건너편으로 가자. 거기 뷰티 매장 두 곳이 나란히 있는데 마침 우리 회사와 인연이 있어 부탁했어. 한 시간쯤은 괜찮다는구나."

효명은 거리 공연에 무난한 명동성당 앞을 염두에 뒀지만 형일은 더 다양한 사람과 만나려면 명동길 가운데가 좋을 거라 권하더니 상가의 양해까지 얻은 모양이었다. 아무리 명동이라지만 밝은 오후에 턱시도 차림으로 첼로 케이스를 든 청년의 등장에 스쳐 가는 사람들도 힐끔거렸다. 효명은 짙은 색깔의 선글라스를 꺼내 썼다.

"왜, 긴장돼?"

효명보다 더 바짝 긴장한 얼굴로 동희가 물었다.

"긴장이 아니라 쑥스러워서."

"너 쫄보 하지 마."

동희는 또 윽박지르듯 말했지만 입술이 마른 건 오히려 동희였다.

장소에 도착하자 형일은 들고 온 접이의자를 펼쳐놓고 멀찍이 물러서며 예원과 동희에게도 따라오라는 눈짓을 했다.

효명은 잠시 돌아서 마음을 다잡을까 싶었지만 그러지 않았다. 법당 안에 들어서면 무심하게 합장으로 허리를 굽히듯 잠금쇠를 열어 첼로를 꺼내고 케이스는 발 앞에 열어뒀다. 의자가 흔들리지 않는지 확인하고 앉아 첼로를 다리 사이에 세우고 현을 쥔 채 잠깐 숨을 골랐다.

첫 곡은 노르웨이와 아일랜드 출신 듀오 시크릿 가든의 '송 프롬 어 시크릿 가든(Songs from a Secret Garden)'이다. 애잔하지만 슬프지만은 않은 감성으로 마음을 촉촉이 적셔주는 곡조는 이미 많은 이들이 알고 있기에 관심을 끌 수 있을 터였다. 과연 연주가 시작되자 이내 지나치려던 사람들이 귀를 기울이며 걸음을 멈췄다.

4분쯤 되는 연주가 끝나자 발길을 돌릴까 머뭇거리던 사람들은 누군가의 시작으로 박수를 보내며 다음 연주를 기다렸다.

효명은 짧게 한번 숨을 가다듬고 곧 활을 현에 가져갔다.

바흐의 '무반주 첼로 모음곡 1번 프렐류드'. 첼로 독주를 위해 만들어진 친숙한 곡이다. 이번에는 자연스레 박수가 나왔고 몇 사람은 지갑에서 지폐를 꺼내 첼로 케이스에 넣기도 했다.

이제 세 번째 곡. 처음 듣던 때부터 연주하고 싶었던 라라 파비앙의 '아다지오(Adagio)'다. 바로크 시기 작곡가 토마소 알비노니가 1708년경 작곡한 것으로 추정되나 오랫동안 세상 사람들에게 알려지지 않았다. 1945년 제2차 세계대전 막바지 연합군 폭격기에 의해 독일 드레스덴은 폐허가 되다시피 했다. 전쟁이 끝나고 그곳 작센국립도서관 자료실에서 악보 육필 스케치를 발견한 이탈리아 음악학자 레모 자초토가 미완성인 곡의 남은 부분을 채워 완성한 곡이다.

현이 움직이자 기도하듯 애절하지만 기도이기에 슬프지 않은 선율로 시작해, 간절한 그리움으로 이어져 사랑을 떠올리게 하더니 기다림과 믿음의 약속인 듯 고조되던 선율은 막바지 호소로 폭발하며 끝맺었다. 익숙하지 않지만 익숙한 듯 가슴을 울린 곡이 아쉬웠던지 잠시 고요하던 사람들은 일시에 큰 박수로 화답했다.

조금 숨이 차올랐고 이마에서는 땀방울이 느껴졌다. 지그시 감았던 눈을 뜨니 햇볕도 따가웠다. 효명은 선글라스를 벗고 잠시 숨을 고르며 주위를 둘러봤다. 그사이 사람들 앞으로 옮겨 선 동희와 가족은 먹먹한 감정을 겨우 억누르고 있었다.

효명은 잠시 상훈 스님을 떠올렸다. 새벽 법당에서 듣는 바이올린 소리의 첫 기억은 초등학교 중반쯤이지만, 아마 아장아장 걸음을 옮길 때부터 귀에 익숙해졌을 것이다. 염불과 목탁 소리가 거의 전부인 절집에 울려 퍼지는 낯선 소리와 선율은 신기했고, 슬펐고, 정겨웠고, 아름다웠다. 언제 또 들을 수 있을까, 새벽 예불을 빼먹지 않으려 애쓰며 저절로 곡조를 따라 입속으로 흥얼거리게 되었고 어느새 스님의 변주에도 저절로 따를 수 있었다. 스님은 이 또한 염불이라 하셨지만 효명에게는 알 수 없는 사랑이었고 위로였고 따스한 품이었다.

연주가 시작되자 불락사에서 몇 번 들은 동희는 금세 입가에 미소가 배었다. 산사에 부는 고요한 바람 같은 낮은음의 느린 곡조는 부처님에게 삼배를 올리고, 진언을 세 번 독송하듯 반복되더니 작은 개울을 흐르는 물소리처럼 정겨운 선율로 변했다. 앞의 세 곡을 연주하며 지그시 눈을 감았던 효명은 이제 맑은 눈으로 청중을 보며 눈을 맞추고 그들의 이야기를 들으려 했다.

파란 하늘 흰 구름을 동무 삼아 여린 날갯짓으로 춤추는 새들을 떠올리게 하는 밝고 경쾌한 선율은 사철 변하는 불이폭포 물소리를 담으며 다양하게 변주되었다. 그때마다 사람들은 눈빛으로 자신의 마음에 담은 여러 이야기를 했다. 아쉬움이기도, 그리움이기도, 슬픔이기도, 사랑이기도, 기쁨이기도, 아픔이기도, 희망이기도 한 그 많은 이야기…. 효명은 기어이 답을 찾겠습니다, 약속과 서원의 묵직한 음으로 연주를 마쳤다.

효명은 의자에서 일어서 활을 든 오른손을 공중에 번쩍 치켜들었다가 크게 허리를 굽혀 공연이 끝났다는 인사를 했다. 큰 박수에 이어 '앙코르!' 누군가의 소리를 시작으로 여기저기에서 '앙코르!'가 이어졌다. 효명은 다시 선글라스를 쓰고 의자에 앉아 첼로를 바로 세웠다.

레이첼 플래튼(Rachel Platten)의 '파이트 송(Fight Song)'이다.

'바다의 작은 배 하나가 거대한 파도를 일으키는 것처럼/ 한마디 말이 마음을 열게 하는 것처럼/ 난 성냥 하나로 폭발을 일으킬 수 있어/ 내가 말하지 않았던 모든 것들과/ 내 머릿속 잡념들을/ 오늘 밤 크게 외칠 거야/ 내 목소리가 들릴 수 있게/ 이건 내 응원가야/ 내 삶을 들려줄 노래이자/ 내가 괜찮다고 말해주는 노래야/ 난 힘을 내고 있어/ 이제 시작이야/ 난 강해질 거야/ 난 내 응원가를 틀 거야/ 아무도 안 믿어줘도 난 상관없어/ 내가 싸워야 할 것들이 아직 많이 남아 있거든…'

노랫말처럼 선율은 경쾌하고 힘찼다. 들어본 사람도, 처음인 사람도, 노랫말을 몰라도, 사람들은 웃음 머금은 밝은 얼굴로 어깨를 들썩이다가 손뼉을 치며 선율에 젖어들고, 아이들은 온몸을 흔들어 춤을 추기도 했다. 짧은 시간이지만 근심과 우울을 털어버리고 희망을 꿈꾸는 축제…. 상훈 스님은 그게 구원의 법음(法音)이라 하셨다.

"첫 번째는 시크릿 가든이던데, 세 번째 곡은 뭐야?"

"라라 파비앙의 '아다지오'."

동희의 물음에 대답은 핸들을 잡은 형일이 했다.

"아빠가 그걸 어떻게 알아?"

"광고쟁이잖아. 네가 한창 시험 준비에 몰입하던 그 시절 세계적으로 유행한 곡이기도 하고."

"오우, 아빠 대단한데. 꼰대 아니네."

형일이 어깨를 으쓱해 보이자 예원은 입술을 삐죽했다.

"딱 그것만 아니지, 다른 건 다 아저씨야."

"그 곡을 고른 의미는 뭐야?"

"어디서 당신을 찾아야 할지 모르겠어요. 당신에게 다가갈 방법을 모르겠어요. 바람 속 당신의 목소리가 들려요. 뭐 그렇게 노랫말이 시작되는데, 흔히 사랑을 찾는 것이라 할 수 있지만 나는 구원과 희망에 대한 진실하고 간절한 기도로 해석했어. 그래서 선곡한 거야."

"마지막 앙코르곡 선곡이 아주 좋았어. 사실 첼로 독주라서 좀 걱정했는데 축제로 마무리가 되었으니 완전 성공이야."

형일은 아직도 여운이 남은 듯 어깨를 들썩였다.

"그래서 연습을 제일 많이 했어요."

"너 앙코르 나올 줄 알고 일부러 선곡했던 거지?"

동희의 짓궂은 물음에 효명은 순순히 고개를 끄덕였다.

"웬만하면 앙코르는 나오잖아, 다른 사람이 안 하면 너라도 했을 거고. 그때 마무리는 산뜻해야 할 것 같았어."

"현명한 선택이었어. 그런데 다음에는 앰프를 쓰면 어떨까? 특히 첼로의 낮은음은 잘 안 들릴 수 있잖아."

"가뜩이나 시끄러운 거리인데 저까지 뭐하게요."

어른의 말이니 효명은 완곡하게 사양했다.

"왜? 명동에서 공연하는 사람들 전부 앰프 쓰잖아."

동희가 끼어들자 효명은 고개를 저었다.

"큰소리는 대부분 정직하지 않잖아. 주장이라지만 강요일 수 있는, 내가 옳다 할 때 목청을 높이잖아. 비난하고 증오하고, 특히 거짓을 말할 때는 더욱 목청을 높이고. 그런데 진실을 말할 때는 그조차 조심스러워 목소리를 낮추잖아. 소중한 이야기일 때는 더욱 그렇고."

"이건 연설이 아니고 공연이잖아."

"소리가 크면 잘 들리지만 금방 흩어져. 반면 작은 소리는 귀를 기울이기 때문에 오래 남고. 아까도 봤잖아. 소리가 작으니 다들 귀 기울여 집중하잖아. 그렇게 마음에 담으면 공감이 커져서 흥겨울 수도 있고."

형일이 고개를 끄덕였다.

"그건 내가 생각 못 했다. 광고는 자극적이어야 효과가 크다고 생각하니 거기에 익숙해졌나 보다."

순순한 형일의 동의에 효명은 룸미러를 향해 고개를 숙여 보였다.

16. 관음보살

　보타산은 명주(明州: 지금의 닝보) 앞바다에 펼쳐진 주산군도(舟山群島) 20여 섬 중에서 남쪽 본섬 가까이에 있는 작은 섬이었다. 매잠으로 불리던 섬은 보타사가 들어서며 관음보살의 영지가 되어 보타섬으로 불렸고, 이름 없던 산도 보타산이 되었다.

　교각은 보타사에 몸을 의탁해 주로 관음경과 법화경을 읽으며 수행에 매진했다. 그사이 후봉도 한어의 발음과 불교 경전을 익혀 2년여 만에 교각으로부터 성유(胜瑜)를 법명으로 받고 첫 번째 제자가 되었다.

　관음보살은 관세음보살로 석가모니 입적 후 미륵이 올 때까지 뭇 중생을 보살펴주는 대자대비의 보살이다. 천 개의 팔과 천 개의 눈을 가지고 있는 천수천안 보살로도 불리는데 이는 모든 곳을 두루 보고, 보살펴주는 무한한 능력을 의미한다. 어린아이에게는 어머니의 모습으로, 목마른 이에게는 감로수로, 지친 이에게는 안식처로 나타나는 방식이니 그것이 곧 방편인 것이다.

모든 땅의 사람들이 그러하지만 특히 대륙에서는 일찍부터 구복 신앙이 크게 성행했다. 미약한 인간의 힘으로 대처하지 못하는 속수무책의 재난과 크고 작은 나라가 세워지고 망하고, 다시 들어서는 과정에서 끊이지 않은 전쟁 등으로 인간의 목숨이 풀잎이나 벌레처럼 베어지고 짓밟히니 의지할 건 두려운 하늘과 보이지 않는 신이었다. 더욱이 일찍부터 통치자는 하늘의 아들, 천자라는 이름으로 존숭되더니 대륙을 통일하며 세운 진(秦)나라에 이르러서는 황제라는 이름으로 신성불가침인 듯 절대 권력이 되었다. 이제 사람은 오직 신민으로 복종하는 것뿐이니 그들이 바라는 건 부귀와 장수일 수밖에 없었다.

불로장생의 신선 사상과 주술, 방술로 복록을 누릴 수 있다는 도가는 전래의 민간신앙을 기반으로 노자와 장자의 사상을 더해 체계화하며, 후한 말에 이르러서는 민중은 물론 황실의 마음까지 사로잡으며 뿌리내렸다. 또한 서역에서 들어온 불교는 대중의 원(願)에 응하는 방편으로 법음을 펼치며 교세를 넓혔고, 그 중심에는 관음보살이 있었다.

보타사 관음보살상은 자비의 눈길을 끝없는 바다 수평선으로 향했다. 바다는 보타섬을 비롯한 주산군도는 물론 모든 어민에게 생명을 이어가게 하는 논밭이지만 순식간에 목숨을 앗아갈 수 있는 두려운 일터이기도 했다. 만선의 희망과 무사 귀환의 순풍을 바라는 그들의 발길이 보타사에 끊이지 않았다. 교각도 관음보살의 자비가 그들의 간절함에 미치기를 기원하며 염불하니 중생의 발길은 더욱 늘어나 밤과 낮을 가리지 않고 향 연기가 그윽했다.

교각이 경을 읽고 법을 설하면 청정하고 시퍼런 법기에 게으른 승려는 벼락을 맞은 듯 정신을 차렸고, 정체되어 가물거리던 승려는 번개 같은 빛줄기에 흐릿하던 눈을 번쩍 떴다. 날이 갈수록 진작되는 도풍은 소리 없이 사방으로 퍼져 가깝고 먼 곳에서 찾아드는 승려가 하루도 거르지 않았다.

"스승님, 고단하지 않으십니까?"

오랜만에 법당에 들렀다가 너른 바다를 향해 무심한 눈길을 주는 교각에게 성유가 말을 붙였다.

"염불하고 법음을 전하는데 고단할 게 뭐 있겠느냐."

"그새 3년이 지난 것 같은데 이곳에서 주석하실 뜻입니까?"

교각은 성유를 돌아보며 빙그레 웃었다.

"지루한 게로구나."

"그게 아니라… 제가 아둔해서 그런지 불경 공부는 도무지 앞으로 나아가지 않습니다."

민망한 듯 목소리가 작아지는 성유에게 교각은 고개를 저어 보였다.

"아둔한 게 아니다. 네 근기가 쓰일 곳이 여기가 아닌데 내가 아직 떠나지 못하는 것이다."

"떠날 뜻이 있으셨군요. 어디로 가시려는 건데요?"

"그거야 알 수 없지."

"그럼 무얼 기다리시는 겁니까?"

"관음보살의 천수천안이 무엇을 뜻함이더냐?"

"그야 세상 모든 곳을 돌아보고 어려움에 닥친 이들을 두루 보살피는 무한한 자비의 능력을 말하는 것이 아닙니까."

"어떻게?"

"여러 방편이라 하지 않으셨습니까."

"그러니 그 방편이 무엇이냐 말이다."

"그건… 지혜…."

"그래, 지혜. 그런데 내가 아직 그 지혜가 무엇인지 다 알지 못하는 구나."

진정 그런 것인지 교각은 바다로 시선을 돌려 짙은 한숨을 토해냈다.

"뭐 그럼 언젠가 관음보살님이 나타나시겠지요."

위로인지 낙관인지, 성유의 혼잣소리 같은 중얼거림에 교각은 허허롭게 웃었다.

"보살의 현신을 기다리지 않는 것은 아니다만, 그보다는 내가 더 깊은 수행을 해야겠다는 뜻이다. 그런데 선청이 보이지 않는구나?"

"웬걸요. 선청이야말로 그림자처럼 언제나 스승님 곁에 있지요. 종일토록 법당에 계시니 문 앞을 지키다가 스승님이 나오셔서 제가 곁에 다가가자 비로소 숲속으로 갔습니다. 아마 똥이 마려웠던 모양입니다."

성유의 대답이 끝나기도 전에 숲에서 나온 선청은 한달음에 달려와 교각의 곁에 섰다. 교각이 무릎을 굽혀 목덜미를 어루만지자 선청은 쪼그려 자세를 낮추며 꼬리를 흔들었다.

"제법 컸구나."

"예, 나물밥만으로도 쑥쑥 큽니다. 드나드는 불자들이 비린 것을 가져와 내밀기도 하는데 기특하게 코도 대지 않고 외면합니다. 아무래도 선청의 불성을 제가 좇아가지 못하는 듯하여 한심합니다."

"괜한 소리를 하는구나. 선청이 불성을 타고난 것이라면 너는 닦으면 될 것을."

교각은 법당을 지나쳐 외딴 암자로 향했다.

생명은 태어나고 살고 죽는 것이 본질이다. 태어나는 것이 쌓인 인연의 업이라면 살아가는 것은 또 다른 업의 행로일 것이다. 기쁘고 행복한 삶을 살며 선업을 쌓아 평온한 죽음으로 윤회의 고리를 끊으려 해도 희로애락의 굴레에 탐진치(貪瞋癡)를 떨치지 못하니 뜻을 이루기 어렵다. 보시로 탐욕을 다스리고, 자비로 성냄을 이기며, 지혜로써 무지의 부끄러움을 벗어나면 깨우쳐 아라한이 되는 길을 갈 수 있다지만 출가해야만 도달할 수 있다니 재가(在家) 중생에게는 불가능한 일인 것인가.

오래전, 보살의 길을 걷고자 하는 이들이 나타났다. 그들은 이미 깨달은 존재이나 성불을 미룬 이들이다. 애초 보살은 싯다르타 붓다를 가리키고, 미래에 찾아올 역사적 붓다들만 깨달음에 앞서 이 호칭을 받을 수 있다고 여겼다. 그러나 깊은 연민으로 지혜의 완성에 이른 그들은 완전한 깨달음, 즉 붓다의 경지를 열망하는 모든 이들을 보살이라 칭하며 전제 조건으로 보리심(菩提心: 깨달음의 마음)을 일으키고, 모든 중생을 위한 완전한 깨달음을 얻기를 서원(誓願)하고, 미래에 반드시 깨달음을 얻을 것이라는 부처님의 인가인 수기(受記)를 받고 보살도를 닦아나 가겠다는 뜻을 세웠다. 그들은 스스로 이를 대승(大乘)이라 하였으니 '큰 수레'라는 뜻대로 개인의 해탈을 뛰어넘어 모든 중생의 평등과 성불을 이루고자 한 것이다. 그런 많은 보살 중에서 관음보살은 자비의 상징으로 으뜸이다.

사람들은 생을 살아가며 어려움, 슬픔, 두려움 등 온갖 고뇌에 맞닥트린다. 그럴 때 관음보살의 명호를 외우며 저마다의 소원을 빈다. 수를 셀 수 없는 그 많은 기원에 대응하기 위해 관음보살은 여러 모습을 나타낸다.

성관음(聖觀音)은 여러 관음으로 변화하기 이전 본래의 관세음보살로 중생의 번뇌 망상을 없애 아귀 중생을 교화한다. 십일면관음(十一面觀音)은 최초의 변화 관음으로 본래의 얼굴 위 머리에 9면, 그 위 정상의 1면을 더한 모두 11개의 얼굴로 자비로운 미소의 모습, 크게 웃는 모습, 성난 모습 등을 하는데 이는 모두 수라 중생의 번뇌를 끊어 교화하는 방편이다. 천수천안관음(千手千眼觀音)은 말 그대로 천 개의 손과 눈을 가진 모습으로 모든 중생을 제도하는 무한 능력을 갖추고 있으며, 특히 지옥 중생을 교화하는 데 힘써 대비보살(大悲菩薩)이라고도 한다. 머리 위에 말(馬)의 머리를 얹은 마두관음(馬頭觀音)은 눈을 부릅뜬 분노의 모습을 하는데 이는 불법을 듣고도 수행하지 않는 중생을 교화하려는 방편이며 축생 중생을 교화한다.

불공견삭관음(不空羂索觀音)은 생사윤회에 허덕이는 중생을 교화하는데, '견'은 새와 짐승을 잡는 그물을 말하고, '삭'은 물고기를 잡는 낚싯줄을 말하며, '불공'은 자비의 그물로 거두어 구제하는데 헛됨이 없음을 말한다. 여의륜관음(如意輪觀音)은 손에 여의주와 법륜(法輪)을 들고 중생의 소원을 들어주고 천상중생을 교화한다. 또한 준제관음(准提觀音)이 있으니 많은 팔을 가지고 혹(惑) 업(業) 고(苦)를 제멸하여 인간 중생을 교화하는데 칠구지불모(七俱胝佛母)라고도 한다. '칠구'는 천만(千萬)을 뜻하며 준제는 고대 힌두교 시바신의 비(妃) 두르가의 별명이니 관음보살의 모성성을 나타내기도 한다. 그 밖에도 관음보살에는 여러 다른 명호가 있으나 이는 모두 중생 교화와 구제를 위한 방편에 의한 것이다.

참으로 관음보살의 원력과 공덕은 감히 범접할 수 없는 위대함이며 모든 생명과 우주의 어머니 같은 대자비이다. 얼마나 깊은 수행으로 깨쳐야 그처럼 많은 방편으로 헤아리기 어려운 고뇌와 시련에 대응할 수 있음인가. 무한한 지혜는 가히 끝이 보이지 않는 바다와 같으니 이곳 보타섬에 이르러 배를 멈추게 한 까닭을 알 수 있을 것 같았다.

교각은 마음속 모든 것을 접어두고 오직 지혜의 바다 깊은 바닥을 향해 무아의 몰입에 들었다. 굳이 깨치려는 마음도 없었다. 답을 구하려는 것도 아니었다. 무엇을 얻으려는 기원도 아니었다. 그저 지혜라는 바닷속 끝까지 가보고 싶었다. 그 길은 어떠하고 무엇으로 이루어진 것인지 보고 싶었다. 그러나 나아갈수록 어둠만 더욱 짙어져 바로 눈앞조차 의식할 수 없었고, 과연 끝이 있기는 한 것인지 의심까지 들었다. 그래도 바닷속인데 숨은 막히지 않고, 몇 날 며칠 입술조차 떼지 않는데 목이 마르지 않았으며 배도 고프지 않았고 수마가 찾아들지도 않았다. 아니 그조차 의식하지 않았다는 것이 더 옳을 것이다.

문득 한 줌 빛도 들지 않는데 무엇인가 어렴풋했다. 광배인가 싶지만 멀리 석양빛을 향하는 빛줄기는 그나마 부윰해 길인 듯싶고, 어둠이 첩첩이 겹치고 그 위에 한 조각 구름 같은 빛이 어른거리니 깊은 산중인가도 싶은데, 갑작스레 어디선가 발소리 웃음소리 울음소리 신음이 뒤섞여 다가오더니 아귀다툼의 발악에 귀청이 찢어질 것 같아 번쩍 눈을 떴다. 아무것도, 누군가 다녀간 흔적도 없다. 망상인가… 다시 눈을 감으려던 교각은 벌떡 일어나 방문을 열었다.

문 앞을 서성거리던 성유가 반색하며 펄쩍 뛰었다.

"아이고 스승님! 며칠째인 줄 아십니까? 스승님은 삼매에 드신 것이겠지만 곡기는커녕 물 한 모금을 안 마시니 저는 피가 말랐습니다."

"선청은?"

"스승님 옆에 있잖습니까."

교각이 고개를 돌려보니 선청이 맑은 눈빛을 반짝거렸다.

"짐을 싸거라. 그만 떠나자."

성유의 두 눈이 휘둥그레졌다.

"예? 갑자기… 어디로 가시는 겁니까?"

"그거야 길을 나서 봐야겠지. 신라에서 가져온 내 바랑을 잊지 마라."

교각이 법당을 향해 걸음을 내딛자 성유는 요사채로 달려갔다.

느닷없이 당장 떠나겠다는 교각의 말에 보타사가 술렁거렸다. 스님들은 너나없이 아쉬워했고, 더구나 교각을 따르고자 보타사에 왔던 젊은 승려들은 허탈함을 감추지 못했다. 교각은 관음보살의 원력을 경전에 의지한 수행만으로는 완전히 깨닫지 못해 고행에 나서려는 것이라며 승려들을 달랬다. 마침 보타사를 찾았던 많은 불자 또한 길을 막아섰지만 교각은 단호했다. 어쩔 수 없이 길을 연 불자들은 대신 여러 재물을 내놓았으나 교각은 그 또한 거절했다.

포구에 이르자 때를 맞춘 듯 어물을 싣고 육지로 나가려는 배가 있었다. 교각과 성유는 기어이 배웅이라도 하겠다며 따라온 이들에게 합장하여 인사하고 배에 올랐다.

배는 반나절이 걸리지 않아 육지에 닿았으니 명주였다. 그곳은 서쪽 토번(티베트) 산중에서 발원해 대륙의 중앙을 가르며 동쪽으로 수만 리를 달려와 바다에 합류하는 장강(長江) 남쪽의 땅이었다. 알려지기로는 수

천 년 전 아득한 옛날부터 장강의 풍부한 수량으로 벼를 재배해왔다니 교각은 잠시 발길을 멈추고 길가 논의 벼를 유심히 살폈다.

"물이 넘치니 벼가 잘 자랍니다."

덩달아 논에 눈길을 준 성유가 말을 붙였다.

"그렇구나. 하지만 이런 수답(水畓)에서 자라는 벼는 물이 넉넉지 않은 천수답에서는 잘 자라지 못할 것 같구나."

"예, 신라 벼는 이렇게 물이 너무 많으면 오히려 썩을 것 같습니다. 아, 그리고 보니 보타섬에서 나오던 밥이 푸슬푸슬한 것도 씨가 다른 때문이었겠습니다."

"그럴 것이다."

"왠지 신라에서 먹던 밥이 기름지고 향기로웠다 싶었습니다."

성유는 아스라한 눈빛으로 동쪽 하늘을 우러렀다. 떠나온 신라가 아직 마음에 남아 있는 성유가 안타까웠으나 교각은 모르는 척 서쪽으로 발길을 내디뎠다.

"날이 저물고 있다, 서두르자."

17. 가족

　사법시험 2차 합격자 발표 명단에 효명의 이름이 있었다. 대학 2학년 재학 중 합격도 흔치 않은 경우인데 성적까지 차석이라니 법대는 술렁거렸고 교수를 비롯해 선배, 동기, 후배 등이 주선하는 축하 모임이 이어졌다. 수업 이외에는 줄곧 도서관만 드나든 생활이었으니 얼굴이 익은 정도가 대부분이었고 번거로운 것도 싫었지만 굳이 거절하지 않았다. 그 또한 사람 사는 모습이니 경험해보자는 생각이었다.

　발표가 있고 나서 공연은 중단했다. 그동안 매주 토요일과 일요일에 명동을 비롯하여 홍대 앞, 청담동, 망원동, 영등포 등 가리지 않고 여러 곳을 다니며 가족, 젊은이, 부자, 서민 등 다양한 계층의 사람들을 마주했다. 상인들의 삶을 보기 위해 시장, 노동자의 삶을 느끼기 위해 공단, 아픈 이들과의 공감을 위해 병원 등에서도 공연했다. 여전히 더 많은 만남을 가지고 싶었지만 혹여라도 사법시험 합격자라는 것을 알게 되면 눈빛이 달라질 것 같아서였다.

 그나마 말을 나누던 동기 몇이 주선한 모임을 끝내고 헤어져 돌아서
는데 길가에 서 있는 자동차에서 클랙슨이 울리며 조수석 창문이 내려
졌다.

 "어이, 차효명! 나 알지?"

 얼굴을 내민 사람은 법학과 3학년 선배였다.

 "예, 선배님."

 "타."

 뒷좌석의 누군가가 차 문을 열었다. 일방적인 태도가 거슬렸지만 내
색하지 않고 차에 올랐다.

 "너랑 말을 섞게 될지 몰랐네."

 운전석 뒤로 자리를 옮기며 입술을 삐죽이는 여학생은 동기였지만 이
름은 금방 떠오르지 않았다.

 "무슨 일로?"

 "4학년 장성윤 선배 합격 축하연. 선배님이 너 데려오래."

 알 것 같았다. 법학과에는 이름만 들으면 알 만한 쟁쟁한 법조 집안 자
녀들이 있었다. 입학은 같이 했어도 그들은 같은 배경을 가진 선후배들
과 어울렸을 뿐 다른 학생들에게는 마음을 열지 않았다. 어쩌다 말을 나
누게 되어도 호의나 존중은 없었고 냉소의 눈빛을 보이다가 이내 입술
을 비틀며 자리를 일어섰다. 개중에는 그런 선배나 동기들과 어울려보

려는 학생도 있었지만 오래지 않아 넘을 수 없는 문턱이라는 것을 알고 마음의 상처를 입었다.

차가 도착한 곳은 남산 기슭의 특급 호텔이었고 익숙하게 앞장선 곳은 멤버십 클럽의 룸이었다. 장성윤과 또 다른 4학년 합격자 중 같은 부류의 두 사람이 테이블 중앙에 자리했고 좌우로 그들 동기생과 후배 10여 명이 줄지어 앉았다.

"차효명이라고 했나?"

장성윤이 한 손을 들어 보이며 아는 체했지만 한번 제대로 눈길조차 맞춘 적이 없었다.

"예, 그렇습니다."

"대단해, 2학년이 차석을 했다며?"

"운이 좋았습니다."

"그렇겠지. 그렇지만 운도 실력이야, 앉아."

그의 말에 입구 쪽에 앉은 후배들이 엉덩이를 들썩여 빈자리를 만들었다.

"죄송하지만 집에 부모님이 오셔서요."

"부모님? 고아라던데… 아, 스님을 말하는 모양이구먼. 그래, 절에서 거뒀으면 스님이 부모인 셈이지."

여기저기서 냉소의 코웃음이 들렸다.

"뒷조사를 하신 겁니까?"

"그게 무슨 조사랄 거나 있나. 아무튼 축하해. 연수원에 들어가서도 열심히 할 거고, 상위권 성적으로 졸업하면 판사나 검사 임용은 문제없겠네. 그래 넌 어느 쪽이야?"

"성적은 알 수 없는 일이고 아직 정한 바도 없습니다."

"그래? 그럼, 음… 넌 법원으로 가라."

"그건 왜입니까?"

남의 인생 행로를 제멋대로 정하는 교만에도 별다른 감정이 없는 효명의 무심한 반응에 그들은 비웃는 표정을 숨기지 않았다.

"여기 후배들도 사시로 안 되면 곧 시행될 로스쿨 통해서 변시는 모두 통과할 거야. 법원과 검찰에도 가겠지만 후배들보다 너무 늦어 쪽팔리면 로펌을 선택할 테고. 어차피 부모님들도 퇴직하면 다들 특급 로펌으로 가실 텐데 그 밑에서 돈 벌며 경험 쌓으면 그저 그런 출신은 꿈꾸지 못할 기회도 갖게 될 거야. 그러니 넌 이제 우리 식구가 돼서 선후배들과 손발 맞춰. 대신 네 뒤는 우리가 봐줄 거야."

술에 취한 것도 아닌데 거침이 없었다. 비위가 상하지도 않았다. 그저 우스울 뿐이었다.

"축하한다. 오늘 네 행운의 여신은 내가 돼줄게."

차 문을 열어준 뒷좌석의 그 여학생이었다.

"그래, 너희들 동기니까 수경이 네가 행운의 건배를 해주고 저 녀석 운빨도 좀 받아라."

효명은 수경이 건네는 샴페인이 든 잔을 받아 들고 고개를 숙여 보였다.

"감사합니다. 이 잔만 비우고 전 먼저 가보겠습니다."

"그래라. 다들 건배!"

요란한 구호와 함께 모두 잔을 힘차게 허공으로 들어 올렸다.

효명이 문을 열고 들어가자 공양주는 한달음에 다가와 와락 껴안았다.

"아이구, 효명아. 그 어렵다는 사법고시를 우예 그리 단박에 합격했노. 장하다. 참말로 용타. 내는 니 시험 보는 거 알도 못해가 부처님께 빌지도 못했는데, 우리 부처님이 알아서 보살폈다. 아이고, 부처님 참말로 고맙심더, 고맙심더. 관세음보살, 관세음보살."

눈물을 멈추지 못하는 공양주의 모습에 동희와 예원도 눈시울을 붉혔다.

"오시느라 고생 많았습니다. 제가 먼저 내려갔어야 했는데 스님까지 오시게 해서 죄송합니다."

상훈은 흐뭇한 미소를 지으며 손을 내저었다.

"오랜만에 총무원에도 들를 겸 왔다. 연일 축하 모임이라고?"

"수선스럽지만 거절하는 것도 예의가 아닌 듯해서요."

"그게 사회생활이지."

"먼 길인데 직접 운전하셨습니까?"

"아니다. 수왕도 너를 보고 싶다기에 핑계 삼아 시켰다."

"수왕 스님은 어디 계시고요?"

"우리 내려주고 총무원으로 갔다. 내일이라도 찾아가 만나봐라."

"그래야지요. 시험에 큰 도움을 주신 스승님이신데요."

"곧 연수원으로 들어가겠구나?"

"예. 그렇지 않아도 차를 렌트해야 하나 했는데, 죄송하지만 가실 때 제 짐을 좀 가져가 주세요."

"무슨 짐? 짐을 왜?"

형일과 예원은 눈이 동그래졌지만 동희는 쏘아붙이듯 물었다.

"연수원 숙소에 있을 거니까."

"공휴일도 있잖아?"

"공부해야지. 나돌아다니는 거 익숙하지도 않고."

"가끔 머리도 식혀야지. 무엇보다 시보 기간에는 어쩌려고?"

사정을 아는 형일의 말에 효명이 뭐라 대답하지 못하자 예원이 말을 보탰다.

"우린 한 가족이라 생각했는데 그렇게 냉정하게 선을 그으니, 많이 서운하다."

효명은 당황했다.

"선을 긋다니요. 아주머니, 그런 뜻이 아니라… 너무 오래 폐를 끼쳐 염치가 없어서… 자주 찾아뵙겠습니다."

"그건 손님이지."

"아니, 그런 게… 연수원 졸업하면 곧바로 군대도 가야 하고… 아무튼 서운하셨으면 죄송합니다, 아주머니."

듣고 있던 상훈이 무거운 낯빛으로 나섰다.

"그건 효명이 네 생각이 짧은 것 같구나."

언제나 무심한 듯 말이 없던 스님이었다. 효명은 가슴이 철렁했다.

"절집이 어린 네게 따뜻한 가족의 품이 되어주지는 못했을 거다. 나 또한 일찍 출가해 그 점에서는 무딘 데다 지켜야 할 법도가 있으니 알아도 어쩔 수 없는 한계가 있었을 테고. 아마 공양주가 애면글면했던 것도 그때문이었을 거다. 다행히 여기 두 분의 진심과 성의로 나도 몰랐던 네 그늘이 거두어져 참으로 마음 놓였고, 유스티노 신부님의 속 깊은 배려에도 뒤늦게 깊이 감사했다. 평생을 한 지붕 아래에서 살면서도 가족이 되지 못하는 사람들도 있는 세상이다만 열어주는 마음에 닿지 못하면 그또한 업이 되지 않겠냐."

꾸중이었다. 처음이었다.

"스님, 뭐 그렇게까지…. 효명아, 어차피 제대하고 복학하겠다면서. 그럼 학교를 2년이나 더 다녀야 하잖아. 공연도 아예 접은 건 아닐 테고."

"그래, 우리도 네가 있어 얼마나 든든하고 좋았는지 몰라. 이제 저 방이 비워지면… 차라리 이사하고 말지…."

형일의 말을 이은 예원은 눈물까지 비쳤다. 효명도 울컥 치미는 감정에 두 눈을 질끈 감았다. 이렇게 좁은 마음이었구나. 제 마음의 빗장도 모른 채 타인의 마음을 들여다보려 했다니…. 책을 경전으로 삼고 시험을 깨침인 양 여겼던 것인가, 어이없었다. 그렇지 않았다고 변명이라도 하고 싶지만 내놓을 말이 없었다. 효명은 무릎을 꿇었다.

"잘못했습니다. 아저씨, 아주머니."

"아니다, 잘못이라니. 바로 앉아라, 효명아."

형일과 예원은 당황했지만 상훈은 빙긋이 웃으며 자리에서 일어났다.

"자, 공양주. 우리는 이만 갑시다, 밤도 늦었는데."

"아입니더, 지도 오늘은 여기 효명이 방에서 같이 자야겠심더. 저리 아주머니 소리 잘하면서도 이날 이때까지 내한테는 한 번도 그리 안 불렀다 아입니꺼. 쪼매한 게 입 떼면서부터 공양주님, 보살님 카는데 어찌나 서운튼가. 내가 뭔 보살이고? 내사 보살 시키줘도 안 할란다. 이제 내한테도 아줌마라 캐라."

효명은 또 놀랐다. 내가 그랬던가. 그렇게 서운한 일이었던가, 서운하게 한 것인가….

상훈이 혀를 찼다.

"허, 언제 한번 호되게 당할 줄 알았다."

"보살님, 아, 아니, 아주머니, 전 그런 생각까지…."

"시끄럽다 고마. 하룻밤 재와 주면 다 된다. 오늘 하루, 엄마라 생각하고 니는 침대 우에, 내는 바닥에 요 깔고, 그리 자자. 그라면 내 서운했던 거 다 풀리고 더는 원도 없을 기다."

죄는 언제나 지어지고 업은 그렇게 또 쌓이는 것인가. 효명은 다시 눈을 뜨는 느낌이었고 상훈은 허허롭게 웃으며 문을 나섰다.

오랜만인가, 처음인가. 효명은 뭔가 변한 듯 진지한 동희의 눈빛에 기가 눌리는 기분이었다. 무작정 따라오라는 말에 집을 나서 어깨를 나란히 한 채 걸었다. 아파트 단지를 벗어나 지하철 한 정류장이 지나도록 말이 없던 동희가 눈길도 돌리지 않은 채 혼잣말처럼 물었다.

"너 술 자주 마셔?"

"아니."

"취해봤어?"

"아니."

"얼마나 마셔봤어?"

"소주 한 병쯤."

"취해?"

"그렇지는 않아."

"얼마나 마실 수 있어?"

"모르지. 그런데 왜 그렇게들 마시는 거야?"

"먹고 싶은 거 있어?"

"뭐, 딱히."

"마음에 들었던 식당이나 음식은?"

"학교 식당 말고는 별로 다녀본 데가 없어서."

"친구들과 다녀봤을 거 아니야?"

짜증이 묻어 있었다.

"전에는 거의 없었고, 최근에 모임 때문에 여기저기 다녔지만 수선스러워 기억도 없어."

"지랄, 잘났다 정말."

효명은 풋 웃음을 흘렸다.

"그럼 오늘 우리 한번 죽어보자."

"뭐?"

"그래도 필름은 끊어지지 말고 전부 기억해라."

심상치 않은 기세였다. 일주일 뒤 연수원에 들어가면 모든 게 달라지지 않을까 생각하는 모양이었다. 지하철을 탄 동희는 경복궁역에서 내려 광화문 쪽으로 길을 잡더니 익숙하게 식당을 찾아 들어갔다.

"너 광화문과 아니잖아. 자주 오는 데야?"

"아빠랑 둘이 데이트할 때 몇 번. 네 입에 맞을 거야."

"나 상관할 거 없어."

"알아, 너 맛 같은 데 신경 안 쓰는 거. 그래도 넌 절에서 자랐으니 나물 체질일 테고, 이 집에는 제철 해산물도 있어."

"나 어릴 때 공양주, 아, 아주머니가 하동 여기저기 데리고 다니면서

고기도 먹이고 그랬어."

"들었어. 그래도 네가 제일 잘 먹는 건 재첩이었다는데 그건 서울 어디에 있는지 난 몰라. 대신 문어는 있어, 굴도 있고."

동희 방식이 아니었다. 행동이 먼저였고 설명은 뒤에, 그것도 짧았다. 실수나 실패라 여기면 곧바로 인정하고 변명은 하지 않았다. 앞선 말이 많은 건 아직 마음이 정해지지 않았거나 망설인다는 것이다.

역시나 술이 나오자 바쁘게 따르고 권했다.

"오늘은 같은 양으로, 속도는 나한테 맞춰서."

짓궂은 표정이었지만 아니었다. 긴장하고 있는 것이다.

동희의 표현대로 각 1병이 비워지도록 말이 없었다. 효명은 동희가 잔을 부딪치는 대로 비우고 가리키는 음식을 한 점씩 안주로 삼았다. 다시 각 1병이 비워진 뒤 동희는 효명의 눈을 똑바로 바라보았다. 아직 취기가 드러나지 않는 선명한 눈빛이었다.

"너 연애해봤어?"

"아니."

"누구 마음에 담아본 적은?"

"없어."

동희의 눈자위가 슬쩍 찌푸려졌다.

"그래. 여태까지는 공부 때문이라 하고, 이제 해야지."

"그걸 꼭 해야 돼."

"밥맛! 뭘 잘난 척이야."

"생각해본 적 없다는 거야."

"지랄! 그건 생각이 필요 없어. 본능이야, 훅 느껴지는. 너 버려졌다는 아픔 때문에 문 걸어 잠근 거야?"

역시나 거침이 없다. 그래도 효명은 불편하지 않았다.

버려졌다는 생각은 없었다, 그렇게 태어난 것이라 생각했다. 그럴 수도 있지 않은가. 반드시 요란하게 축복이란 걸 받고 따스한 품이 있어야 하는 건 아니지 않은가. 살아야 하는 생명이라면 살아갈 길이 있을 테고, 그러면 남들처럼 살지 않아도 되는 게 아닌가.

그리 외롭지도 않았다. 외로움은 익숙한 관계에서의 이탈이나 단절에서 느끼는 감정일 테니 관계나 단절이 없으면 외로움도 없는 게 아닌가. 스님과 공양주는 보살펴줄 뿐 무엇을 원하지는 않았으니 단절될 연유가 없었다. 법당의 부처와 보살은 더구나 말이 없으니 혼자서 중얼거리다 말면 그뿐이었고 하늘의 구름, 산의 나무도 그랬다. 양지 녘의 꽃과 풀은 저 혼자 피었다가 시들어도 봄이 되면 다시 찾아와 꽃을 피우니 기다리면 될 뿐 그리울 건 없었다. 그러니 애초 아플 것도 닫아걸 문도 없었는데 무슨….

"사람이 어떻게 사랑이라는 감정이 없어. 절에서 자라서 그런 거야. 어릴 때부터 사랑 같은 감정은 품지 마라, 뭐 그렇게 세뇌라도 된 거야?"

효명은 웃음을 터트렸다.

"넌 자라서 중 되어라, 중이 될 운명이다. 뭐, 그렇게 무언의 압박이라도 받은 거야? 그렇지? 나, 참, 스님 그렇게 안 봤는데, 에이! 너 자유가 뭔지 아니? 사상의 자유, 종교의 자유, 뭐 그런 거?"

아무것도 묻지 않았다, 처음, 어려서부터. 숙제는 다 했는지, 시험은 잘 봤는지, 성적은 어떤지… 심지어는 불편하지 않은지조차도. 다만 물으면 뭐든 답해주고 찾으려 애써줬다. 수학을 물으면 그에 밝은 스님을 불러주는 것처럼. 무얼 원하지도 않았다. 이렇게 해라, 저렇게 하면 좋지 않을까, 장래 희망은 무엇인지도. 다만 원하면 뭐든 들어주고, 들어주려 애썼다. 첼로를 원하자 다음 날 진주 악기점으로 데려간 것처럼. 일찍 다르다는 것을 알아 비교하지 않았으니 필요하지 않은 욕심은 일지 않았다. 자유. 외롭지 않아 편안한 자유, 그립지 않아 목마르지 않은 자유, 답을 찾지 않아도 되니 벽이 없는 자유, 부족하다 생각하지 않으니 터무니없지 않은 자유…. 지금도 여전히 자유로운 것을….

각 1병이 네댓 번이 넘어가자 동희는 혀가 꼬였다.

"나 너 기다려도 돼?"

기어이….

"난 어떻게 살지 아직 몰라."

"뭐, 판검사 안 하고 중 될 거야?"

"그건 몰라도 언젠가 하동으로는 갈 거야."

"하동? 좋지. 산도 있고, 강도 있고, 바다도 있고, 재첩국도 있고, 화개장터도 있고, 박경리, 이병주 문학관도 있고, 차밭도 지천이고, 또 뭐…
아, 짚와이어! 맞다, 짚와이어도 있다! 다도해도 널널하고, 좋네! 나도 가
지 뭐."

취했다. 흔들흔들 졸기도 한다. 곧 테이블에 얼굴을 묻고 잠이 들 것
같다.

"이건 꼭 기억해. 난 네가 원하는 삶을 살아서 행복하길 바라. 어디든
묶이지 않는 자유를 가져."

동희는 금방이라도 테이블에 고개를 묻을 듯 꾸벅꾸벅 졸고 있었다.

"내가 업어야겠다."

효명은 동희를 등에 업고 문을 나섰다.

"처음이지? 등은 언제라도 내줄 수 있어."

동희는 가물거리는 기억 속에서 열심히 욕을 찾고 있었다. 지랄, 나쁜
놈, 배신자… 그래도 기다릴 거야. 세상에 네가 있어줘서 고마워….

18. 구화산

어느 곳에 닿을지는 알지 못하나 가야 할 길이 서쪽임에는 틀림이 없었다. 석양을 향하는 빛줄기와 어른거리는 구름 아래 첩첩의 산 그림자. 모든 게 희미하고 어렴풋했지만 그것은 스스로 찾으라는 뜻일 터. 그곳에 구도와 지혜와 구원의 길이 있다면 기어이 찾아서 몸을 묻으리라.

명주를 떠나 무작정 서쪽을 향하며 교각은 사방을 둘러보는 눈길을 게을리하지 않았다. 그러나 평원 저 멀리에서 드문드문 모습을 드러내는 산자락은 야트막한 야산이 대부분이었고 간혹 제법 그럴듯한 산의 형상이 보여도 약한 기운을 먼발치에서도 알아볼 수 있었다.

"사람의 손이 미치지 못하는 들이라니, 참으로 부럽습니다. 신라에 이런 들이 있다면 배곯는 백성은 없을 텐데요"

그랬다. 무인천지 평원을 한나절 걷다 보면 흐르는 물줄기나 고인 못을 끼고 대여섯에서 수십 가구를 이루는 마을들이 나타났다. 주변 논밭에는 곡식과 채소가 자라고 물가에는 오리들이 한가롭게 노니니 평화롭기 그지없는 풍경이었다. 어딘가에는 그런 마을을 다스리는 군과 현의 성이 있겠지만 눈길 닿는 곳에는 보이지 않고, 조금 더 벗어나면 손길이 미치지 않아 푸석푸석한 땅이 또 끝이 보이지 않게 펼쳐진다. 성유는 그런 놀리는 땅이 부러운 것이었다.

"스승님, 이런 데에서 땅을 일구고 살면 몸 고단한 것 말고는 아무 걱정이 없겠습니다."

"그렇지만은 않을 게다. 성이 멀다고 세금과 부역의 손길이 피해가는 걸 보았더냐."

"이 넓은 땅에서도 그렇습니까?"

"백성이 많으면 다스리는 관리도 많게 마련이고, 나라가 크면 그만큼 군사의 숫자가 많고 황제의 권력이 크니 백성의 삶은 고만고만할밖에."

"허, 세상이란 게 참…."

혀를 차는 성유의 모습에 교각은 무연히 고개를 끄덕이고 또 발길을 내디딘다.

며칠을 더 걸었을까. 오가는 사람들의 발길이 분주한 큰 길이 나타나자 궁금한 성유가 한 사내에게 길을 묻고 돌아왔다.

"이 길을 따라 북쪽으로 가면 전당성(錢塘城)이랍니다. 예전에는 항주라고도 했고 여항(余沆)이라고도 했다는데 신라 배가 가려던 곳이 거기가 아닙니까?"

"그렇다. 수나라 때 양제가 만든 강남운하가 시작되는 곳이기도 하다. 전에 숙위로 당에 왔을 때 배를 갈아타고 그 운하로 낙양성 가까이 갔었다."

"그럼 굉장히 번성하겠습니다."

"그럴 테지. 가보고 싶더라도 지금은 가던 길이나 가자. 인연이 있으면 너도 언젠가 보게 될 테지."

성유는 아쉬운 듯 연신 북쪽을 흘끔거리며 교각의 뒤를 따랐다.

전당강을 건너고도 평원길은 며칠을 이어졌다. 걷다가 마을이 보이면 성유는 가장 번듯한 집의 문을 두드려 시주를 청했다. 곡식을 내어주는 이도 있었고 익힌 음식을 시주하는 이도 있었다. 나무 그늘을 찾아 시주받은 음식으로 요기하거나 인가가 보이지 않는 길이 이어지면 낱곡을 씹어 허기를 달랬다. 바람이 불어 누런 흙먼지가 온몸을 덮은 지 달포가 되어 가니 행색은 그야말로 비렁뱅이가 따로 없었다.

지난 며칠 하늘빛이 흐리더니 밤부터 시작된 강한 빗줄기는 새벽녘에야 그치고 부윰한 빛이 스며들었다. 길에서도 제법 떨어진 외딴 폐가에서 밤을 지낸 터라 축축해진 옷차림으로 더 머무를 수 없어 길을 나서니 짙은 안개가 눈앞을 가렸다. 발밑의 길을 따라 서쪽으로 걷기는 하나 반나절이 지나도록 인기척은 없었다. 문득 물 냄새가 짙어지더니 불어오는 바람결에 안개가 걷히고 바로 앞에 눈이 부시도록 맑은 호수가 펼쳐졌다.

"스승님, 호수입니다! 이 물빛 보십시오. 신라 동쪽 바다만큼 맑습니다. 오랜만에 멱을 감고 옷도 갈아입으시지요."

말을 끝내기도 전에 성유는 첨벙 물속에 뛰어들었지만 교각은 대꾸가 없었다. 머리까지 처박은 물속에서 한참 동안 헤엄질로 덕지덕지한 흙먼지를 씻어낸 성유가 물 밖으로 고개를 내밀고 가쁜 숨을 내뱉었다. 여전히 호숫가에서 붙박인 듯 건너편으로 시선을 두고 있는 교각을 향해 소리치려다 성유도 그리로 고개를 돌렸다.

"아…."

성유의 입이 떡 벌어지며 신음 같은 탄성이 새 나왔다.

드넓은 호수 건너편에는 좌우로 길게 능선이 펼쳐졌고 그 뒤로는 더 높은 능선들이 첩첩이 겹친 데다 아득한 운무에 가려진 능선도 있는 듯하니 실로 장엄한 광경이었다. 성유는 허둥지둥 물속에서 나와 안개가 걷혀 모습을 드러낸 민가로 달음박질쳤다.

잠시 뒤 숨을 헐떡이며 돌아온 성유는 여전히 그대로인 교각에게 전했다.

"이 호수는 태평호이고 저기 산은 황산이랍니다. 사람들 말로는 황산을 보고 나면 다른 산을 보지 않고, 검남도(劍南道: 현재의 쓰촨성)의 구채구를 보고 나면 다른 물을 보지 않는다는 말이 있을 정도로 경관이 빼어나답니다. 산속으로 들어가면 기암괴석이 깎아지른 숲을 이루고 우거진 나무들과 어울려 선경이 따로 없다고 합니다. 스승님이 찾는 곳이 여기가 아닐는지요?"

"한번 둘러보도록 하자."

뱃사공을 불러 호수를 건너자 성유는 다시 길을 물어 산중으로 앞섰다. 산 아래쪽에는 단풍 든 가을 산으로 유람 나온 사람들이 제법 보이더니 중턱에 이르자 인적은 없고 길만 가팔랐다. 서쪽 하늘 멀리에 석양이 드리울 때쯤 정상에 오르자 사방이 한눈에 들어왔다. 과연, 바닥을 알 수 없는 아래쪽에서부터 치솟아 오른 듯 가파른 암벽들이 줄지었고, 그 중간중간 바위 사이에 뿌리를 내려 한아름 둥치로 자란 푸른빛의 나무들이 운치를 더하니 감히 무어라 말할 수 없는 절경이었다.

교각은 평평한 바위 한 곳에 가부좌를 틀고 앉아 눈을 감았다. 산에서 내려가지 않고 밤을 보내려는 것이니 성유는 주변을 돌아 이슬을 피할 만한 바위틈을 찾아두고 산 아래에서 준비해온 저녁거리를 꺼내려다 도로 집어넣었다. 이미 선정에 든 듯 고요하니 저대로 밤을 새울 것이다. 성유도 한쪽에 자리를 잡고 가부좌를 틀었지만 집중이 되지 않았다. 여기 황산에서 수행한다면 적당한 동굴을 찾거나 초막이라도 지어야 할 일이다. 양식은 산을 오르내리며 마련한다 해도 물은 아무래도 가까이에서 얻어야 할 테니 내일은 당장 샘이건 개울이건 찾아야 할 것이고⋯ 생각에 생각이 꼬리를 물었다.

동쪽 하늘에서 희뿌옇게 여명이 찾아들더니 오래지 않아 붉은 태양이 불쑥 구름을 뚫고 치솟아 올랐다. 그래도 아직 어둠의 잔영이 남은 산중과 계곡은 또렷하지 않았다. 고개를 꾸벅거리며 졸던 성유는 밝은 빛에 눈을 뜨고 얼른 교각을 돌아봤다. 여전히 눈을 감은 채 미동이 없었고 선청은 교각의 무릎에 배를 깔아 온기를 나누고 있었다. 성유는 밤새 품에 안았던 바랑 속에 손을 넣어 음식이 차갑지 않은지 살폈다. 시간이 좀 더 흘러 계곡 아래까지 선명하게 제 속을 드러내자 교각은 눈을 떠 지그시 주변을 살피더니 벌떡 일어섰다.

"그만 내려가자꾸나."

갑작스러운지라 성유는 눈이 휘둥그레지며 엉거주춤 일어났다.

"내려갑니까? 다른 봉우리로 가시는 게 아니고요?"

"그래, 내려간다."

"황산에서는 수행하시지 않는 겁니까?"

"황산을 보고 나면 다른 산은 보지 않는다는 말이 허언은 아니구나. 그렇지만 '행자라망은 구피상피'라 하지 않았느냐."

"그게 무슨 말씀입니까?"

"원효대사를 연모한 요석 공주께서 바느질 한 땀에 절 한 번의 정성으로 비단 가사 장삼을 지어 바쳤더니 대사는 행자에게 입으라고 주셨다. 행자는 좋아라 하고 가사 장삼을 입고 이 절 저 절을 다니며 우쭐거렸지. 이에 대사는 행자에게 비단옷은 개가 코끼리 가죽을 입는 것과 같다고 하셨다."

황산은 천하제일이라 할 만큼 화려하고 아름다우니 오히려 수행에는 적절치 않다는 뜻을 '행자라망(行者羅網) 구피상피(狗皮象皮)'로 밝힌 것이다. 성유는 고개를 끄덕이며 바랑에 든 음식을 꺼냈다.

"스승님, 아침 공양을 하고 내려가시지요."

"음식이 있는데 너는 왜 어제 저녁을 걸렀더냐?"

"스승님께서 선정에 드셨는데 제가 어찌 혼자서 음식을 삼킬 수 있겠습니까."

"앞으로는 그러지 말거라. 참선에 들면 어쩔 수 없겠지만 그렇지 않을 땐 혼자서라도 끼니를 거르지 마라."

"참선 중에도 때가 되면 공양은 하지 않습니까?"

"그래서 선청도 굶겼느냐?"

성유의 걱정을 막으려 교각은 꾸중하듯 말했다. 성유는 민망한 기색을 드러내며 얼른 교각에게 음식을 건네고 쪼그려 앉아 선청의 입에도 밥덩이를 물려줬다.

가을 새벽의 찬 기운에도 음식에 온기가 남아 있으니 교각은 성유의 체온을 느끼며 빙그레 웃었다.

다시 서쪽으로 행로가 이어졌다. 다행히 이번에는 사흘 뒤 해거름에 또 다른 산을 마주할 수 있었다. 석양의 그늘이었고 먼발치이기는 하지만 그 웅혼함에 가슴이 뻐근했다. 교각은 걸음을 멈추고 산의 기세를 유심히 살폈다. 좌우로 길게 뻗은 능선은 그 끝을 알 수 없고 잇단 높은 봉우리들은 하늘을 찌를 듯 의연했다.

행인에게 말을 붙였던 성유가 돌아왔다.

"저기 산은 구자산이라 했는데 이즈음에는 구화산이라 한답니다. 지역은 남양(南陽: 지금의 칭양)현이고 현청이 있는 고을은 북쪽으로 산이 끝나는 곳에 있다 합니다."

성유가 굳이 현청이 있는 고을을 들먹이는 것은 수행에 대비해 양식과 의복을 준비할 요량일 것이다. 그러나 교각은 이미 고행이 아닌 수행으로는 대오각성할 수 없음을 불타사에서 느낀 바였다.

"산 밑에는 마을이 없다더냐?"

"있기는 하다는데…."

교각은 성유의 말을 끊었다.

"그럼 됐다. 내일은 산 아래 마을까지 닿을 수 있도록 걸음을 서두르자."

구화산(九華山). 마을 가까운 뒤편 산들은 완만한 등성이로 아늑한 기운이 있고 뒤쪽 멀리 있는 높은 산도 비교적 편안한 능선으로 이어지나 군데군데 우뚝 솟은 암벽의 봉우리들은 굳센 서기(瑞氣)가 돌았다. 모두 아흔아홉 봉우리를 품었다니 그 사이사이에는 은둔의 수행처로 삼을 곳과 작은 밭을 일굴 평지도 있을 것이다. 변방 외진 이곳에는 아직 불법이 전해지지 않았는지 절은 보이지 않고, 무엇보다 작은 마을 앞의 들이 넓어 주민들이 산속까지 들어갈 일은 없어 보였다.

또 앞서 마을에 다녀온 성유가 사정을 알렸다.

"이 마을은 고전촌이라 하고 오씨 성 사람들의 집성촌이라 합니다. 가장 큰 집을 찾아 유숙을 청했더니 별말 없이 허락했습니다."

앞장서는 성유를 따라 마을로 들어가며 교각은 형편을 살폈다.

산촌이라지만 100여 호의 큰 규모이고 흙벽돌로 지은 집들은 제법 번듯한 데다 힐끔거리며 지나치는 사람들의 행색도 누추하지 않았다. 벼수확이 끝난 너른 논에는 닭들이 흩어져 낱알을 쪼느라 바쁘고 여기저기 물이 흐르는 곳마다 오리가 떼를 지었다. 짙은 향 냄새가 번져 나오는 집이 있어 고개를 돌려보니 대문 위에 '천문(天門)'이라 현판이 붙어 있다. 도가의 사원인 도관일 것이다. 교각은 절 흔적이 보이지 않는 까닭을 짐작할 수 있었다.

열어둔 대문으로 들어가 인기척을 하자 비단옷을 차려입은 중년의 사내가 모습을 보였다. 교각은 그에게 합장으로 인사했다.

"스님들이 여기까지 어쩐 걸음이십니까?"

말은 공손하나 눈빛에 호의는 보이지 않았다.

"고요히 수행할 곳을 찾는 걸음입니다. 구화산으로 들어가볼 생각인데 괜찮겠습니까?"

"절을 짓는 것도 아니고 수행 정도라면 산 주인도 뭐라 하지는 않겠지요. 그렇지만 마을 뒷산을 지나면 그야말로 무인지경이고 산세가 험합니다."

"산 주인이 있습니까?"

"현청 가까운 산 아랫마을에 살고 계십니다. 우리 마을에는 한 해에 한 번이나 올까 말까 합니다만."

"아무튼 이렇게 하룻밤 유숙을 허락해주시니 감사드립니다."

"혹여 우리 마을에서 불교를 퍼트릴 생각이라면 그만 돌아가는 게 나을 겁니다. 우리는 조상 대대로 도교를 믿고 도관의 도사님을 따릅니다."

은근한 적의까지 드러내는 그는 고전촌(古田村) 촌장인 오용지(吳用之)였다. 교각은 별다른 대꾸 없이 부드러운 미소를 지으며 고개를 숙였다.

날이 밝자 교각은 서둘러 오용지의 집을 나섰다. 고전촌 뒷산을 벗어나자 길은 보이지 않았다. 드문드문 발길의 흔적이 남아 있지만 이어지지 않으면 길이 아닌 것이니 거침없이 헤쳐나가 길을 만들어야 했다. 교각은 고개를 들어 산등성이가 보이면 거기를 목표로 삼아 가시덩굴이 가로막으면 나무 막대기로 헤치고 바위가 버티고 섰으면 기어서라도 넘었다. 그 뒤를 바짝 따르는 선청은 연신 코를 킁킁거리고 귀를 쫑긋 세우다가 가끔 방향을 잡아 으르렁거리니 산중 짐승을 쫓는 것이리라. 성유는 앞을 헤치는 교각을 대신해 바랑을 모두 걸머지고도 지치는 기색 없이 뒤따랐다.

산봉우리와 계곡을 오르내리기를 몇 날 며칠, 가파른 골짜기를 내려오는데 작은 개울에 맑은 물이 흐르고 그 옆 양지바른 곳에 제법 너른 평지가 보였다. 교각은 개울가 바위에 걸터앉아 잠시 땀을 식히며 주변을 살폈다. 바랑을 내려놓고 개울물에 세수한 성유는 너른 평지에 관심이 가는지 아무렇게나 자란 잡목과 풀을 헤쳤다. 평지 위쪽 가파르게 치솟은 바위들에 눈길을 멈췄던 교각이 벌떡 일어섰다. 성유는 벌써 움직이려는 것인가 바랑을 내려둔 곳으로 향하려는데 교각이 한 손을 내저었다.

"기다려보거라. 내 저기를 좀 살펴보고 와야겠다."

위쪽 산비탈 좁은 샛길로 향하는 교각을 잠시 지켜본 성유는 다시 풀을 헤집어 바닥의 흙을 살폈다. 검은빛을 띠는 흙은 한눈에 봐도 기름져 씨앗을 뿌리면 무엇이든 잘 자랄 듯했다. 성유는 주변을 더 넓게 헤치기 시작했다.

"땅은 어떠냐?"

가을볕이 따사로워 성유의 이마에서 땀방울이 송골송골 배어날 때 교각의 목소리가 들렸다.

"위쪽에 뭐가 있습니까?"

"바위틈으로 작은 굴이 있다. 크게 너르지는 않으나 한 몸 가부좌 틀기에는 충분하니 그곳에서 수행해야겠다. 아까부터 유심히 살펴보니 바위들의 전체 형상이 늙은 호랑이 모습이더니 동굴 안의 기운이 여간하지 않더구나."

성유는 기뻐하며 합장했다.

"잘 되었습니다. 마침 이 땅의 흙을 살펴보니 아주 기름집니다. 개울도 바로 옆에 있으니 씨앗을 뿌릴 만합니다."

"너는 선청을 데리고 산을 내려가 민가에서 겨울을 나거라."

성유는 양손을 들어 손사래 치며 목청을 높였다.

"무슨 그런 말씀을 하십니까! 서운합니다. 저는 여기에 초막을 짓겠습니다. 아마 선청도 스승님을 두고는 한 발짝도 움직이지 않을 겁니다."

더 말해봐도 들을 성유가 아니었으니 교각은 어쩔 수 없이 고개를 끄덕였다.

"양식은 얼마나 남았더냐?"

"두어 달이나 버틸까 하니 제가 산을 내려가 좀 더 구해 오겠습니다."

교각은 고개를 저었다.

"아니다. 고전촌 사람들은 도가에 심취해 우리에게 거부감이 있다. 기왕 초막을 짓기로 마음먹었다니 산 아래로는 발걸음을 말거라."

"그럼 양식은 어떡합니까?"

"아까 골짜기를 내려오다 보니 부드러운 백토가 있더구나. 그걸 곡식과 같이 끓이면 양식을 늘릴 수 있을 것이다."

"흙을 먹는다고요?"

성유의 눈이 휘둥그레지자 교각은 혀를 찼다.

"모든 생명은 흙에서 태어나 흙으로 돌아간다 하지 않더냐. 살아가는 것도 마찬가지다. 곡식이며 초목이며 모든 것이 흙의 기운으로 자라지 않더냐. 그 양분이면 사람도 능히 살아갈 수 있다. 더구나 청정한 산속

기운만 가득한 백토이니 무슨 문제가 있겠느냐.”

성유는 고개를 갸웃거렸지만 일리가 있는 말이다. 곡식이나 초목만 흙의 기운으로 자라는 것이 아니라 지렁이와 같은 땅속의 뭇 생명도 결국은 흙의 기운으로 생명을 지키니 부드러워 소화만 된다면 사람도 의지할 수 있을 것 같았다.

동굴은 그리 깊지 않으나 공간이 아주 좁지도 않아 한 사람이 수행에 들 만하고 바닥도 비교적 평평해 가부좌를 틀 수 있었다. 교각은 작은 그릇에 향을 피우고 입구와 마주한 벽면을 향해 가부좌를 틀었다.

태어나 누렸던 모든 것은 머리를 자르고 승복으로 갈아입으면서 버리고 비웠다. 바다를 건너면서는 혹여 더듬으려 할지 모를 한 점 미련의 실마리마저 바람에 실어 보냈다. 욕망은 집착을 낳고 집착은 진리를 잊게 해 죄를 부른다. 비우고 또 비우며 오직 참을 깨닫는 것만이 본래의 나를 찾아 바르게 바라볼 수 있는 길이다. 벼락같이 찾아든 한 번의 각성으로 모든 것을 깨닫는 따위는 없다. 날마다, 쉼 없이 이어가는 수행의 선정으로 깨우침에 깨우침을 더해도 끝은 없으리라.

교각은 해가 뜨는 것도 지는 것도 의식하지 않은 채 동굴 속 깊은 어둠과 고요에 육신을 가두고 참구에 몰입했다. 하루 두 번 성유가 들이던 백토 섞은 쌀죽도 하루 한 번으로, 다시 이틀에 한 번, 다시 사흘에 한 번으로 줄이게 했다. 동굴 입구를 지키듯 종일 떠나지 않는 선청도 숨소리를 감추었다.

문득 팔뚝 굵기의 시커먼 뱀이 소리 없이 다가와 교각의 눈앞에 대가리를 쳐들고 사악하게 혀를 날름거렸다. 금방이라도 아가리를 벌려 날카로운 이빨로 목덜미를 물어 독을 뿜을 기세였지만 교각은 고요한 눈빛 그대로 미동도 없었다. 기어이 뱀은 쏜살처럼 대가리를 날려 교각의 어깻죽지에 이빨을 박고 독을 뿜으며 긴 몸통으로 목과 상반신을 감아 옥죄었다. 온몸으로 독이 번지고 목과 가슴이 옥죄여 숨이 막힐 것 같았지만 교각은 숨결조차 흩트리지 않았다. 얼마나 지났을까. 뱀은 조이던 몸뚱이를 풀고 어깻죽지에 박아 넣었던 이빨을 뽑더니 슬그머니 사라졌다. 다시 정적이 찾아들고 교각은 평온함을 유지한 채 뱀이 다녀간 기억조차 내보냈다.

날이 밝자 교각이 가부좌를 튼 바위 아래 연못에 속살이 다 비치는 매미 날개 같은 천 조각을 걸친 여인들이 모습을 드러냈다. 교각은 물끄러미, 아니 눈동자에 비치는 그조차 의식하지 못하는 고요한 눈빛으로 무심했다. 여인들은 아름다운 미소를 지으며 한들거리는 춤을 추기 시작했다. 두 팔을 허공으로 들어 올리면 여민 듯 여미지 않은 천 조각이 벌어지며 뽀얀 허벅지와 검은 숲이 설핏 드러나고, 돌아서 허리를 굽히면 물에 젖어 찰싹 들러붙은 매미 껍질이 가녀린 허리와 풍만한 둔부를 더욱 육감적이게 했다. 다시 돌아서 허리를 굽히면 벌어지는 조각 사이로 봉긋한 젖가슴과 분홍빛 유두가 선명했다. 여인들의 눈빛은 점점 유혹

적으로 변했고 입술 사이로는 얕고 가쁜 신음까지 새 나왔다.

해가 중천에 떠오르도록 멈추지 않는 춤사위에도 미동이 없자 마침내 춤추던 여인들은 사라지고 성장을 한 미부인이 교각 앞에 나타나 무릎을 꿇었다.

"선사님을 알아뵙지 못하고 감히 희롱하였습니다. 사죄의 뜻으로 구화산신께서 샘을 드리라 하셨습니다. 지금 앉아 계신 바위를 들추시면 물이 솟을 것입니다."

말을 마친 미부인이 홀연히 사라지자 선청은 손님을 배웅하듯 컹컹 두어 번 짖었다. 소리에 교각이 고개를 돌리니 바위 위가 아니라 동굴 안이었다. 교각은 고개를 갸웃하며 생각을 더듬었다. 바위는 동굴 위쪽으로 향하는 길목 가까운 벼랑 쪽에 있지 않던가.

동굴을 나오니 꿈이 아니었던 것처럼 해가 중천이다. 교각은 벼랑 쪽으로 가 바위를 한쪽으로 밀쳤다. 자세히 보지 않아 몰랐던 것인지 바위는 두 덩이가 아래위로 포개져 있었고 아래 덩어리 움푹 파인 바닥에서 한 줄기 물이 솟아오르고 있었다. 교각은 사방을 둘러보았다. 어디에도 물줄기는 보이지 않고 땅속이라고 다르지 않을 것 같았다. 바위 아래쪽도 암벽이니 기이한 일이었다. 손바닥으로 물을 떠 한 모금 머금었다. 맑고 시원했다. 물을 목줄기로 넘기자 천천히 온몸에 청량한 기운이 감돌았다. 차를 우리기에 더없는 물이다. 그러고 보니 내내 차를 마시지 못했다.

겨우내 쉬지 않는 기색이더니 개간한 땅이 제법 널찍해 서너 입 감당할 양식은 거둘 수 있을 듯싶었다. 교각의 발걸음에 허리를 편 성유는 환한 웃음을 보였다.

"이제 수행을 끝내신 겁니까, 스승님?"

"그럴 리가, 수행에 끝이 어디 있겠느냐. 성유 네가 해줄 일이 있으니 내 바랑을 가져오거라."

교각의 말에 성유는 초막으로 들어가 바랑을 가져와 열었다. 교각은 바랑 안을 뒤져 작은 주머니 두 개를 꺼내 성유에게 건넸다.

"하나는 볍씨고 하나는 차씨다. 개간한 땅에는 볍씨를 뿌리고 주변 산자락에는 차씨를 뿌려 키우면 좋을 듯싶구나."

"볍씨와 차씨를 신라에서 가져왔습니까? 볍씨는 아랫마을에서도 재배하고, 차는 이 땅에 풍성하지 않습니까?"

"네 말도 맞다. 그렇지만 내가 전에 숙위로 당에 와 있으면서 먹어본 쌀은 신라의 밥맛만 못하였다. 아마 땅과 물의 차이겠지만 그보다 중요한 건 재배하는 종자이다. 이 땅에서는 땅이 메마른 북쪽은 주로 밀을 재배하고 물이 풍족한 남쪽에서는 벼를 재배한다. 그런데 이런 산간에서는 물이 산 아래보다 풍족하지 않으니 그 볍씨로는 소출이 적을 것이다. 내가 가져온 황립도(黃粒稻)는 산간에서도 잘 자라니 소출이 나을 테고, 낟알이 기름지고 향도 은근해서 우리네 입맛에도 맞을 것이다."

"그렇군요. 그럼 이 차씨는 어떻게 구하신 겁니까?"

"신라에 불교가 들어오고 불법을 구하러 대륙을 드나드는 스님들이 차를 가져와 절집에서 간간이 차를 마시며 왕족과 귀족들도 음미하게 된 것은 너도 알 것이다. 그런데 가야 땅에서는 허황옥 왕후와 함께 오신 장유화상께서 산중에 불사를 일으키며 아유타국에서 가져온 차씨를 뿌려 차를 마셨는데 가야 불교가 크게 번성하지 못하여 차 또한 널리 퍼지지 못했다. 게다가 이 땅에서는 대부분 발효한 숙차를 마시고 간혹 생차로 마시는 차도 있지만 나는 덖은 차가 훨씬 정신을 맑게 하고 개운하더구나. 이 금지차(金枝茶)가 장유화상께서 전한 차인지 신라 땅에서 자생한 차인지는 모르지만 한번 잘 키워보거라."

고개를 끄덕이며 성유는 신기하다는 눈빛으로 볍씨와 차씨를 번갈아 보았다.

교각이 다시 동굴을 향해 발길을 돌리자 성유는 뒤늦게 생각난 듯 화들짝 소리쳤다.

"스승님, 잠깐만요."

무심히 돌아보는 교각에게 기다리라는 손짓을 해 보인 성유는 바쁘게 초막에 들어갔다가 작은 바구니를 들고 나왔다.

"무엇이냐?"

"근처에 차나무가 있어 돋아나는 새싹들을 따봤습니다. 그렇지 않아도 이걸 어떻게 말려야 하나 여쭈려 했는데 덖는다는 건 어떻게 하는 겁니까?"

교각은 아이처럼 기쁨을 감추지 못해 환한 미소를 지었다. 수행처를
찾는 데에 골몰하기도 했지만 터를 잡기도 전에 차부터 찾기에는 염치
가 없어 먼 길을 오면서도 염두에 두지 않았다. 그런데 찻물을 끓일 좋은
물을 얻게 되고 차까지 마련되니 기쁨을 감출 수 없었던 것이다.

　　신라에 제대로 차가 전래된 것은 100여 년쯤 뒤인 흥덕왕 3년(828년)
에 당나라에 사신으로 갔던 김대렴이 차씨를 가져와 지리산 자락에 심
었고, 830년 진감선사가 쌍계사에 주석하며 널리 번식하여 하동 땅이 차
시배지가 되었다.

19. 천상천하유아독존

어릴 적 공양주를 따라 쌍계사에 갔다가 한 스님의 법문에서 연기(緣起)라는 말을 듣고 상훈 스님에게 그 뜻을 물은 적이 있었다. 스님은 '모든 존재는 직접적인 인(因)이든 간접적인 연(緣)이든 타(他)와의 관계에서 태어나고 사라짐을 말한다'고 답했다. '타는 누구냐'고 또 물었더니 '사람만이 아니라 우주의 모든 존재'라고 하였다. 스님의 답은 명료한데 나는 그렇지 않으니 더 묻지 못했다. 다른 의문이 일었다. '하늘 위, 하늘 아래에 나만이 홀로 존귀하다 하셨잖습니까' 물었더니 '그렇지. 모두가 천상천하유아독존(天上天下唯我獨尊)이지' 하시며, 우선은 눈앞에 놓인 것이나 글귀, 소리에 묶이지 말고 자유롭게 더 많은 걸 보고 읽으라 하셨다.

사법연수생 시보 기간은 동희의 집에서 출퇴근했고, 동해 가까운 사단사령부에서 법무관으로 군 복무를 하면서는 한 번도 서울에 발길을 하지 않았다. 그래도 동희는 한 달에 한 번씩 면회를 왔고, 아저씨와 아주머니도 석 달에 한 번은 가족 여행이라며 찾아왔다. 말 그대로 가족 여행이었고 동희는 연수원에 들어가기 전 술자리에서의 일은 기억에 없는 듯 밝고 저돌적인 모습 그대로였으니 불편할 건 없었다.

그 5년의 시간 동안 효명은 '인연'이라는 말을 마음속 숙제로 담았다. 하동에서의 어릴 적 인연은 모두 불락사에서 만나는 바람 같았다. 한여름 무더위를 씻어주듯 싱그럽기도 하고, 손과 볼을 얼어붙게 하는 겨울바람처럼 맵기도 하다가 봄철 산들바람이 되면 아리던 마음은 금세 녹아 푸근했다. 생각해보면 나뭇잎을 떨어트려 낙엽으로 뒹굴게 하는 스산한 가을바람은 매운바람이 일 것이라는 순환의 예고였기에 아주 서럽지는 않았던 것도 같다. 인연이라면 묶인 끈이 있을 텐데 무심히 지나치는 바람 같았으니 인연이 아니었던가 했지만 마음에는 여전하니 자유로울 수 있게 성근 그물이었던 모양이다.

"이제 제대로 시작인가? 연수원도 졸업했고 군 복무도 마쳤으니. 이제 뭘 할 거야?"

전역하고 돌아온 효명을 반기며 형일이 물었다.

"이제 복학해야죠."

"복학? 연수원도 차석이었으니 판사든 검사든 지원하는 대로 임용될 수 있을 텐데 굳이 왜?"

"판검사는 시보 때 경험했고 법무관으로 인권 장교를 하며 국선 변호인도 해봤는데 한계가 정해져 있었어요."

"한계? 무슨?"

"사건이라는 한계요."

"그게 일이잖아. 그 일을 하라는 거고. 아니면 뭘 하고 싶은 건데? 대학원?"

"그것도 아직은 모르겠어요. 졸업까지 2년이나 남았잖아요. 천천히 생각해보죠, 뭐."

남의 일인 듯 무연한 효명의 대답에 형일은 맥이 풀렸다.

"그런데 효명이 넌 조금 더 애쓰면 일등도 할 것 같은데 왜 매번 차석이야? 졸업은 수석으로 해봐."

예원의 말에 효명은 애매한 웃음을 지어 보였다.

"어쩌죠. 아무렇거나 졸업은 시켜줄 테니 이젠 시험에서 벗어나자, 마음먹었는데요."

"효명이 쟤, 일부러 일등 안 한 거야. 공양주 아주머니가 그랬어. 초등학교 졸업 때까지 줄곧 일등만 했는데 중학교부터는 쭉 이등만 하더라고. 그런데도 오히려 편안해해서 스님하고 같이 너무 일찍 애늙은이가 되었구나 마음 아팠대요."

"그건 두 분 짐작이시고."

"너 고등학교서도 쭉 이등 했잖아. 수능도 전국 차석 가까운 성적이었고."

효명은 동희의 말을 막을 겸 형일을 향했다.

"아저씨, 저 2학년 때 거리 공연 촬영이나 녹음한 거 아직 가지고 계세요?"

"응, 있지. 그건 왜?"

"악보로 만들어서 비교해보고 싶어요. 전 작곡은 할 줄 모르니 좀 도와주시면 좋겠어요."

형일은 기다렸다는 듯 반색했다.

"기본 악보는 진작에 만들어놨지."

"아저씨가 작곡도 하세요?"

"그럴 리가. 요즘은 컴퓨터 기기 활용하면 그 정도 기본은 가능해. 우리 회사에 그런 기기 최신형으로 있고."

"편곡도 가능할까요? 두세 개쯤 다른 버전이 있으면 좋을 것 같은데요."

"그건 음악 하는 친구들한테 부탁하면 돼. 거리 공연 다시 할 거야?"

"이제 편하게 책이나 읽을 건데 가끔 나가보려고요."

"좋네, 좋아."

"그래. 나도 공연 다시 보고 싶었는데."

형일의 신나는 반응에 예원도 맞장구쳤다.

이들 가족. 처음에는 참 어렵고 불편했다. 그렇게 부대껴본 적 없는 가족이라는 구성. 불락사와는 다른 사방 막힌 아파트라는 공간. 어쩌면 서울이라는 도시 자체에 숨 쉬기조차 거북했는지 모른다. 그래도 겨우 며칠 만에 빗장을 열어보려 용기 낼 수 있었던 건 예원 아주머니의 스스럼 없는 마음이었다. 주말이 될 때까지 갈아입고 감춰뒀던 속옷을 욕실에서 손으로 빨아 방 안에 널었더니 아주머니는 주저 없이 꾸짖고 걷어가 세탁기에 넣어 다시 빨았다. '이럴 거면 다른 집으로 가'라던 질책은 오히려 마음을 편하게 하는 따뜻한 정이었다.

한 달쯤 지난 일요일. 형일 아저씨는 새 야구 글러브를 건네주며 '일주일에 한 시간만 공던지기 파트너 해주라. 오십견이 오는 것 같아서 어깨 운동을 좀 해야겠어. 부탁인데, 괜찮지?' 했다. 대부분 귀가가 늦으니 어쩌다 이른 등교 시간이라도 얼굴을 마주치면 '허, 참, 술 좀 줄여야 하는데' 하며 겸연쩍은 웃음을 짓고 한 손을 들어 보여 다녀오라는 인사를 했다. 관계 같은 건 의미가 없는 어른과 아이, 성근 그물의 인연 같은 것도 의미 없는 그저 사람과 사람으로의 사이….

동희는 하얀 백지 같았다. 다른 누구도 그려 넣을 수 없는, 오직 자신만이 채워 나갈 자유의 백지. 맑고, 밝고, 거침없는 건 자신감일 테고, 저돌적이라 했지만 당당함일 테니…. 그렇게 그리고 채워갈 동희의 내일은 자신은 상상하지 못하는 또 다른 자유의 세상이리라 효명은 짐작했다. 그런데 언제부터인가 동희의 백지에 불투명한 빛이 드리우는 듯싶었다. 어떤 내색을 드러낸 건 아니었지만 눈빛으로, 말빛으로 알 수 있는 일이었다. 반드시 무엇이 되겠다는 굳은 목표 같은 건 없었다. 그래도 가다 보면 잠시 머뭇거리거나 주저앉기는 하겠지만 아주 되돌아서지 않을 길은 저마다 있었다. 도반처럼 서로의 길을 격려하고 지켜주려는 마음은 같지만 동희에게는 다른 일렁임도 엿보였다. 다행히 연수원에 들어가기 전 술자리에서의 넋두리가 전부로 아무런 일도 없었던 듯 무심하지만 효명은 아주 지워내지 못했다.

5년 만의 공연이다. 그때 시작처럼 다시 명동. 형일이 만들고 편곡을 의뢰해 가져온 악보 중에서 가장 마음에 드는 하나를 골라 노랫말을 다듬으며 연습했다. 대부분 사람은 오래전 일이니 이미 기억에서 지웠겠지만 길 건너 명동파출소 경찰 두엇과 평생을 명동에서 사는 몇몇은 알아보고 호기심을 보였다. 그들이 먼저 첼로 케이스를 사이에 두고 효명 앞에 서자 지나가던 사람들도 하나둘 보여 섰다. 긴장은 되지 않았다. 지난 5년, 시간적 여유가 있었기에 첼로 연습도 꾸준히 해왔다.

턱시도 차림에 선글라스를 쓴 효명의 오늘 첫 연주는 5년 전 그때처럼 '송 프롬 어 시크릿 가든'이다. 익숙하고 대중성 높은 곡은 관심을 끄는 데 유리하다. 삼각대를 받친 카메라로 동영상을 찍던 형일은 오른손 엄지와 검지로 동그라미를 만들어 연주가 좋다는 사인을 보내줬다. 둘러선 사람 중 일부도 스마트폰을 꺼내 동영상을 촬영했다.

두 번째 곡 역시 그때처럼 '무반주 첼로 모음곡 1번 프렐류드'. 5년 전보다 훨씬 더 안정된 음감으로 클래식의 품격을 들려줬다. 그간의 연습이 헛되지 않았구나 효명은 마음이 놓였다.

세 번째 곡은 이전과 순서를 바꿔 레이첼 플래튼의 '파이트 송' 첼로 독주이니 노랫말을 떠올릴 사람은 거의 없을 테고 경쾌한 음으로 사람들의 흥을 끌어내려는 것이었다. 역시 템포가 빨라지기 시작하자 청년들이 어깨를 들썩였고 손뼉, 춤, 환호가 이어졌다.

이제 네 번째 곡. 효명은 선글라스를 벗어 첼로 케이스에 내려놓고 생수병 뚜껑을 따 목을 적셨다. 처음으로 노랫말을 내놓으려는 참이다. 효명이 목을 축이는 모습에 형일은 노래를 하려는 것이구나, 괜한 긴장에 꿀꺽 마른침을 삼켰다. 예원과 동희는 익숙한 그 곡이려니 생각하며 기다렸다.

활을 현에 올리고 곡이 흐르자 효명이 눈을 지그시 감으며 입술을 뗐다. '나는 나로 말미암아 우뚝 서는 사람…' 예원과 동희는 눈이 동그래지며 효명의 낮은 목소리에 귀를 기울인다. 낮은 선율, 조용한 음성. 조금 전까지 어깨를 들썩이고 손뼉으로 박자를 맞추던 사람들이 이제는 숨소리를 죽인 채 노래에 집중했다. 한낮 햇볕 따스한 도심 거리의 느닷없는 고요….

서서히 선율이 빨라지며 효명의 음성도 조금씩 높아졌다. '하늘 위에 땅 위에 유일한 나, 가장 위대한 존재! 모든 것의 주인 우리…' 노랫말로는 귀에 설면서도 마음속에서는 익숙한… 청년들의 입가에 미소가 번지며 발을 구르고 어깨를 들썩였다.

'그 무엇도 우릴 억압할 수 없어! 이제 그물은 사라졌어! 우린 너희처럼 탐하지 않아! 우린 주인이니 자유야! 우리의 세상! 자유의 세상! 가장 존귀한 나와 너, 우리의 새 세상!'

폭발하는 고음으로 마무리한 효명은 이제 눈을 뜨고 다시 한번 반복한다. 청중은 방금 들었으니 귀에 익어 작은 목소리에도 반응할 수 있었고 고음에는 감정을 머뭇거리지 않았다.

곡이 끝나자 효명은 메들리처럼 라라 파비앙의 '아다지오'를 빠르게 이었다. 이미 고조된 감정, '아다지오'는 열광을 이끌어냈다. 그 절정에서 효명은 허리를 굽혀 인사하고 연주를 끝냈다.

"언제 또 명동에 와요?"

"다른 거리에서도 연주해요?"

사람들의 탄성과 아쉬운 질문이 이어지지만 효명은 그저 빙긋 웃고 자리를 떴다.

차가 주차장을 나오자 형일이 물었다.

"천상천하유아독존?"

"티가 많이 났어요?"

"아주 그런 건 아니지만 금세 알게 될 테지, 더구나 우리 나이쯤이면. 그렇지만 상관없잖아?"

"종교라서가 아니라 어떤 전제가 드러나면 구호처럼 들리잖아요. 그건 묶이는 느낌이고요."

"대부분 그렇지 않나?"

"그래서 진정으로 받아들이지 못하잖아요. 더구나 존귀함과 자유는 그대로 진심이어야지 구호가 돼서는 안 되잖아요."

"그럼 아직 노랫말이 완성된 건 아니라는 거네."

"예, 아까 이 절처럼 반복해 부를 때 눈을 뜬 건 가사에 대한 사람들의 반응을 보기 위해서였어요. 반응을 보며 계속 고쳐가며 완성할 생각이에요."

"그것도 좋은 방법이네."

형일은 고개를 끄덕이다가 문득 갸웃했다.

"그런데 자유는 그렇다고 해도 존귀는 요즘 같은 세태에 좀 낯설지 않나?"

"전 희망을 노래하고 싶어요. 그건 누가 가져다주는 게 아니라 스스로 품어야 하잖아요."

"그러니까. 희망을 품어도 이룰 수 없을 거라는 걸 알기 때문에 희망이 없는 세상이 되고 있는 거잖아."

"희망을 비교에서 찾으니 그런 거 아닐까요? 가장 존귀한 내가 희망을 품으면 그건 다른 무엇과도 비교할 필요가 없잖아요. 아니, 애초 비교가 안 되잖아요. 가장 존귀한 자의 꿈인데. 전 어릴 때 스님에게 그 말을 듣고부터 참 자유로웠어요. 무엇과 비교할 까닭이 없으니 부러울 것도 없었고, 목표로 삼아야 할 게 없으니 그저 하고 싶은 걸 했어요. 줄곧 책을 읽은 것도 재미있어서였어요. 영웅전으로 시작한 역사는 세상을 외

눈으로 보지 않고 여러 눈을 가질 수 있게 해줬어요. 과학책을 읽으며 우주의 신비로움에 빠져드니 밤에 하늘을 쳐다보면 모든 별이 제 친구 같아 외롭지 않았어요. 일찍 〈법학개론〉을 읽은 것도 서점에서 우연히 펼쳤다가 정말 재미가 있어서였어요. 사시에 쉽게 합격한 것도 재미에 빠져서일 거예요. 스님은 제게 무얼 하라거나 하지 말라고 하신 적이 없으세요. 전 그런 자유를 노래로 전하고 싶어요."

생각하지 않아도 저절로 머리와 가슴에 와 박히는 이야기였다. 그렇지만 형일은 의문을 갖지 않을 수 없었다.

"그 자유 다음의 희망은 뭐야?"

효명은 머쓱하게 웃음을 지었다.

"제게 아직은 그 자유 자체가 희망이에요."

형일은 맥이 빠지는 기분이었지만 헛웃음을 짓지 못했다.

"맞아. 듣고 보니 나도 아직은 자유가 희망인 것 같아."

끼어든 동희의 말에 핸들을 잡은 채 고개를 돌리는 형일은 의아한 눈빛이었다.

"아빠 엄마 고마워. 처음부터 효명이한테 불편한 느낌은 조금도 없고 뭔가 익숙하다 싶었는데 그래서였나 봐. 어릴 때부터 내게 뭘 하라거나, 하지 말라는 말 안 했잖아. 내가 하고 싶다면 최대한 들어주려 했고. 그래서 학부에서 공부하면서도 졸업 이후를 깊이 고민하지 않았어. 이대로는 뭐든 제대로 할 수 없겠다 싶어서 석사 과정에 들어갔지만 여전히 그랬어. 느닷없이 문화인류학 박사 과정을 하겠다고 했을 때도 엄마 아빠는 이유도 묻지 않았잖아."

"그거야 학비나 용돈은 네가 스스로 마련하고 우리야 밥이나 먹여주는 건데 군이 따질 것도 없잖아."

형일의 객쩍은 대꾸에 동희는 눈을 흘겼다.

"그럼 학비 달랬으면 반대했을 거야?"

"뭐, 이자 조건 괜찮은 차용증을 쓴다면야."

발끈하려는 동희를 앞서 예원이 막았다.

"여보, 그거 아저씨 썰렁 개그야. 그래서 동희 너 지금은 어떤데?"

"디자인, 캐릭터, 뭐든 인간에 대한 성찰이 없으면 그저 반짝 유희일 것 같아 고민이 깊었어. 그래서 길이 어두우면 다시 빛을 찾아야 하니 심리학 공부도 겸할까 했는데 이제 뭔가 할 수 있을 것 같아."

"뭘?"

"효명이로 캐릭터 시작해보려고."

효명은 고개를 돌리며 손사래 쳤다.

"나 사양한다."

"걱정 마. 널 그리려는 게 아니라 네가 생각하고 노래하는 자유, 희망, 그걸 만들려는 거야. 넌 모티브니까 반대해도 소용없어."

"자유, 희망…."

효명은 혼잣소리를 하며 고개를 끄덕였다.

20. 아미산

　3년이 넘는 시간이 흘렀다. 비우고 또 비우고, 태어나고 죽는 생멸과 존재의 의미와 가치는 무엇인지, 나는 누구이며 무엇을 위한 생명인지 …. 알 듯 모를 듯 희미한 명제를 화두 삼아 선정에 들어 무아의 경지에 이르면 벼락같이 이것이 깨침인가 하는 순간도 있지만 그것이 전부는 아닌 듯하니 멈출 수 없었다. 어느 순간에는 희열이 느껴지고 또 공(空)의 평온인가 싶은 때도 있지만 언제나 끝은 허무의 공허였다. 오직 나를 위한, 나만의 깨침으로 보살이 되고 성불을 하는 것이 궁극이라면 너무 보잘것없지 않은가. 실천이 없는 보살이라니, 성불이라니. 아니다. 관음보살, 문수보살, 보현보살… 실행의 보살이 얼마이던가! 찾아 나서리라. 반드시 보살의 그 길을 찾아내리라!

　교각은 동굴을 나와 성유를 찾았다. 계곡물을 끌어와 일군 천수답에서는 유월의 따사로운 햇살 아래 볏줄기가 푸른빛으로 싱그러웠다. 초막 그늘 평상에서 눈을 감고 경을 암송하던 성유가 인기척에 눈을 뜨고 화들짝 일어나 내려오려 했다.

"언제 오셨습니까?"

"그냥 있거라."

교각은 평상으로 가 엉덩이를 걸쳤다.

"소출은 어떨 것 같으냐?"

"작년에는 메뚜기 떼로 인해 삼 할은 잃은 듯싶은데 올해도 그러지는 않겠지요."

성유는 제 잘못이라도 되는 양 겸연쩍어하며 뒤통수를 긁적였다.

"메뚜기든 새 떼든 찾아오거든 편히 먹으라 해라."

"하루 한 끼 드시는 스님 공양에 백토를 섞자니 참으로 민망합니다."

"백토에는 쌀에 없는 무엇이 있어 몸을 살펴줄 테니 개의치 말거라. 그리고 얼마간 한 입이 덜어질 테니 너도 수행에 더 많은 시간을 써라."

"입이 덜어진다니 그게 무슨 말씀입니까?"

성유는 눈이 휘둥그레졌지만 교각은 사방을 돌아보며 선청의 머리를 쓰다듬었다.

"인적은 여전히 없더냐?"

"예, 지난 몇 해 사람이라고는 옷깃도 보지 못했습니다. 이런 깊은 산중에 누가 들어 오겠습니까."

"그래도 가끔 짐승들은 찾아오지 않느냐. 그러니 적적하다 여겨 산 아래에 마음을 두지는 말거라."

"예, 산중에 나물 풍성하고 백토가 간이 되니 소금도 거의 그대로 남았습니다."

"그럼 됐구나. 내가 돌아오려면 꽤 오래일 것 같으니 그동안 선청도 잘 보살펴줘라."

"예? 어딜 가십니까?"

"산 서쪽으로 장강이 흐르니 배로 거슬러 우선 검남도의 아미산을 가보려 한다. 이전에 듣기로 아미산은 보현보살의 성지로 부처님의 치사리를 모신 보현사가 동진 연간에 세워졌다 하니 선사를 뵐 수도 있지 않겠느냐."

"그럼 내년 봄쯤에나 돌아오시는 겁니까?"

"아니다. 보현사에 얼마나 머물게 될지도 알 수 없는 일이고, 문수보살의 성지라는 오대산에도 가볼 생각이다."

"그게 얼마나 먼 거리입니까? 보타사에서 여기 구화산까지 오는 길도 신라를 동서로 가로지르는 길보다 멀었던 듯싶은데 아미산까지는 얼마나 되고 오대산까지는 또 얼마나 됩니까?"

"나도 가보지 않았으니 어찌 알겠느냐. 전에 얼핏 들은 이야기로 짐작하자면 보타섬을 나와 배에서 내렸던 명주에서 이곳까지 거리의 서너 배는 서쪽으로 더 가야 아미산이고, 또 거기서 동북으로 너덧 배의 길을 가야 오대산에 이를 수 있을 듯싶구나. 그나마 여기까지 오는 길은 그리

험하지 않았다만 아미산과 오대산으로 향하는 길은 험준한 준령이거나 황토 구릉으로 길을 잡기조차 수월하지 않을 것 같더구나."

성유는 기함해 입이 딱 벌어졌다.

"그럼 저도 같이 가야지요. 그 험한 길을 어찌 스승님 혼자서 가시려는 겁니까."

"어차피 내가 돌아올 곳은 여기 구화산이다. 아직은 대부분 사람이 도관과 도사에 의지하니 불법을 펼치기 여의찮다만 언젠가는 저들도 부처님의 뜻을 받들게 되지 않겠느냐. 그날까지 너는 이곳을 지키며 공부에 힘쓰거라. 이처럼 천수답을 일궈 생산하는 뜻은 너와 나만의 양식을 마련하기 위함이 아니다. 수행자로서 아귀가 되어서는 아니 될 일이니 소출의 많고 적음이 우리에게 무슨 소용이고, 보시를 불법의 대가로 삼아서야 어찌 불법이라 할 수 있겠느냐. 보시는 구원을 위함이니 이처럼 생산의 터전을 마련하고 수단을 찾아두면 불법에 귀의하는 이들이 서로를 구원하는 뜻을 깨우쳐 모두가 보살이 되지 않을까 해서이다."

교각의 바라지를 가장 중요한 소임이라 여겼던 성유는 비로소 자신에게 부여된 중한 소임을 깨달았다. 그렇지만 교각의 고행에 대한 염려는 여전했으니 마음을 놓을 수 없었다.

"그러시면 선청이라도 데려가시지요."

교각은 빙그레 미소를 지었다.

"선청은 무슨 업으로. 내가 길을 모르니 선청에게는 그저 의미 없는 고행만 될 뿐이다. 선청이 내게 온 소임은 내가 길을 찾은 다음일 터, 그때까지 곁에 두고 잘 보살펴라."

교각은 필요한 몇 가지만으로 바랑을 꾸려 어깨에 메고 가벼운 걸음으로 서쪽으로 방향을 잡아 산을 내려갔다.

서쪽에서 발원해 대륙 중앙을 가로지르며 동으로 흐르는 동안 여러 지류까지 합수한 장강은 하류에 이를수록 강폭은 넓어져 동정호(洞庭湖) 어름에서는 남북 강변의 끝이 서로 보이지 않을 정도이니 가히 바다를 방불케 했다. 강폭이 너른 만큼 유속이 느린 곳에서는 강을 거슬러 오르는 뱃길이 순탄했으나 이릉(夷陵: 지금의 이창)을 지나자 오래지 않아 구름에 닿을 듯 깎아지른 구릉이 이어지고 강폭은 좁아져 더는 기스르기 어려웠다.

배에서 내려 걷기 시작하자 산 아래에 드문드문 들어선 인가를 지나면 길이 끊어지기 일쑤라 험준한 산을 오르기도 하고 하늘이 보이지 않는 울창한 숲을 헤치기도 했다. 땅이 넓은 만큼 사람도 많은 나라라지만 불타고 무너져내린 집들의 폐허도 곳곳이어서 며칠을 걸어도 사람 하나 만날 수 없는 건 아마도 끊이지 않은 전란 탓이리라. 그나마 가을에 접어드는지라 산중 열매들이 배를 곯게 하지는 않았다. 산마루에 올라 잠시 숨을 돌리며 주변을 살피면 빼어난 풍광은 선경이 이러할까 싶으니 나라라는 제도와 다스리는 자들의 정치에 대한 생각이 번잡했다.

단풍이 들고 낙엽이 지더니 찬바람에 실려 눈까지 내리기 시작했다. 진작 남루해진 삼베 승복 위에 여벌의 승복을 껴입었지만 산길 추위는 살을 에었다. 다행히 동지를 맞기 전에 장강에 투강(渝江: 지금의 자링강)이 합쳐지는 투주(渝州: 지금의 충칭)에 이르러 두꺼운 외투를 마련할 수 있었다. 사람들은 머리 깎은 중에게 예를 표하지 않았지만, 적의도 보이지 않았다. 아미산(峨眉山) 보현보살(普賢菩薩)의 법성이 아직 이곳까지 미치지는 못한 것인가 생각하며 길을 서둘렀다.

동지가 지나고 정월이 끝나갈 무렵에야 교각은 아미산 입구에 다다랐다. 하얀 눈으로 뒤덮인 데다 짙은 구름과 안개에 휩싸인 산은 그 높이도 규모도 짐작할 수 없었다. 보현사(普賢寺: 지금의 만년사萬年寺)로 가는 길을 물으니 사람들은 손사래부터 쳤다. 길이 가파른 데다 쌓인 눈이 얼음으로 변해 십중팔구는 크게 다치고 인적이 끊기는 겨울이니 여차 죽기 십상이라는 것이었다. 그러나 나선 걸음을 멈출 수는 없었다. 교각은 구름과 안개에 가려 보이지 않는 방향을 손짓으로 알려준 길을 어림짐작으로 더듬으며 산을 올랐다.

사흘은 올라가야 한다는데 날이 저물자 바람은 더욱 매섭고 추위는 몸뚱이를 얼어붙게 했다. 우거진 나무숲 아래에 쌓인 낙엽이 드러난 곳이 있었다. 교각은 낙엽을 헤쳐 앉을 자리를 만들고 가부좌 튼 무릎 위에 다시 낙엽을 끌어다 덮었다. 나뭇등걸이 바람을 막아주었고 교각은 선정에 들어 추위도 어둠도 두려움도 모두 잊었다.

아침이 밝자 교각은 낙엽을 털고 일어섰다. 몸을 움직여보니 지난밤에 비해 가뿐했다. 바랑에서 수수 한 줌을 꺼내 조금씩 입안에서 녹인 눈으로 불려 씹어 삼키며 다시 산을 오르기 시작했다. 삶도 죽음도 부처님의 뜻. 한 걸음 한 걸음 염주를 굴리듯 지성으로 걸었다.

이틀 밤을 보내고 사흘째 해가 질 무렵 눈앞에 절집이 보였다. 보현사였다. 한겨울 얼음길 위에 사람의 모습이 나타나자 절 마당을 거닐던 노승이 놀란 눈으로 바삐 다가왔다.

"이 험한 길을 어찌 오셨습니까?"

교각은 합장으로 인사하고 무심히 대답했다.

"부처님이 이끌어주셨습니다."

"스님이신 듯한데 어디서 오셨습니까?"

"구화산에서 왔습니다."

"구화산에는 불법이 전해졌습니까?"

"아닙니다. 사찰도 없고 스님네도 찾을 수 없어 동굴에 터를 잡아 수행했습니다."

바람이 휘몰아쳤다. 노승은 그제야 요사채를 가리키며 앞섰다.

"어서 안으로 드십시다. 너무 놀랍고 반가워 날씨를 생각하지 못했습니다."

화로를 피워 온기가 도는 방 안에서 따뜻한 차를 한 모금 삼키자 새삼스러운 한기에 교각의 몸이 부르르 떨렸다.

"여긴 겨울이 깊으면 발길이 끊어지는데 보현보살님의 가피가 있었나 봅니다."

"그렇지 않아도 보현보살의 도장이라 하여 깨우침을 얻고자 왔습니다."

"오래전 천축국에서 여섯 개의 상아를 가진 코끼리를 타고 보현보살께서 오셨다는 이야기가 전해오기는 합니다만, 동진(東晉) 연간에 혜지(惠知) 선사께서 보현보살을 모셔 창건하셨습니다. 머무시며 정성으로 수행하면 응신하실 수 있을지도요."

"오는 동안 투주를 거쳤는데 꽤 번성했습니다만 불법은 그리 융성하지 않은 듯했습니다."

"장안이나 낙양을 보신 적은 있으신지요?"

"10여 년 전쯤 몇 해 머문 적이 있습니다."

"낙양에 백마사가 세워질 무렵 이곳 아미산에도 남방을 통해 불법이 전래하였지만 중원과는 사정이 좀 다릅니다."

노승은 설명을 이었다.

투주는 예전 파(巴)의 땅이고 아미산에서 북쪽으로 멀지 않은 익주(益州: 지금의 청두)는 촉(蜀)의 땅이다. 대륙 서남부의 이들 땅은 험준한 산과 물살 거친 협곡의 강으로 오랫동안 중원과 교류가 없어 각자의 독자적인 문화와 종교를 지켜왔다. 전국시대에 이르러 진(秦)에 겸병되어 파촉은 중원의 역사에 포함되었으나 여전히 변방이었다. 후한 말 소위 위(魏)·촉(蜀)·

오(吳)의 삼국 쟁패가 치열할 때 저 유명한 유비를 황제로 한 촉한의 황도(皇都)가 되기도 했지만 영광은 허망하고 파촉인에게 남은 것은 전쟁의 상흔뿐이었다.

고산준령 천 길 협곡 사나운 파촉의 지형은 산과 땅 어디에나 신비한 기운이 느껴지고, 더구나 아미산은 하늘을 찌를 듯 깎아지른 고봉의 능선과 사시사철 천변만화하는 풍광은 신이 아니고서는 빚어낼 수 없는 선경이었으니 사람들은 그 신령함에 저절로 머리 숙이지 않을 수 없었다. 이에 예로부터 여러 토속 신앙의 터전이 된 데다 도가가 번성하며 그에 의지해 변방의 아픔과 전쟁의 상흔을 달래며 안녕과 복락을 기원했다.

뒤늦게 전래된 불교의 승려들은 그들 나름으로 대중을 구원하고자 불사를 일으키고 불법을 전하지만 아직은 불로장생의 신선술과 현세의 길복을 약속하는 도가만큼 중생들의 마음을 얻지 못하고 있었다.

"산을 내려가 북쪽으로 조금 더 가면 낙산이 있는데 그 아래를 흐르는 민강 절벽에 해통(海通)이라는 스님께서 석상을 조각해 대불을 세우려는 불사를 20여 년째 하고 있습니다. 아마 불사를 마치려면 앞으로도 20여 년은 더 걸릴 테고요."

"무슨 서원입니까?"

"물은 사람을 살리고 키우는 생명의 근원이기에 강을 중심으로 마을이 들어서고 나라를 세우지만, 반면 잦은 수해는 모든 것을 할퀴어 폐허를 만들고 목숨마저 빼앗지 않습니까. 그러니 부처님의 가피로 그 피해를 줄이고 막아보려는 서원이겠지요."

"보현보살의 실행 방편이기도 하겠습니다."

"모든 보살님은 저마다의 방편으로 부처의 자비를 실행합니다만 특히 진리와 수행의 보현보살이 하필 이 땅에 오신 것은 현세의 길복을 넘어서는 참된 진리를 전하려는 뜻이 아닐지요. 또한 보현보살은 목숨을 길게 하는 연명보살(延命菩薩)의 원력도 가지셨으니 도가에 의지하는 중생들이 의지하는 방편도 되지 않겠습니까."

교각은 여러 보살의 오묘함에 새삼 더 깊은 수행의 절실함을 깨달았다.

"참으로 보살의 길은 지난합니다. 얼마나 더 수행하고 고행해야 지혜를 깨닫고 방편을 찾아 실행할 수 있을지 아득합니다."

노승은 무연한 웃음을 지었다.

"그래도 스님께서는 이처럼 길을 나설 수 있으니 소임에 묶인 저보다는 낫지 않습니까. 소승은 보현사를 지켜야 하니 더는 자유롭지 못한 셈이지요."

교각은 민망했다.

"그런 뜻이 아니었는데 송구합니다."

"허허, 개의치 마십시오. 그런데 보현보살님을 응신하신 뒤에는 또 어디로 길을 잡을 생각이신지요?"

"기왕 나섰으니 문수보살의 도장이라는 오대산을 찾아볼 요량입니다."

"당연히 그래야겠지요. 으음…."

잠시 생각하던 노승이 말을 이었다.

"그날이 언제일지는 모르나 오대산으로 가는 길을 좀 돌아서라도 돈황이라는 곳에 들르시는 것도 좋을 듯싶군요."

교각은 처음 듣는 지명이었다.

"돈황이라 하셨습니까?"

"예, 익주를 지나 옛 진나라의 터전이라는 진주(秦州: 지금의 톈수이시)로 방향을 잡은 뒤 더 서쪽으로 가면 돈황이 있다 합니다."

"어떤 곳입니까?"

돈황은 지금의 신장웨이우얼자치구(新疆維吾尔自治區)와 간쑤성(甘肅省)에 걸친 고비사막에 위치하여 훗날 실크로드로 불린 서역과의 교역로에서 중국 서쪽 국경의 중요 도시였다. 오랫동안 북방 민족의 땅이었다가 한나라의 서역 진출로 기원전 2세기경 복속되었으나 한의 멸망 이후 소위 위진남북조와 5호16국 시대를 거치는 동안 여러 왕조의 지배를 받았다. 그러나 서역과 중원을 잇는 국제 교역의 중심지로서 역할은 굳건하여 대상인 소그디아나인과 중앙아시아인의 발길이 끊이지 않았다.

"수나라 이후 다시 중원의 지배를 받아 당 조정은 돈황을 사주(沙州)라 한다는데 그 지명에서 짐작할 수 있듯 모래바람의 땅이라 합니다. 다만 그곳에 한 줄기 강이 흐르고 큰 못이 있어 물이 마르지 않으니 사막을 오가는 상인들의 생명줄이 되어 번성한 것이지요. 상인뿐 아니라 불경을 구하려는 이들도 그곳을 거쳐 오갈 수밖에 없으니 불교뿐 아니라 여러 종교의 경전이 흔하여 여러 나라 승려와 종교인의 발길도 이어진다 합니다. 특히 그곳에서 멀지 않은 명사산(鳴沙山) 동쪽 기슭 절벽에는 70~80년 전부터 승려들이 굴을 파고 은거하여 경전을 번역하고 연구한다니 스님의 수행에 경전이 크게 뒷받침되지 않을까 하여 드리는 말씀입니다. 혹여 그곳에서 또 다른 인연을 만나게 되실지도 모르는 일이고요."

참으로 뜻깊은 가르침이었다. 어찌 홀로 수행만으로 부처의 진리를 온전히 깨우칠 수 있을까. 교각은 당장이라도 길을 서두르고 싶었지만 보현보살의 도량에 이른 데는 그만한 인연의 업이 있을 테니 기어이 깨침을 응신하리라 다짐하며 마음을 고요히 했다.

21. 통곡

—법대 2학년 재학 중 사법시험 차석 합격. 사법연수원 차석. 군법무관 복무. 법조계 지원 미루고 복학. 턱시도 복장의 첼리스트로 거리 공연. 시장, 공장, 병원 등 각계각층과 음악 나눔…—

거리 공연을 촬영한 누군가가 SNS에 올린 동영상이 불씨인가 싶더니 형일이 올린 공식적인 유튜브는 그야말로 폭발적인 조회 수와 함께 순식간에 수십만 가입자를 돌파했다.

운영자인 형일에게는 효명과의 인터뷰 요청이 쇄도했고 학교로 찾아오는 이들도 끊이지 않았지만 효명은 일절 대응하지 않았다. 그래도 주말 이틀의 공연은 멈추지 않았고, 사전 고지가 없어도 어떻게 알았는지 날이 갈수록 공연 장소를 찾는 발길이 늘어갔다.

"내가 운영자로 나서기는 했다만 감당하기가 어렵다."

효명이 대중의 관심에 무심하니 형일이 곤혹스러운 건 당연한 노릇이었다.

"죄송해요, 아저씨. 뭐라도 짐을 덜어드리고 싶지만 아직은 때가 아니라서요. 조금만 더 고생해주세요."

"그럼 언젠가는 공식적인 대응에 나설 수 있다는 거지?"

"그래야겠지요."

"그보다 사실 회사에서 네 매니지먼트를 하고 싶다는 생각을 내비쳤어. 음반 출시를 비롯해서 상업적인 공연까지. 너에 대한 대중의 반응이 일시적이라고 보지 않아. 음악성도 품위 있고, 무엇보다 스토리텔링이 된다는 거지. 그래서 내게 다른 업무에서는 손을 떼고 널 상대로 한 기획을 해보라는데 어떻게 해야 할지 모르겠다."

"아저씨 생각은 어떠세요?"

"글쎄다. 모든 건 네 생각에 달렸는데 난 아무래도 모르겠구나."

다른 길도 열려 있으니 굳이 부추기지 않겠다는 뜻이었다. 효명은 자신의 이익은 고려하지 않는 형일의 선의가 고마웠다.

"구체적으로 물어봐주세요."

형일은 잠시 망설였지만 마음을 굳혔다.

"졸업하고 법조계로 갈지, 아님 다른 길을 갈지. 노래를 계속할지. 다른 계획이나 목표가 있는지 등등 모두 말이다."

효명은 먼저 고개를 저었다.

"법원이나 검찰로는 가지 않을 겁니다, 노래는 계속할 거고요. 그렇지만 대중의 열광을 좇지만은 않을 생각입니다."

"그게 무슨 뜻이냐?"

"하고 싶을 때, 하고 싶은 곳에서, 부르고 싶은 노래를 하고 싶어요. 혹시 제가 아예 절로 들어가지 않을까 하는 생각도 있으시겠지만 그 문제는 저도 아직 정한 건 없어요. 하지만 설령 그렇게 되더라도 노래를 못하게 되지는 않을 겁니다."

"그거야 그렇겠지."

형일도 어느 정도 짐작하고 있었고 그 의미를 모르지 않았다. 주관이 분명하고 매사에 현명하니 이쯤에서 자신은 손을 놓아도 될 일이었다. 그렇지만 효명은 그걸 원하지 않는 듯싶었다. 함께한 세월이 있고 자식처럼 나눈 정이 있지만 생각이 깊은 아이니 조심스러운 것도 사실이다.

"아무래도 회사는 수익을 가장 우선으로 하겠지요?"

먼저 꺼내기 조심스러운 이야기였는데 효명이 말문을 열어주니 형일은 고개를 끄덕였다.

"그렇지. 하지만 넌 생각이 다를 테니…"

"그럼 아저씨 혼자서 저를 도와주시는 건 어떨까요?"

"나 혼자? 내가 무슨 힘이 있다고. 평생 광고계에 몸담기는 했다만 매니지먼트는 다른 문제야. 업무로 연결됐던 인맥이라는 것도 기업이라는 배경이 있을 때와 개인일 때는 차원이 달라. 무엇보다 자금이…"

효명이 빙긋 웃으며 말을 가로챘다.

"아저씨 지금 정도의 수입은 유지할 수 없을까요? 퇴직이라 생각하지 마시고 회사를 바꿔서 계속 일하는 거로 생각하시면서요."

"지금 네 능력이나 대중의 관심이면 그 정도 수입은 내고도 남겠지. 그렇지만 그건 네 능력을 소모시키는 거에 불과한데 어떻게 그래."

"전 가끔 거리 공연에서 첼로 케이스에 들어오는 천 원, 오천 원짜리 지폐 정도면 충분해요. 변호사 자격증도 있잖아요. 염려되는 건 공연 같은 걸 애써 준비하셨는데 손해가 나지 않을까 하는 거죠. 뭐, 그런 일이 벌어지면 여기저기 다른 공연이라도 뛰어야겠지만요. 그래도 밤무대는 안 됩니다."

농담처럼 말하지만 무거운 진심일 터였다. 한편 결코 그렇게 되지 않을 거라는 자신감일 수도 있을 테고.

"그래, 그럼 정말 성공하면?"

"그땐 아저씨 마음대로 하시면 되죠."

"수익이 예상을 뛰어넘어도?"

"예. 아저씨는 물론이고 아주머니나 동희도 돈 쓰는 데는 그다지 능력 없어 보이던데요. 돈에 넋 놓는 것도 아무나 할 수 있는 건 아닌 거 같아요. 아닌가, 그 반대인가요?"

여전히 농담처럼 가벼운 효명의 말에 형일은 어이가 없어 대꾸할 말을 찾지 못했다.

"전 써보지도 않았지만 돈 쓰는 거 그다지 재미없고 피곤할 것 같아요.

263

사실 아저씨 아파트도 편하지만 저는 불락사가 제일 편하고 좋아요. 방이 작으니 걸레질 잠깐이면 되고, 문밖만 나서면 산, 나무, 꽃, 바람, 폭포, 물소리… 모든 게 있잖아요. 오후에 삼성각 안으로 햇볕 스며들 때 좌복 깔고 드러누워 한숨 자고 나면 얼마나 개운한데요. 언제 아저씨도 한번 해보세요."

"산신님들 계시는데 그건 너무 불량하지 않니?"

"어려서부터 그래서였는지 꿈조차 없는 숙면이라 잠깐 잠에도 개운했어요. 신령님들인데 그 정도 너그러움은 있겠지요, 하하."

형일은 정색했다.

"그렇게 쉽게 말할 일은 아니야. 차라리 잘못되어 손해가 나면 마음이라도 편하지, 큰 수익이 쌓이면 그때는 정말 어떻게 될지 몰라. 사람 사는 일이 그래. 부족할 때보다 넘칠 때의 분쟁은 정말 돌이킬 수 없는 사생결단이 되기 일쑤거든."

"그럼 재단을 만들면 되잖아요."

"재단?"

"예, 이를테면 자유재단 같은 거요. 소속된 분들은 일반적인 급여 체제를 따르고, 행운이 따라 수익이 생기면 그건 청년들이 저마다 자유롭게 꿈을 이룰 수 있도록 돕고요. 사람은 모두 존귀하다는 인식과 긍지로 행복할 수 있다는 걸 널리 알리는 일도 하고요."

"그럼 넌?"

"솔직히 아저씨가 단독주택을 마련해 별채로 작은방 하나 내주시면 제일 좋겠어요."

"하동에는?"

"불락사나 칠불사나 언제라도 찾아가면 되는데 굳이 뭐가 필요하겠어요. 오히려 뭐라도 내 것이라고 있으면 괜한 신경이나 쓰이지요."

세상 물정을 모르는 게 아니었다. 진작부터 그런 생각으로 어렴풋한 계획을 갖고, 이제 그걸 자신에게 모두 맡기려는 것이다. 형일은 감당할 일의 무게보다 효명의 마음의 무게가 더 무거웠다.

─거리 공연 첼리스트 석효명의 놀라운 출생 스토리! 쌍계사 말사 한 절에서 태어나고 버려져. 스님 양자로 입적 성장. 부모에 관해서는 알려진 바 전혀 없어⋯─

언젠가는 터지리라 예상한 일이지만 형일은 당황해 어찌할 바를 몰랐다. 그러나 뜻밖에 효명은 너무도 담담하게 일상을 보냈다. 다만 뭔가를 기다리듯 일정이 없는 시간에는 얼마 전 형일이 재단을 준비하기 위해 임시로 마련한 개인 사무실에 머물렀다.

SNS와 언론 포털 사이트를 달군 글의 열기가 채 식기도 전인 나흘 뒤 점심 무렵, 형일과 효명이 무얼 먹으러 갈지 한가한 고민을 주고받을 때 노크도 없이 벌컥 문이 열리며 짙은 선글라스를 쓴 중년 여인과 서른 무렵의 청년이 들어섰다. 화려한 명품 브랜드 투피스에 트렌치코트를 입은 여인은 화장이 짙었고, 청년은 비즈니스맨의 전형적인 정장 차림이었다. 초면에 약속도 없이 다소 무례한 등장이라 형일은 우두커니 바라보았고 효명은 고개를 돌려 시선을 피했다.

두어 걸음을 성큼 내디뎌 효명 앞에 다가선 여인은 선글라스를 벗어 손에 쥐었다.

"네가 효명이구나?"

효명은 여전히 고개를 돌린 채 대꾸하지 않았다.

"그렇지. 불락사에서 자란 석효명."

아직 불락사라는 이름까지는 알려지지 않았는데 여인은 정확하게 거명했다. 그제야 효명은 고개를 돌려 여인과 시선을 마주했다.

"내가 네 엄마다, 널 낳아준. 좀 앉자."

여인은 거침없이 소파에 앉아 형일을 빤히 쳐다봤다. 당황한 형일이 눈길을 피하자 여인은 피식 웃음을 흘렸다.

"뭐 차라도 한 잔 줘보셔요."

그러고는 다시 효명을 향했다.

"애, 엄마라는데 뭘 그렇게 우두커니 서 있어. 이리 와서 앉아봐."

기막힘, 어이없음, 분노, 경멸… 형일의 숨소리가 거칠어지는데 효명은 느닷없이 털썩 바닥에 무릎을 꿇고 절을 했다.

"낳아주셔서 감사드립니다."

"뭐, 나도 그렇게 절 받을 처지는 아닌 것 같다. 그만 일어나라."

일어선 효명이 다시 무릎을 꿇고 절을 했다.

"그렇게 버려주셔서 자유로웠습니다. 감사드립니다."

"뭐? 비꼬는 거니? 그래 원망할 수 있지."

효명은 일어섰다가 다시 절을 했다.

"이처럼 당당하게 찾아와주신 것도 감사드립니다."

"그럼 내가 무릎이라도 꿇고 울며불며 빌기라도 해야 하는 거니?"

일어선 효명은 물끄러미 여인을 내려다봤다.

"나도 그만한 사정이 있었지만 미안한 마음은 있어. 아무튼, 네가 잘됐다고 신세 지거나 뜯어먹으러 왔다고 생각하지는 마. 나 돈 많아."

여인이 핸드백을 열어 명함을 꺼내 탁자 위에 던지듯 내려놓았다.

"사채업자 같은 거 아니야. 정부 허가받은 정식 투자회사 대표야. 내가 찾아온 건 널 키워주려는 거야. 그까짓 판검사, 변호사 나부랭이 해서 얼마나 벌 수 있을까. 다행히 좋은 재주를 타고난 것 같으니 널 세계적인 스타로 키워야겠다 마음먹은 거야. 그래서 지금 연예 기획사 준비 중이고. 스타, 그것도 결국은 자금 싸움이야. 그러니 이제 넌 다른 걱정 말고 활짝 날개를 펴서 세계로 훨훨 날아봐. 내가 그걸로 모든 빚 갚을 테니."

효명은 두 손을 모아 합장했다.

"앞으로 천 일 동안 매일 천배를 올리세요. 그럼 어머니라 한번은 불러드리겠습니다."

"뭐? 얘, 나 크리스천이야. 교회에 헌금 엄청 많이 해."

"그럼 예수님께 매일 천배를 올리세요."

"얘가 꼬여도 단단히 꼬였구나. 하긴 촌구석 중이 뭘 알아서… 야, 최변. 명함 주고 앞으로는 네가 효명이 만나서 계약해. 조건 너무 까다롭게 하지 말고 계약금도 내 새끼니 후하게 줘. 한… 십 억. 더 달래면 더주고."

최변이라 불린 청년이 명함을 내밀었지만 효명은 눈길도 마주치지 않았다.

"저희는 이미 재단을 만들고 있습니다. 제 일은 제가 알아서 할 겁니다."

"뭐, 재단? 흥, 참 물정 모르는 소리다. 누가 그러자고 꼬시더냐? 저치냐?"

여인이 턱짓으로 형일을 가리키자 효명의 눈에 빛이 번뜩였다.

"말씀 가려 하세요! 앞으로 다시 스님과 저분에게 한마디 말이라도 함부로 하시면 결코 용서하지 않을 겁니다. 세상 물정 잘 아신다니 내가 모든 걸 던져 할 수 있는 일이 얼마나 많을지는 잘 아시겠네요. 그만 나가주세요!"

얼어붙을 것 같은 고함과 살기마저 느껴지는 차가운 눈빛에 여인은 움찔하며 몸을 일으켜 문을 향하다가 걸음을 멈췄다.

"내 잘못만은 아니야. 진짜 원망할 놈은 네 아비야. 너 석씨 아니야. 아비가 박준동이거든. 지금 그 개자식 감옥에 있어. 걱정 마, 죽기 전에는 못 나올 테니. 그 새끼 원래 약쟁이였는데 나중에는 약장사까지 해서 돈 많아. 위장 이혼한 여편네와 새끼들이 보복 무서워서 억지로 옥바라지 잘하고 있으니 영치금도 넣어줄 거 없고. 그러니 사연 잘 알아보고 나만 나쁜 년 아니라는 생각 들면 연락해."

효명의 등 뒤로 거칠게 말을 뱉어낸 여인은 변호사를 앞세우고 당당하게 나갔다.

"으아아아!"

참았던 분노를 고함으로 토해낸 형일이 휴대전화를 꺼내 번호를 눌렀다.

"아, 사장님. 저 김형일입니다. 죄송하지만 지금 두 사람 갈 건데 방 좀 주실 수 있을까요? 예, 고맙습니다."

전화를 끊은 형일은 효명의 어깨를 두드려 따라오라는 시늉을 하고 앞장섰다. 청국장을 먹자는 효명에게 대구탕을 고집하던 형일이 앞서간 곳은 중국음식점이었다.

주문한 코스 요리의 전채가 나오기도 전에 백주를 찻잔에 가득 따라 벌컥 마신 형일이 고개를 떨구며 깊은 한숨을 토했다.

"미안하다. 효명아, 앞으로 널 어떻게 보니. 어른이라는 게 너무 염치없고 부끄럽다."

"아니에요, 아저씨는 제게 어른이라는 희망을 보여준 분인걸요. 이제 내일부터는 꼭 필요하면 인터뷰든 뭐든 알아서 잡아주세요. 최선을 다해볼게요."

"그간 때가 되지 않았다는 게…."

"예, 어떤 사람인지 알아야 마음을 열고 응할 수 있을 것 같았거든요."

"지금 어떤 기분이냐?"

"이제 완전히 자유로워진 것 같아 개운해요."

"교도소에 있다는 분에 대해서는 좀 알아볼까?"

효명은 잠시 망설였다. 여인에게 어머니라는 호칭을 쓰지 않았듯 아버지 역시 입에 올리지 못할 것 같았다. 다시는 겪고 싶지 않은 끔찍한 일이었다.

"제가 할 수 있는 건 이제 그들이 지은 업을 씻어주기를 지장보살님께 비는 일밖에 없을 것 같네요. 아저씨도 잊어버리시고 이제 재단 일에만 전념해주세요. 무엇보다 중요한 건 제 부침에 따라 흔들리지 않고 오래 유지되게 하시는 겁니다."

형일은 조금 전 효명의 그 삼배가 얼마의 무게였는지 새삼 두렵기까지 했다. 원망도 미움도 미련도 일체 없는 무상의 삼배. 애초 인연이 아니었던 인연에 얽매이지 않으나 더 큰 세상을 품으려는 마음. 아니, 서원. 그래, 그건 불가의 지장보살이 세웠다던 '지옥이 비워지기 전까지 결코 성불하지 않겠다'는 '지옥미공 서불성불(地獄未空 誓不成佛)'과 다르지 않은 서원이리라. 형일은 효명이 지장보살의 현신인가 하는 생각이 들어 새삼 바라보았지만 담담한 그 얼굴이 그저 애처롭기만 했다.

연거푸 술잔을 비우던 형일이 기어이 눈물을 지을 무렵 사무실에 들렀던 동희가 전화를 해왔다.

식당 룸의 문을 열고 들어서던 동희는 느닷없는 아버지의 눈물바람에 어리둥절했다. 형일은 그래도 눈물을 멈추지 못하다가 동희에게 이끌려 이른 귀가를 하고 효명은 다시 사무실로 돌아왔다.

생각하고 싶지 않지만 저절로 떠올랐다. 명함은 보이지 않았지만 보고 싶지 않았고 봐야 할 이유도 없었다. 찾아온 건 상업적 이용이 목적일 뿐이었다. 인연 아닌 인연의 고리가 혼란스러웠다. 고리의 근원이 자신에게 있다면 그 업은 무엇일까. 그의 업이 나에게 고리가 된 것인지 나의 업이 그에게 고리가 된 것인지는 알 수 없으나 애초 원망, 미움, 미련 따위는 있을 수 없는 것이기도 했다. 이제 어찌해야 하나….

효명은 한참 만에 상훈에게 전화를 걸었다.

"스님…, 찾아왔었습니다."

상훈은 단박에 알아들었다. 그렇지만 선뜻 뭐라 답도 물음도 떠오르지 않았다. 효명이 짧은 침묵을 깨트렸다.

"강원(講院)에 들어가 불경을 공부할까 싶습니다."

"왜, 머리를 깎기라도 하려고?"

이번에는 효명의 침묵이 이어졌다. 한참 만에 상훈이 말을 이었다.

"너를 어떻게 대했을지 짐작이 간다. 많이 혼란스러울 테지. 그렇지만 그 마음으로 불경을 공부하는 건 의미가 없다. 그것부터 이겨내라. 털어버려라. 그래야 무엇이든 할 수 있다."

"어떻게 해야 그럴 수 있습니까?"

"평상심이다. 하던 걸 그대로 해나가라. 가슴이 답답하면 소리 지르고, 목이 마르면 울어라. 모든 이들이 그렇게 사는 거니 너도 그렇게 해봐라. 이겨내고 털어내지면 공부는 그때 생각해보자."

효명은 또 침묵했다. 상훈은 자신의 목구멍이 갈갈거리며 촉촉해지는 느낌이었다.

"웃어라. 울어라. 아니다, 차라리 한 번쯤 죽어라. 들여다보고 싶지 않은 네 마음이면 그렇게 죽어서 털어내라. 그만 끊어야겠다."

효명은 전화기 너머 상훈 스님의 음성에 물기가 배어짐을 느꼈다.

그새 동희가 돌아왔다.

"아저씨는?"

"침대까지도 못 가고 소파에서 기절."

"그런데 왜 왔어."

"엄마 있어. 자, 이제는 네 차례야. 가자."

"괜찮아. 난 좀 더 있다가 지하철로 갈 테니 너 먼저 차 가져가."

"착각하지 마. 차 안 가져왔어. 일어나. 어서!"

차갑게 목청이 높아지면 따라야 했다. 효명은 일어나 동희의 뒤를 따라 걸었다.

낮의 그 중국음식점이었다. 미리 말해 두었던 듯 지배인은 곧장 룸으로 안내했다.

"여기 저녁 코스가 점심보다 더 비싸지?"

"아까 온 게 처음이야."

"자랑이다, 청춘이란 게 맨날 청국장 아니면 백반집이나 찾고. 좋아, 아무튼 비싸니까 드디어 빚 갚겠네."

"무슨 소리야?"

"너 연수원 들어가기 전에 내가 술 산다고 해놓고 취해서 네가 계산했잖아. 그 빚."

작심한 것이다. 비켜갈 수 없게 되었다. 아마 취중에 아저씨가 모든 걸 전했을 것이다. 온통 밝아서인지 다른 이의 아픔에는 기어이 달려들었다. 그런데 내가 지금 슬픈 것인가, 슬퍼야 하나, 효명에게는 너무 생경한 일들이었다.

술이 나오자 형일이 그랬던 것처럼 찻잔에 백주를 가득 따르더니 불쑥 내밀었다.

"네가 내 아빠 울렸으니 너도 울어. 이 잔은 음식 나오기 전에 원샷으로 비워."

"야, 동희야."

효명은 거절의 뜻을 비쳤지만 동희는 더욱 사나운 눈빛으로 잔을 든 팔을 더 가까이 들이밀었다. 어쩔 수 없었다. 효명은 잔을 받아 단숨에 비웠다. 목구멍에서 불이 활활 타올랐다.

첫 음식이 올라왔다.

"불도장이야, 무지 비싼 거. 내가 미리 주문했어. 이거 끓는 냄새에 스님들이 절 담장을 넘는다고 해서 불도장이래. 넌 쉽게 울 애가 아니라서 몸부터 챙겨주는 거야. 다 먹어. 아니다, 지금 맛이 느껴지겠니. 그냥 훌훌 마셔."

그리고 또 찻잔 가득 백주를 따랐다.

"취해. 죽어. 그럼 눈물도 나게 돼 있어. 그래, 통곡. 너 통곡 알지? 그거 해. 그럼 다시 살 수 있을 거야."

그럴 리는 없지만 마치 스님에게 듣기라도 한 것 같았다. 효명은 체념하고 시키는 대로 먹고 따라주는 대로 마셨다.

정신이 가물거리기 시작했다. 생각은 없어지는데 까닭 없이 자꾸 가슴이 미어졌다. 슬프지 않다고 생각하는데 자꾸 슬픔이 밀려들었다. 눈자위가 시리며 눈물이 흐르더니 울컥 울음이 소리가 되었다. 그래도 동희는 음식이 나오는 대로 뭐라 주절거리며 먹으라고 강권했다. 우느라 목이 메는데도 음식을 씹어 넘겼다. 이게 뭐지. 미친 건가. 기어이 꺼이꺼이 통곡이 터졌다. 까닭도 모르는 채….

"자, 이제 짜장면. 이거 먹어야 끝나는 거야, 먹어."

효명은 기막히게도 눈물범벅에 연신 꺽꺽거리면서 동희가 비벼 건넨 짜장면을 꾸역꾸역 목구멍으로 삼키고, 양파며 단무지까지 꾹꾹 씹었다.

22. 유탕

아미산 3년.〈대방광불화엄경〉〈묘법연화경〉〈관보현경〉 등을 읽고 외우며 보현보살상 앞에서, 산중 바위 위에서 가부좌를 틀고 수행에 수행을 거듭했다. 문수보살과 함께 일체 보살의 으뜸으로서 중생 구제를 위한 보현보살의 행원(行願)은 실로 자애롭고 광대무변하니 그 방편은 더욱 놀랍다. 그러다 문득 의문이 일었다. 관음보살의 자비도, 보현보살의 실행도 모두 중생의 삶을 위함이다. 더구나 보현보살은 목숨을 연장할 수 있는 연명보살이기도 하다. 삶은 죽음이 전제되어 있고, 죽음의 세계는 천상계와 지옥계로 나뉘고, 삶이 고통이라는 전제로 윤회의 업을 끊는 것이 성불이라면 찰나의 삶에 대한 구원은 어떤 의미인가.

죽음을 본 적이 있었던가. 더듬어보면 직접 죽음을 마주한 적은 없었다. 수많은 전쟁으로 인한 죽음, 죄를 지어 목숨을 빼앗기는 죽음, 병들어 죽는 죽음…. 그러나 모두 들은 이야기일 뿐 주검을 두 눈으로 본 바는 아직 없었다. 심지어 아우 중경의 죽음까지도. 신라에서 자객과 칼을 부딪치고 그들의 피를 보기는 했어도 죽음은 아니었다. 하지만 죽음은 도처에 있을 테니 언제라도 마주치게 될 일이다. 그때, 죽음을 위해 할 수 있는 일은 무엇인가. 아니, 먼저 어떻게 대해야 하는가. 죽음을 전제하지 않는 깨침으로 중생을 구제한다는 건 윤회의 티끌에도 미치지 못하는 것이 아닌가….

교각은 결연히 행장을 꾸렸다.

"이제 떠나시는 겁니까?"

보현사의 노승은 오히려 늦었다는 듯 편안한 낯빛이었다.

"예, 갈 곳이 있습니다."

"오대산인가요?"

"그러합니다."

"전에 말씀드린 대로 돈황을 들러 가십시오."

교각은 마음이 바쁜데 돈황에 무슨 큰 의미가 있을까 싶었다. 그러나 노승은 빙그레 웃었다.

"꼭 그리하십시오. 인연을 거스를 수는 없는 법이지요. 그럼 살펴 가십시오."

노승이 먼저 합장으로 인사하고 무심히 돌아서니 교각은 어리둥절했다. 인연…? 그래, 그곳에 있는 인연이 무엇인지는 알 수 없지만 거스를 수 없다면 부딪혀보리라. 교각은 돈황을 향해 길을 잡았다.

아미산을 나와 익주를 향하는 동안 길은 험해도 봄날의 푸름이 동행해 고단함을 잊을 수 있었다. 익주, 한때 촉의 황도였던 만큼 성안은 번성했다. 기이한 것은 촉이 망한 지 벌써 300년이 넘었고, 그사이 수많은 왕조가 명멸했음에도 성안 곳곳에는 '촉'이라는 글자를 쓴 깃발이 문패처럼 나부꼈다. 주린 배를 채우려 '찬(餐)'이라는 깃발 아래 길가에 내놓은 목로 빈자리에 몸을 얹었다. 맞은편에 앉아 늦은 아침인지 이른 점심인지를 먹고 있던 노인이 중의 행색에 그래도 합장으로 인사하니 얼른 마주 합장했다.

"아미산에서 오시는 모양이지요?"

"예, 돈황으로 가는 중입니다."

"길이 고단하시겠습니다."

그러고는 다시 그릇에 고개를 묻었다.

"명색 불제자인데 뭘 주문해야 할지 모르겠습니다."

교각의 물음에 노인은 주방 쪽으로 고개를 돌려 알아들을 수 없는 지방 말과 억양으로 뭔가를 대신 시키는 눈치였다.

"기름이 떠도 고기 기름은 아니니 드셔도 됩니다."

"고맙습니다. 그런데 유 황제의 나라가 없어진 지 오래인데 여전히 촉의 깃발이 나부낍니다?"

노인은 고개를 들어 힐끗 흘겨보는데 눈초리가 따가웠다.

"유 황제의 촉나라가 아니라 촉 땅에 나라를 세워 촉이었던 겁니다."

적의까지는 아니어도 향토에 대한 자존심을 강하게 드러내는 것이니 교각은 더욱 궁금했다.

"당 조정에서 금하지는 않습니까?"

"촉 땅이라 촉이라 하는데 어쩔 것이오. 시황제 이후 중원에서 관리를 보내기는 하오만 사람은 여전히 촉의 사람이고 후손이니 우리 방식으로 살아가는 것인데. 게다가 중원이 소란스러워져 위급하면 황제든 뭐든 이 땅으로 도망쳐 와 몸을 의탁하기 일쑤이니 신세는 그들이 지는 것을요."

그사이 음식이 나왔다. 푸석한 쌀밥 한 공기와 고명이라기에는 너무 풍성하게 얹은 채소는 숨을 죽여가는 중인데 과연 국물 위에는 기름이 그득했다. 먼저 국물을 떠 한 숟가락 목구멍으로 넘기는데 훅 목과 코를 찌르는 기운에 숨이 막힐 뻔했다. 산초 향인가 싶은데 꼭 그런 것은 아니었고….

"라(辣)입니다. 이곳 특색의 향신료지요. 촉 땅은 날씨가 무덥고 습해 그런 맵고 쏘는 기운으로 땀을 내줘야 건강을 지킬 수 있습니다."

노인은 짓궂은 미소를 흘리고 먼저 자리를 떴다.

그득한 기름은 국물이 식는 속도를 늦추고, 그 열기로 채소를 천천히 숨죽이는 것이니 그릇을 비울 때까지 아삭한 데다 저마다의 향도 유지되었다. 처음에는 기겁했던 국물도 서서히 적응되니 몸이 달아오르며 콧등부터 땀방울이 송송 배어 수저를 내려놓자 개운했고 새로운 기운이 돋았다.

교각은 방편이란 사는 곳곳에 배어 있고 그로써 저마다 다른 조건을 헤쳐나가는 것임을 또 그렇게 몸으로 체험하고 다시 길을 서둘렀다.

검남도를 벗어나 감주(甘州: 지금의 간쑤성)에 이르자 벌써 땅의 기운부터 달랐다. 깎아지른 듯 높은 산은 푸르기는 해도 기운은 사나웠고, 땅은 온통 황토인데 건조한 날씨에 굳어져 길은 마치 돌바닥처럼 단단했다. 제법 사람의 왕래가 있을 법한 낮은 산들도 누런 황토의 건조함에 초목의 성장은 왕성하지 못했다. 아주 예전에는 강족(羌族)이라는 서쪽 오랑캐들이 말을 휘몰아 쳐들어오면 그 사나운 기세에 맥없이 약탈당하기 일쑤였는데 진(秦)이 들어서며 평정되었고, 마침내 천하를 통일하기까지 했으니 대륙의 주인이 중원의 화하(華夏)라는 말은 사실 무색한 것이었다.

천하통일의 주인 진의 터전이라는 진주는 삼황(三皇) 중 팔괘를 창안한 복희(伏羲)씨의 고향이라는 전설이 깃들기도 했지만, 불가에서 명망 높은 지엄(智儼)화상의 고향답게 불법의 기운에 왕성해 돈황을 향하는 교각의 기대가 은근히 커지기 시작했다. 특히 이곳 맥적산(麥積山)에는 400년 전인 5호16국 시대부터 가파른 산 벽에 잔도(棧道)로 길을 열며 굴을 파고 여러 불상을 세운 석굴이 있다 하나 날이 더 뜨거워지기 전에 돈황에 닿아야 할 테니 그저 방향을 찾아 삼배나 드려야 했다.

난주(蘭州: 지금의 란저우)에 이르자 벌써 유월이 지나 이글거리는 태양빛에 온 대지가 달아오른 열기로 숨은 턱 끝까지 차올랐다. 황톳빛 거친 물살의 황하가 흐르는 난주는 장안과 서역을 잇는 주요 통로이자 사실상 관장하는 중점이었다. 만리장성이 서쪽 멀리 이어져 국경 끝에 옥문관(玉門關)을 세운 것도 난주를 보호하기 위한 것이었으니 그 위상을 짐작할 수 있다.

교각은 날이 더 뜨거워지기 전에 걸음을 서둘렀다. 난주를 벗어나자 오래지 않아 길 북쪽으로 사막이 모습을 드러냈다. '풀이 잘 자라지 않는 땅'이라는 뜻의 고비사막은 모래가 아닌 작은 자갈이 주를 이루는 황량한 땅이다. 그래도 드문드문 발목 높이나 될 만하게 자라는 풀이 있어 양을 풀어 삶을 꾸려가는 유목민이 있고, 그보다 더 북쪽 막북(漠北)이라는 곳에도 말을 잘 타는 오랑캐족이 있다 하니 생의 방편은 실로 가늠하기 어려운 것임을 교각은 깨달았다.

한바탕 바람이 휘몰고 지나가면 희뿌연 대기에는 발 앞을 짐작할 수 없을 만큼 모래 먼지가 자욱했다. 진작부터 바랑에서 천을 꺼내 머리끝에서 목까지 겹겹이 둘렀지만 입안에서 버석버석 모래가 씹히니 숨 쉬기조차 거북했다. 그럴수록 교각의 마음은 설렜다. 인연을 찾는 길이 이처럼 험난하다면 그만큼 소중한 것일 터. 교각은 서역에서 들어오는 가장 가까운 길목이라니 필경 여태 보고 얻지 못한 귀한 경전일 것이라 짐작했다.

지독히도 먼 길이었다. 태양빛의 열기에 지치는 걸음과 모래바람에 수시로 등을 돌려 바람이 잦아들기를 기다려야 하는 더딘 행로에 더욱 멀게 느껴졌다. 교각은 마침내 태양빛 열기가 시들해지는 계절에 이르러서야 돈황에 닿을 수 있었다.

황토와 모래를 섞은 벽돌로 지은 집들이 대부분인 돈황은 모래바람이 부는 열악한 자연환경에도 사막 사이를 흐르는 당하(黨河)라는 작은 강이 오아시스 역할을 해 번성할 수 있었다. 멀리 서역에서 오는 이들은 천산북로(天山北路)의 긴 사막을 벗어나 만나는 첫 도시이고, 서역을 향하는 이들에게는 사막으로 들어서기 전 마지막으로 쉬며 물을 채울 수 있으니 오고 가며 풀어놓는 풍성한 물산이 저절로 큰 시장을 형성했다. 또한 남쪽 명사산 아래에는 월아천(月牙泉)이라는 푸른 호수가 있어 그 신기함을 더했다.

진기한 물건이 지천이었지만 교각의 눈에 들어올 리는 없고 경전을 만날 수 있을까 며칠을 돌아다녔지만 헛걸음이었다. 아무래도 막고굴이라는 곳에 불경을 공부하는 승려와 불자가 많다니 내일은 그리로 걸음을 해야겠다 생각하고 숙소로 향하는데 스쳐 지나던 승려가 걸음을 멈추더니 쫓아왔다.

"혹시 수충 왕자님 아니십니까?"

그 이름에 교각은 화들짝 놀랐다.

"누구…?"

열 살쯤 아래로 보이는 승려는 교각이 부인하지 않자 반가움을 감추지 못하며 환하게 웃음을 지었다.

"맞으시지요? 저는 전에 숙위로 와 계실 때 낙양 백마사와 숭산 소림사 길을 수행했던 유탕입니다."

교각은 문득 생각났다. 이름을 듣지는 못했지만 황궁 법당에서 큰스님을 모시고 있다던 그 아이였다.

"이런, 참으로 반갑소. 그사이 출가를 하셨던가?"

"예, 법명으로 유탕(兪蕩)을 받았습니다."

"그런데 여긴 어쩐 걸음으로? 혹시 이 근방에 몸담은 절이 있는 것이오?"

"아닙니다. 모실 스승님을 아직 찾지 못한 데다 경전에 목이 말라 달포 전에 왔습니다. 그런데 왕자님께서는 어찌⋯?"

머리를 깎고 잿빛 승복을 입은 모습이 도통 이해되지 않는 것이었다.

"허허, 나도 출가했고 이제 교각이오."

유탕은 진실로 놀라 두 눈이 휘둥그레졌다.

"아니, 어찌 그 귀한 신분으로 출가를 하신 겁니까?"

"좋지 않소. 속세의 귀함이 어찌 불법보다 아름답겠소."

그래도 유탕은 한동안 말을 잇지 못했다. 유탕은 더구나 황실에서 그 존귀한 이들의 영화를 생생하게 지켜본 터였으니 두 눈으로 보면서도 자신의 두 눈을 믿을 수 없었다.

교각은 달포 전에, 그것도 경전에 목이 말라 왔다면 유탕을 통해 수고를 덜 수 있겠구나 내심 반갑고 설레었다.

"그럼 막고굴이라는 곳에도 다녀온 것인가? 나는 내일 그곳으로 향하려던 참인데."

"그보다 공양은 어찌 하고 계십니까?"

"숙소에서 밀가루를 찐 만두라는 걸 팔아 그걸로 요기하고 있소. 가끔 거리에서 과일로 갈증을 달래기도 하고, 허허."

"그럴 것 같았습니다. 저와 함께 가시지요. 채수(菜水)에 면을 말고 유채 기름에 채소를 볶아주는 집이 있습니다."

채소 국물 소리를 들으니 교각은 저절로 군침이 돌았다. 식사를 내는 곳에서는 모두 양이나 소고기 곤 국물에 면을 말거나, 고기 기름에 볶은 음식뿐이니 계율에 앞서 누린내에 수시로 속이 울렁거려 더욱 힘든 참이었다.

음식이 나오자 교각은 얼른 국물부터 한 모금 마셨다. 신선하고 담백한 그 한 모금에 목에 끼어 있던 모래 먼지가 깨끗이 씻겨져 내려가는 느낌이었다. 갑자기 허기도 밀려들었다. 교각은 후루룩거리며 면을 입 안에 구겨 넣고 채소볶음에도 연신 젓가락을 가져갔다.

"왕자, 아니 스님, 천천히 드십시오."

유탕의 말에 교각은 비로소 자신이 염치를 가리지 못하고 있음을 깨달아 멋쩍은 웃음을 지었다.

"아이구, 민망하구먼. 목구멍에 쌓인 모래 먼지가 내려가는 느낌이라서 그만, 허허."

"괜찮습니다. 이 집을 찾을 때까지 저도 고생을 좀 했습니다."

"계율을 엄격히 지키는 듯하니 더욱 친밀하게 느껴집니다."

유탕은 손사래를 쳤다.

"웬걸요. 저는 급하면 고기탕면도 먹습니다. 부처님께 벌을 받는 것도 죽은 뒤일 테니 우선은 살고 봐야죠."

목과 몸이 풀린 교각은 잠시 젓가락을 내려놓았다.

"그래, 경전은 좀 구했소?"

"그보다 먼저 말씀을 낮추어주십시오."

"같은 도반인데 어찌 함부로 그러겠소."

"아닙니다. 듣기 난처하여 답이 잘 떠오르지 않습니다."

맹랑한 듯하지만 눈빛까지 또렷하니 물러서지 않겠다는 뜻이리라. 그러고 보니 문득 낙양으로 향하던 길에 북망산 이야기를 하며 혀를 차던 근기가 생각났다. 교각은 고개를 끄덕였다.

"그럼 그리하겠네."

"예, 막고굴에도 다녀왔습니다만…"

그러고는 고개를 가로저으며 실망의 눈빛을 드러냈다.

"왜, 아무 소용이 없었는가?"

"처음에는 서역에서 들어온 상인 중에 책을 가진 이들을 상대로 찾아봤고, 다녀오시는 스님들께도 물어 찾았습니다만 대부분 이미 들어온 경전이었습니다. 결국 막고굴까지 갔는데 새로운 경전이라 할 만한 건 없었고 또 있어도 이제 번역을 시작하는 정도였습니다. 그 또한 경전의 제목으로 짐작하건대 큰 소용이 되지 않을 듯하여 이제 날이 추워지기 시작하니 돌아가려던 참이었습니다.”

교각은 실망이 컸다. 그러나 여기까지 와서 쉽사리 포기할 수는 없는 노릇이니 막고굴을 모두 뒤져보리라 생각했다.

“이제 어디로 갈 계획인가?”

“오대산으로 갈 요량입니다.”

“아직 가보지 않았던가?”

“예, 예전에 백마사와 소림사에서 겪어보셔서 아실 테지만 소승은 그래도 미련이 남아 수년간 명망을 좇았으나 모실 스승조차 만나지 못했습니다. 그래서 돈황을 들렀다가 오대산으로 가보자 계획을 세웠던 것입니다.”

“자네는 경전에 의지하는가?”

“예, 경전은 삼보이기도 하지만 기본이니 어찌 소홀히 하겠습니까.”

“자네 아까 벌을 받는 것도 죽은 뒤라 했던가?”

“예, 그랬습지요.”

“주검을 본 일이 있는가?”

“그럼요. 늙은 주검, 병든 주검, 나라가 평온해도 죄를 짓거나 누명을 써 목이 잘린 주검도 보았고, 변방을 다니면 수시로 출몰하는 이적들과 작은 전투도 흔하니 주검은 발끝에 채일 지경입니다. 무엇보다 안타까운 건 채 꽃피우지 못한 아이들의 주검입니다. 게다가 또 언제든 난은 일어날 테니 또 무수한 주검을 보게 될 테지요."

교각은 새삼스러운 눈으로 유탕을 마주 봤다. 본 것이 주검뿐이랴. 신라 왕실은 비교할 수 없는 당 황실의 영화를 보았을 것이고, 장안을 비롯한 주요한 도시마다 널린 온갖 풍물과 향락도 보았을 것이다. 부처를 팔아 고대광실이 부럽지 않은 사찰도 누볐을 것이고, 명성이 빚은 허상도 생생히 체험했으니 스승을 찾고 있다고 말하는 것이 아니겠는가. 교각은 자신의 공부가 아직 그의 발치에도 미치지 못하는 것인가 싶어 마음이 무거웠다.

"그런 주검들을 보고 얻은 것이 있었나?"

"아직 얻지 못하였습니다. 산 자를 위한 구원, 죽은 자를 위한 구원. 과연 불법의 궁극의 구원은 무엇인지 말미조차 잡지 못하니 너무도 한심하여 이제 마지막으로 오대산에 들러서도 이대로 한심하다면 환속해야 하는 게 아닌가 싶기도 합니다. 다만 제 주제에 문수보살의 친견이야 언감생심이겠지만 다행히 고매한 선사님을 만나 실마리라도 잡는다면 뼈를 갈고 살을 태워 구원의 실행에 나서고 싶습니다."

교각은 당장 무릎을 꿇고 싶은 심정이었으나 유탕이 멋쩍은 미소를 지으며 말을 이었다.

"저는 내일 아침에 길을 나설 겁니다. 북방의 추위에 살이 에이겠지만 마음이 바빠서요. 스님께서는 막고굴에 마음을 두셨으니 기왕이면 겨울을 나시고 오대산 길을 나서십시오. 저는 떠날 준비를 해야 하니 이만 일어서겠습니다."

유탕이 나가고 혼자 남은 교각은 우두커니 생각에 골몰했다. 인연. 돈황의 인연이 경전이 아니라 유탕이었던 것인가….

이제 겨우 희뿌연 여명이 드리우는 이른 새벽. 숙소를 나온 유탕은 바랑 끈을 당겨 단단히 묶고 걸음을 내디뎠다. 교각의 숙소를 알지 못하니 마을을 벗어난 뒤 몸을 돌려 두 손을 합장하고 허리를 굽히는 것으로 작별 인사를 대신했다. 명년 봄에 길을 나서면 가을이 깊기 전에는 오대산에 이르실 테니 그때까지 자신도 그곳에 머무르다가 다시 뵈어야지 하는 생각이었다. 혹여 막고굴에 더 오래 머무신다면 다시 볼 수 없을 텐데 하는 안타까운 염려도 없지 않았다.

부지런히 걸음을 내딛던 유탕은 앞쪽 희미한 여명 가운데 7척 장신의 우뚝한 흔적에 단박에 교각임을 알아봤다.

"왕자, 아니, 스님!"

한걸음에 달려 가까이 간 유탕은 크게 허리를 굽혔다.

"설마 배웅을 나오신 겁니까?"

그렇게 묻고 보니 교각도 바랑을 걸머메고 있었다.

"아닐세, 자네와 동행하려는 것이네."

"막고굴에는 아니 가보시고요?"

"자네가 갔다 왔다 하지 않았는가. 이제 자네가 내 스승일세."

유탕은 희뿌연 가림 속에서도 정색을 지었다.

"농이라도 그리 말씀하지 마십시오. 기왕 그리 말씀하셨으니 스님께서 저를 제자로 거두어주십시오. 스승님으로 모시고 싶습니다."

교각은 크게 당황했다.

"그런 말씀 마시게. 아미산 노승께서 굳이 돈황을 권하며 인연을 거스르지 말라 하시기에 난 그 인연이 경전인 줄 알았는데 밤새 생각해보니 자네였던 모양일세. 그저 서로 도반이라 여기세."

"정말 아닙니다. 저는 오대산에서 스님을 기다릴 생각이었습니다. 인연이라니 감읍합니다만 정말 그렇다면 더욱 스승님 되시기를 거절하지 말아주십시오."

"아미산에서 3년을 수행했지만 보현보살의 친견도, 깨침도 얻지 못하였네. 다만 문득 드는 생각이 있었는데 바로 자네가 어제 말한 바 그대로였네. 이제 그걸 화두로 삼아 함께 길을 찾아보세."

"스님, 제 아둔함으로는 어차피 대선사를 만나 법음을 들어도 결코 길을 찾지 못할 것입니다. 오죽했으면 환속까지 생각했겠습니까. 그러나 이제 스님을 만나니 뒤를 따라 열심히 실행만 하면 되겠구나, 눈앞이 밝아지고 가슴은 환희심으로 들뜹니다. 거두어주십시오."

너무도 간절한 진심이었다. 교각은 과연 이리 영특한 자를 제자로 받아들이는 것이 가당키나 한 일인가 싶었지만 인연이라니 거스르지 말자 싶기도 했다.

"그럼 언제라도 내가 자네의 기대에 차지 않으면 즉시 떠나라는 조건을 달겠네."

유탕은 털썩 땅바닥에 무릎을 꿇고 절을 올렸다.

"소승 유탕, 교각 스님을 스승으로 받들어 기어이 보살계를 이루려 합니다."

삼배를 마치고 일어선 유탕의 두 눈에서 굵은 눈물방울이 흘렀다.

교각은 소매로 유탕의 눈물을 닦아주고 양손을 맞잡았다.

"고맙네. 자네의 스승으로 부끄럽지 않게 더욱 정진하겠네."

동쪽 하늘로 치솟은 태양이 환하게 빛을 비추니 교각의 등 뒤로 광배가 서리는 듯싶었다.

23. 세상 속으로

효명은 정말 죽어 있었다. 집에 돌아와 다음 날 새벽까지는 그나마 화장실이라도 몇 번 들락거렸는데, 그 뒤로는 물 한 모금 삼키려 하지 않고 이불을 머리끝까지 뒤집어쓴 채 끙끙 앓는 소리만 냈다. 형일이 들어가 이불을 걷어보면 오한이 드는지 태중 아이처럼 웅크려 바들바들 떨며 이불을 끌어당겼다. 이름을 불러도 의식이 아득한 것인지 대답이 없었다.

걱정 가득한 얼굴로 거실로 나온 형일이 고개를 갸웃거리며 중얼거렸다.

"이틀째인데 병원에 데려가야 하나…."

"그래요. 일일구 불러?"

안절부절못하는 예원이 휴대전화를 찾아 들자 동희가 빼앗았다.

"무슨 응급이야, 일일구를 부르게."

그래도 얼굴에는 누구보다 수심이 가득했지만 기어이 예원의 손바닥이 동희의 등짝을 사정없이 내리쳤다.

"악! 엄마!"

"왜 애를 때려!"

형일의 역성에 예원은 기가 막히다는 얼굴이었다.

"괜찮을까?"

"아빠, 쟤 스스로 살아나야 돼. 그냥 둬."

"뭐라니? 일부러 죽어라 퍼먹였다는 거야?"

"걱정 마. 죽었다가 살아나야 다시 살 수 있어."

부녀의 희한한 대화에 예원은 눈이 동그래졌다.

"무슨 소리를 하는 거예요. 효명이 무슨 일 있어요?"

형일이 눈치를 살피자 동희가 고개를 끄덕였다. 형일은 그제야 효명에게 일어난 일을 이야기했다. 듣고 난 예원은 두 눈에 눈물이 그렁했다.

"효명이 안쓰러워 어떡해. 당신은 왜 그걸 이제 얘기해요."

"뭐 좋은 사연이라고…."

"그렇다고 정말 일부러 죽어라 먹인 거야? 네 아빠 기절한 것처럼?"

동희는 촉촉이 젖어 드는 눈가를 훔치며 고개를 끄덕였다.

"저렇게라도 죽지 않으면 그걸 어떻게 털어내겠어. 아빠는 당사자가 아니니까 하루 기절하고 한숨이라도 내쉬지. 그렇지만 절대 주저앉지 않을 거야, 효명이 지금껏 어떻게 살아냈는지 다들 알잖아.”

“그래도 어떻게 사람을 저 지경까지…”

예원은 또 눈물을 지었다.

“여보, 나 아무래도 사표 내야겠어.”

이건 무슨 소리. 예원보다 동희가 더 놀란 눈치였다.

“아빠, 이건 무슨 폭탄이야?”

“사실 회사에서 효명이 매니지먼트를 욕심내. 날 그 책임자로 결정했고.”

사정을 다 듣고도 두 사람은 내키지 않는 표정이었다.

“여보. 우리 다른 건 몰라도 효명이 수입에 손대거나 끼어들지는 말자. 그러면 우리가 그 엄마라는, 아니, 그 사람과 다를 게 뭐야. 당신이 통장을 맡아주는 정도면 몰라도 난 열 배, 백 배의 수익을 얻는 투자라도 우리는 안 나섰으면 해. 피를 나누지는 않았어도 그냥, 정말 좋은, 아니 나쁘지 않은, 그래, 자유를 지켜주는 부모처럼 위안이 되어주자고요.”

예원은 돈이 무서웠다. 돈이 사람의 자유와 희망을 어떻게 갉아먹는지 잘 알았기 때문이다. 돈을 과시하는 사람들은 흔했다. 그들은 입성이든, 치장이든, 심지어는 먹성까지 과시했다. 그것의 다른 이름으로 자기만족을 들먹였다. 그렇지만 봐주는 사람, 우월을 느끼게 하는 사람, 좋아서 따라 하는 사람이 없으면 시들해지고 화를 내기도 했다. 그런 경우의 자기만족은 단연코 자기기만인 것이다. 문제는, 시들해지고 화가 난다고 되돌아보고 성찰하지 않는다는 것이다. 그런 이들은 대부분 더욱 폭주했다. 더 과시할 것을 찾아 희번덕거리며 불안해했다. 처량하고 저급한 불안증 증세라 해야 할 것이다. 그들에게 자유가 있을까? 그들은 이미 자유를 갉아먹힌 이들이다. 그러니 희망의 싹도 말라가고 있는 것이다.

다행히 평범한 가정을 꾸리고 단란한 삶을 살아왔다. 그럼에도 '나'라는 본래의 존재가 시들어가는 느낌은 불안과 우울증으로까지 이어졌다. 전공인 공예로 작은 공방을 연 것은 그래서였고 안정감을 찾으면서 삶의 활력을 얻었다. 그래도 적자가 쌓이는 건 큰 스트레스였다. 형일의 이해와 도움으로 버티기는 했지만 시간이 길어지며 이번에는 '나'라는 존재에 대한 회의가 밀려들었다. 한참 뒤 현상 유지를 할 수 있게 되며 '돈'의 의미를 나름 깊이 생각해 내린 결론은 대부분 사람에게 돈의 효용은 소비라는 것이었다. 그러니 버는 것보다 쓰는 것에 먼저 목적을 정하자 비로소 여유를 찾을 수 있었다. 미리 정한 목적과 목표가 있으니 다른 비교는 별 의미가 없었기 때문이다. 어쩌면 효명이 말하는 자유도 그 비슷한 것이 아닐까 싶었다. 효명의 영향인지 요즘 존재에 대한 성찰의 욕구가 커졌고 이제 공방은 접어도 될 것 같았다.

듣고 있던 동희가 불쑥 말했다.

"아빠, 사표 내고 효명이 하자는 대로 해. 나도 올인할게."

형일은 어리둥절했다.

"그게 무슨 소리야? 네가 뭘?"

"나 캐릭터 만든다고 했잖아. 그거 전부 올인한다고. 그리고 엄마도 공방 계속해. 내 캐릭터, 엄마가 시제품 만들어줘야 돼."

형일과 예원이 한 몸처럼 혀를 찼다.

"그게 얼마나 된다고. 아니, 제대로 만들어낼 수는 있고. 그거 간단찮은 예술이야."

"아빠, 나 무시하는 거야! 그리고 나 결혼도 안 할 거야."

이건 또 무슨 폭탄 선언. 두 사람의 눈이 휘둥그레졌다.

"생각해봐. 효명이 쟤를 봤는데 다른 놈이 눈에 차겠어. 쟤 아니면 안 되겠는데 나 차였단 말이야."

일리는 있지만 너무 뻔뻔하니 두 사람은 안쓰러운 마음도 들지 않았다.

"언제 무슨 일 있었어?"

"효명이 연수원 들어가기 며칠 전에 나 업혀 들어온 적 있잖아."

두 사람은 그날을 떠올렸다.

"그런데?"

"그날 나 고백했어. 무지 자존심 상하고 쪽팔려서 일부러 술 마시고 뭐라고 했는지 기억도 안 나지만 주저리주저리… 했는데, 저 자식 마지막에 나 업으면서 한 말은 또렷이 기억해. 언제라도 등은 빌려주겠대. 아니, 평생 등짝만 보여주겠다는 놈하고 어떻게 사랑을 해. 차인 거지. 나쁜 새끼!"

새삼 분한지 동희는 식식거렸고, 두 사람은 웃을 수도 위로할 수도 없는 상황에 또 난감했다. 그래도 예원은 마음이 저렸다.

"이제는 괜찮아?"

"그때 나 죽었잖아. 그래서 알아. 일단 죽어야 다시 살 수 있어."

"네가 언제?"

예원의 동그래진 눈에 동희는 기가 막힌다는 표정이었다.

"나 그때 꼬박 사흘간 방에만 처박혀 앓았는데?"

"너야 술 먹고 들어와 그러는 게 어디 한두 번이라야지."

"엄마! 진짜 친엄마 맞아!"

형일이 얼른 목청을 높였다.

"아무튼 효명이가 나쁜 놈이네."

"그렇네, 나쁜 녀석."

"뭐? 내 참, 아무튼 그래서 어차피 결혼도 안 할 거, 내 인생도, 뭐? 자유재단? 거기 다 털어 넣겠다고."

더는 듣고 있을 수 없는, 피해야 할 상황이었다. 형일이 말문을 돌렸다.

"여보, 우리 아파트 팔고 단독주택으로 이사하자."

이어지는 폭탄에 또 앞의 일은 까맣게 멀어졌다.

"효명이가 그랬으면 좋겠대. 단독주택 마련하면서 저는 옆에 작은 별채가 있으면 좋겠다고. 어차피 이제는 다들 출퇴근 시간에 쫓길 일은 없잖아."

"아무리 변두리라 해도 그만한 돈이 될까. 예금도 그렇게 많지는 않은데."

"퇴직금도 있잖아."

예원이 정색하며 말했다.

"여보, 효명이 일을 하게 되더라도 당신 퇴직금은 그 회사 자본금으로 넣어. 어떻게 빈손으로, 어른의 염치가 아니잖아."

"그건 생각 못 했다. 그럼 대출을 좀 받을까?"

전에 같으면 턱도 없는 일이었지만 예원은 심각한 낯빛으로 고개를 끄덕였다.

"아빠, 그럼 나도 별채 줘."

"아구, 동희야…."

형일은 머리를 절레절레 흔드는데 동희는 물러날 기색이 아니었다.

"나 친딸이야. 어차피 이 층은 올릴 거 아니야. 그걸 나 줘. 일 층에서 곧바로 이 층으로 연결되는 거 말고, 밖으로 돌아서만 이 층에 올라갈 수 있으면 그게 별채잖아."

"너 그렇게 독립해서 뭐 하려고? 그땐 마음대로 술 취해서 늘어지겠다는 거니?"

"바로 옆에서 사흘을 죽어 있어도 모르면서 뭘."

날름 혀를 내미는 딸이 엄마 아빠는 밉지 않았다.

사흘 만에 효명이 방문을 열고 나왔다. 그러나 금세 다리를 휘청거리더니 풀썩 바닥에 주저앉았다.

"효명아!"

예원의 놀란 고함에도 동희는 눈초리를 치켜세웠다.

"야, 엄살 부리지 말고 빨리 들어가서 츄리닝으로 갈아입고 나와. 병원 가면 또 갈아입어야 돼, 벗기 편하게."

"병원은 무슨, 괜찮아. 죄송해요, 아저씨 아주머니."

"야, 원래 애들 태어나면 예방주사부터 맞는 거야. 한 이틀 링거 꽂아야 돼. 빨리!"

"그래, 그러자."

형일의 말에도 효명이 머뭇거리자 동희는 문 앞으로 가 효명을 방 안으로 밀어 넣었다. 지켜보던 예원이 형일을 돌아봤다.

"효명인 왜 동희한테는 꼼짝을 못 하는 거죠?"

"지은 죄가 있잖아."

"죄? 무슨?"

"나쁜 새끼."

"아, 그렇네. 그런데 당신은 왜 자꾸 욕이야."

효명이 나오자 동희가 옆으로 가 부축했다.

"괜찮아. 떨어져, 나 냄새날 거야."

"나쁜 새끼도 봐주는데 그깟 냄새가 별거야."

"뭐?"

갑작스러운 육두문자에 효명은 어리둥절했지만 예원과 형일은 웃음을 참느라 고개를 돌렸다.

"그러니까 공식적인 음원 발표가 없는 것은 아직 노랫말이 완성되지 않아서라는 거네요?"

"예, 그렇습니다."

"보통은 공연 전에 미리 곡은 물론 노랫말도 완성하지 않나요?"

"그게 맞는 일이겠죠. 다만 저는 제가 가진 생각이 틀리지 않은 것인지 먼저 사람들의 반응으로 확인하고 싶은 겁니다."

"틀린 것과 다른 것, 어떤 차이인가요?"

"다른 것은 용인할 수 있고 설득할 수 있지만 틀린 것은 어느 것도 할 수 없으니까요."

"굉장히 신중하시네요. 제가 유튜브를 통해 노래를 들어보니 약간 종교적인 느낌이 있는 것 같았습니다."

"천상천하유아독존을 말씀하시는 것 같네요. 그런데 전 그 부분은 종교를 뛰어넘는다는 생각입니다. 사람이 스스로 존귀하다는 것은 자유의 바탕이니까요."

"그럴 수 있겠네요. 그런데 기존 노랫말을 들으면 자유와 희망을 노래하는 것 같더군요."

"제가 사람의 존귀함을 말하는 것은 진정한 자유를 위해서입니다. 하늘 위, 하늘 아래 오직 나 홀로 존귀하다는 것은 모든 생명에 통용되는 말입니다. 이 자리에 제가 없으면 앵커님은 제게 아무런 의미가 없는 것입니다, 또한 앵커님도 마찬가지이고요. 그렇게 사람들이 저마다 가장 존귀함을 인식하면 다른 사람과의 비교는 의미가 없는 게 되지 않을까요. 그야말로 높고 낮음이나 빈부의 차이 따위는 아무것도 아닌 것이 되고, 다른 존재로서 저마다 존귀하면 비로소 자유로울 수 있을 테니까요."

"그 자유는 무엇을 줍니까?"

"희망입니다. 자유가 없는 희망은 그저 목표가 될 뿐이고 욕망이 되겠지요. 그런 희망이 아닌 욕망의 경쟁으로는 결코 진정한 행복을 얻지 못할뿐더러 죄를 짓기 십상이지요. 지금 우리가 반목과 갈등의 사회를 사는 거라면 그 근원은 스스로의 존귀함에 대한 깨침 없는 비자유의 욕망 때문이 아닐까 생각합니다."

"짧지만 마치 법문이나 강론을 듣는 것 같습니다."

효명은 고개를 숙여 보였다.

"죄송합니다. 아직 제가 미숙하여 도드라진 모양입니다. 더 다듬겠습니다."

"아닙니다, 그런 뜻은 아니었습니다. 아무튼, 정식 음원을 내실 때도 첼로 독주로 하실 건가요?"

"제가 음악을 전공한 게 아니니 편곡을 도와주시는 분이나 전문가들의 조언을 들어야겠지요.”

“첼로를 조금 더 좋은 거로 바꿔보라는 사람은 없던가요?”

“귀에 거슬리는 부분이 있을 거로 짐작은 했습니다. 하지만 정교한 클래식 연주도 아니지만 무엇보다 제가 아직 제대로 숙련되지 못해서이지 악기 탓은 아닐 겁니다.”

앵커는 슬쩍 민망한 웃음을 지었다.

“하하, 번번이 우문에 현답이네요. 듣고 보니 노랫말의 무게가 새삼 느껴지고 무엇을 담을지 기대가 큽니다.”

“그렇게 거창한 건 아닙니다. 익숙하고 공감하는 마음으로 즐겨 부르며 자신을 다독이고 용기를 내 희망을 품을 수 있기를 바랄 뿐입니다. 최선을 다해보겠습니다.”

“저희는 공영 매체이니 개인의 프라이버시가 걸린 관심사에 대해서는 질문을 자제하겠습니다. 그래도 기왕 전공 이야기가 나왔으니 사법고시에 합격하고도 법원이나 검찰에 지원하지 않은 거로 압니다. 특별한 이유가 있으신가요?”

“별다른 건 없고 좀 더 의미 있는 일을 하고 싶다는 생각일 뿐입니다.”

“이를테면…?”

“아직은 저도 구체적으로 정한 바가 없습니다.”

“변호사로서 활동은 할 수 있겠군요?”

“의미가 있다면요.”

첫 인터뷰로 방송국의 아침 뉴스를 택한 것은 흥행을 좇는 연예 활동이 목적이 아님을 우회적으로 밝히고 싶었기 때문이다. 일반 대중이야 그 의미를 생각하지 않겠지만 관련 분야의 종사자라면 짐작할 테니 형일에게 쏟아지는 불필요한 번거로움을 덜어주려는 뜻도 있었다.

그래도 한번 물꼬가 열리자 여러 매체의 인터뷰 요청이 이어졌다. 형일은 자신과의 이런저런 인연을 빌미로 한 요청에 곤란을 겪으면서도 효명의 출생이나 부모에 관한 질문은 하지 않는 조건을 고수했다. 결국 그 불똥은 불락사 상훈에게로 튀었다.

"생모는 출생 뒤 한번 얼굴을 보기는 했지만 오래된 일이라 이제는 얼굴을 봐도 모르겠고, 생부는 들어본 적도 없소. 무슨 사연이었건 절집의 사람이 속세의 일에 관심을 둘 일은 아니잖소. 어쨌거나 효명인 내가 입적했으니 우리 법에 따라 엄연히 내 자식이고, 쌍계총림도 양해한 일이오. 공부도, 음악도 저 혼자 했고 앞으로의 일도 그 아이가 결정할 일 아니겠소. 핏줄도 제 마음대로 못 하는 세상인 모양이던데 그건 기자 양반이 더 잘 알 것 아니오. 그러니 효명이와 관련해서는 앞으로도 모든 분이 이 기사를 받으면 될 것이오. 다만 신라 진감선사에게서 비롯된 범패는 현대의 고산 스님께서 그 맥을 이으셨고, 입적하시기 전까지 내가 배웠으니 그에 대해 물으신다면 얼마든지 만나 드리리다. 효명이 덕에 우리 범패의 꽃이 핀다면 부처님이 예뻐라 하실 거요. 하하하!"

어떻게 알았는지 한 매체가 직접 불락사로 찾아가 인터뷰를 했던 모양이다. 기사를 본 효명은 상훈에게 전화를 걸었다.

"스님, 번거로우셨지요. 죄송합니다."

"그래 이놈아. 덕분에 범패 한번 제대로 떠들었다. 신경 쓰지 않아도
된다."

"잠시 불락사를 비우시는 게 어떻겠습니까?"

"그러잖아도 그동안 못 본 도반들 찾아다니며 유람 중이다. 좋구나, 우
리 산천. 하하하."

상훈의 말대로 인터넷에서 범패 관련 조회 수도 적지 않게 늘어난 모
양이었다. 효명은 스님의 넉넉한 인품에 조금은 마음이 놓이고 죄송함
을 덜었다.

형일이 잔뜩 들뜬 표정으로 뭔가 말하려는데 부스스한 몰골로 사무실
을 찾은 동희가 효명 앞에 쓰러지듯 털썩 앉았다.

"효명아, 자유, 희망 뭐 그딴 거 말고 다른 거 하면 안 되겠냐. 그걸로
캐릭터 만들려니 도무지 아이디어가 떠오르지 않는다. 여기 다크서클
좀 봐."

"자유, 희망을 그딴 거라니. 그러니 아이디어가 나올 리가."

"크흐, 우리 딸 또 한 방 먹었네."

형일은 대수롭지 않게 웃어넘기려 했으나 효명은 진지하게 말을 더
했다.

"날개는 달지 마. 여태껏 보면 하늘을 나는 걸 자유의 상징으로 생각한

건지 날개 달린 형상이 더러 보이던데, 그건 그야말로 천사 이야기야. 그러니 현실에서는 없는 거다라고 비웃는 꼴이 될 수 있어. 내가 말하는 자유는 마음의 자유야. 그 마음의 자유로 내 희망, 나만의 희망을 갖는 거고. 기존의 틀에서 벗어나 생각해봐, 동희 너만의 자유로.”

동희는 단번에 수긍하며 진지하게 고개를 끄덕였다. 덩달아 형일도 들뜬 기분을 가라앉혔다.

“유튜브 구독자 수가 200만에 육박 중이야. 사람들 기대가 엄청난 것 같다.”

동희는 눈이 휘둥그레졌지만 효명은 차분했다.

“너무 흥분하지 마세요, 대중들 관심은 순간이잖아요.”

“그건 그렇지. 그런데 노랫말은?”

“서너 번만 거리 공연 더하면 끝낼 수 있을 것 같아요.”

“좋아. 그리고 음원 녹음할 때 협주에 대해 별도로 생각한 거 있어?”

“그건 진짜 전문가들과 상의해서 정해주세요. 첼로가 빠지지만 않으면 무조건 따를게요. 다만 앞으로도 거리 공연 때는 계속 독주로 진행할게요.”

“음원 발표하고도 거리 공연을 계속하겠다고?”

“예. 당장은 아니지만 언젠가 다시 하게 되면 거리보다는 병원이라든가 보육원이라든가… 우리 사회가 낮은 곳이라고 지칭하는 어려운 분들이 사는 데를 찾아 함께 나눌 수 있게요.”

형일은 날마다 뭔가를 배우는 느낌이었고 동희는 그런 효명이 더욱
자랑스러웠다.

24. 천삼백 년의 기약

　돈황까지 혼자서 걸었던 길을 이번에는 유탕과 둘이서 거슬러 난주를 지나며 교각은 인연의 깊이를 새삼 생각했다. 수 억겁의 생을 살며 슬쩍 옷깃 한번 스치는 것도 작지 않은 인연이라는데 수만 리 길을 찾아가 기어이 만나게 되는 이 인연의 시작은 어디였을까. 아둔한 중은 글로 적은 경전에나 환장했지만 유탕은 살아 숨 쉬며 걸어 다니는 경전이 아닌가.

　경전이 어디 종이와 글에만 있던가. 황궁의 스님을 비롯해 명산대찰의 여러 고승과 시정의 허접한 중까지 두루 마주하며 보고, 듣고, 배우고, 느끼고, 성찰한 법문에 면발치의 황제에서 여러 비빈과 대소 신료, 장군과 병사, 명문 귀족과 문사(文師)와 필부, 시정의 장사치와 도적 떼에 이르기까지, 그들의 삶과 포한과 역경과 위선을 지켜보고 체험한 그였으니 선지식의 마당이 따로 없었다. 그가 들려주는 많은 이야기는 교각으로서는 듣지도 생각지도 못한 것들이 대부분이었으니 북풍한설의 매운 추위조차 느끼지 못할 때가 많았다.

"그래서 성유라는 스님은 5년 가까운 지금까지 구화산 자락에서 천수답을 일구며 스승님을 기다리고 있다는 것입니까? 또 몇 년이 더 걸릴지 모르는데도 말입니다."

"그럴 테지."

교각의 무연한 대꾸에 유탕은 속으로 적이 놀랐다. 성유가 과연 지금도 구화산에 있을지는 알 수 없지만 너무도 당연하다는 듯 태연한 교각의 믿음은 무엇이며, 과연 그가 여전히 구화산에 머물고 앞으로도 흔들림 없이 기다린다면 그 믿음은 또 무엇인가.

부처를 믿기에 머리를 삭발하고 불문에 몸을 던져 배우고 익히며 깨치려 애쓰지만 세상의 혼탁함에 불법의 길마저 흔들리니 평생을 좇을 스승조차 얻지 못해 환속까지 염두에 두지 않았는가. 유탕이 그나마 지금껏 버티며 세상을 떠도는 것은 진리의 빛으로 환희의 눈물을 쏟게 할 경전이라도 구하려는 뜻이었다. 그런데 이들은 기약도 없는 믿음으로 하나가 된 듯 의연하니 진실로 부처의 세상, 보살의 길에 들어선 것이 아닌가 놀라웠다.

유난히 매서운 날씨가 이어진다. 사나흘 걸음이면 장안성에 이를 수 있었다. 유탕은 교각에게 물었다.

"장안성에 들르시겠습니까?"

"장안성을 거쳐야 오대산으로 갈 수 있는가?"

"그건 아닙니다."

"그럼 별다른 용무라도 있는가?"

"오시는 내내 날씨가 추웠으니 며칠 쉬었다 가심이 어떨까 해서요."

"날 걱정함이면 그냥 가고, 자네가 원하면 그리하게. 나는 이 옷으로 충분하네."

교각은 덧입은 외투를 손바닥으로 두드려 보였다. 난주에서 유탕이 구해온 솜을 넣어 누빈 외투였다.

유탕은 봉상(鳳翔: 지금의 바오지시)에서 북쪽으로 방향을 잡아 위수(渭水) 변으로 향했다. 서쪽에서부터 흘러와 장안성 인근에서 황하와 합류하는 최대 지류 위수도 한겨울 매서운 한파에 얼어붙어 뱃사공의 도움 없이 얼음 위를 걸어서 건널 수 있었다. 이제 곧 황토고원과 마주할 테고 바람과 추위는 맹위를 떨칠 것이다. 위수를 건너고 오래지 않아 날이 저물기 시작했다. 민가는 보일 기미가 없으니 유탕은 바람을 피할 수 있는 황토 둔덕 아래에 자리를 잡아 불을 피우고 바랑에서 작은 세발솥을 꺼내 물을 끓인 뒤 찻잎을 넣었다.

"차는 항상 그렇게 가지고 다니는가?"

"스승님, 황하 연변에서는 차가 없으면 물을 마실 수 없습니다. 오시며 보았지만 강물이 워낙 혼탁하니 끓여도 냄새 때문에 마시기가 어렵고 배탈도 잦습니다. 그래서 먹어도 되는 나뭇잎이며 새싹들을 말리고 끓여 그 향으로 마시는 것이 오래도록 익숙해지며 차로 나아가게 된 것이지요. 황실과 귀족, 절집의 스님들이 마시는 차는 향을 즐기고 수행의 반려이지만 보통의 대중에게는 그저 물을 마시기 위한 수단입니다. 제가 가지고 다니는 차는 차라 할 것도 없는 값싼 것입니다. 그래도 다른 말씀 없이 마셔주시니 염치없지만 마음이 놓였습니다."

"자네 덕분에 배탈을 앓지 않았으니 은인일세, 허허."

유탕은 바랑에서 반쯤 언 만두도 꺼내 교각에게 내밀었다. 교각도 이젠 익숙해져 한입 베어 물고 뜨거운 찻물로 녹이며 씹었다.

"불은 제가 살필 것입니다. 고단하실 테니 얼른 드시고 눈을 붙이시지요."

"아직은 괜찮네. 그런데 자네는 오면서 관리 차림의 사람들을 보면 수시로 이야기를 나누던데 무슨 일인가?"

유탕은 멋쩍은 웃음을 지으며 뒤통수를 긁적였다.

"뭐, 속세의 일이죠. 그렇지만 황실의 동정은 불가에도 영향이 크니 살피지 않을 수가 없습니다."

"황실이 어때서?"

"황제께서 즉위하시고 거의 20여 년 총명함과 밝은 눈으로 선정을 베푸신다고 하나 실은 일찍부터 무혜비(武惠妃)를 총애하시어 황실 내부는 처음부터 불안의 기운을 품고 있었습니다. 특히 무혜비께서 아들을 낳자 황후의 자리가 위태롭더니 재위 13년(724년)에 기어이 폐위되고 3년 만에 화병으로 돌아가셨습니다. 그래도 황제께서는 황태자의 처지를 고려해 황후의 자리를 비워두고 있지만 무혜비는 아예 자신의 소생인 이모(李瑁)를 태자에 올려 자신이 황후가 되려 획책하는 모양입니다. 다행히 아직은 중신들의 반대로 뜻을 이루지 못하고 있으나 이임보(李林甫)라는 희대의 간신이 무혜비와 이모 왕자와 결탁하여 예부서경에까지 올라 재상을 바라보며 서로의 이익을 도모하고 있으니 한 치 앞을 내다볼 수 없는 지경입니다."

유탕은 무거운 한숨까지 내쉬었다.

"그런 일이 불문과 무슨 상관이겠나. 승려는 오직 수행에 전념할 일이네."

교각의 무심한 반응에 유탕은 진정 애가 타는 표정이었다.

"어찌 모르겠습니까. 하지만 제가 먼저 오대산으로 가지 않고 돈황을 찾은 까닭이 무엇이겠습니까. 이제 당에서는 모든 불문이 황실과 조정의 눈치를 살피며 그에 예속되고 있습니다. 처음부터 황실의 우대를 받아 세를 키우고 권위를 높이는 데 열중하다가 그에 취해서 이제는 잃을까 전전긍긍입니다. 게다가 이 땅의 대중은 진리의 깨침이나 부처의 가르침을 받아들이는 데는 관심이 없고 오직 복을 기원할 따름입니다. 그러나 저는 아무리 생각해도 부처님께서 황금 덩어리 나누듯 복을 내려주지는 않을 것 같습니다. 애초에 그런 약속도 없었고요. 그럼에도 관음보살, 보현보살… 무수한 보살님의 자비와 보살핌은 진정 무엇을 이름입니까. 그 눈에 보이지도 않는 자비와 보살핌의 실체는 무엇입니까.

이 땅의 대중은 죽음 뒤의 세계도 믿지 않습니다. 조상에 대한 제사를 중요시하는 건 유가(儒家)의 효에 대한 가르침을 실행하는 것이지 영혼의 존재에 대한 고민은 없습니다. 저는 복을 빌지도, 죽음 뒤 천상의 세계를 원하지도 않습니다. 오직 저라는 생명의 존재에 대한 진리를 깨치고 싶습니다. 그렇게 깨쳐 참된 자유를 얻는다면 죽음 뒤의 지옥도 두렵지 않습니다. 그런데 이 땅에서는 하늘의 아들, 천자라는 황제께서 총명함을 잃으면 대중은 그 위험을 감지해 방술과 주술에 의지합니다. 하늘이 복을 줄 것이라 약속하고, 그럴듯한 술법이라도 눈에 보여주니까요. 부처님의 말씀보다 부적 한 장에 더 마음을 사로잡히고 위안받는 세상이 되면 불문은 탄압받게 됩니다. 그게 두려워 예속되고 본래의 빛을 잃으니 저는 경전에 더욱 목이 말랐고, 오대산을 찾았다가 마지막 희망이 절망이 될까 두려웠던 것입니다."

유탕의 두 눈에서는 굵은 눈물방울이 굴러 떨어졌다.

"그럼 오대산에서 아무것도 찾지 못하면 환속을 해야겠네."

"이제 스승님을 만났으니 제 마음은 돌과 같습니다. 다만 스승님께서 아무것도 얻지 못하실까 그게 안타까울 따름입니다."

"나는 무엇을 얻으려고 가는 게 아니다. 문수보살의 도량에서 지혜를 스스로 참구하려는 것이다."

"무엇이든 따르며 지킬 것입니다."

"날은 차가워도 별은 밝게 빛나는구나. 불은 내가 볼 테니 먼저 눈을 붙이거라."

교각은 일어나 둔덕 위로 올라가 뒷짐을 진 채 별을 바라보며 거닐었다.

알을 깨트려서라도 기어이 참된 모습을 보고야 말겠다는 유탕의 근기라면 어떤 환란이 있어도 반드시 불법을 지킬 것이다. 교각은 마음이 흡족해 몰아치는 바람이 춘풍처럼 훈훈하게 느껴졌다.

대륙의 땅은 본디 서쪽은 높고 동쪽은 낮으니 모든 물은 서에서 동으로 흐르기 마련이었다. 그러니 역시 서쪽 멀리 토번 땅 드높은 산중에서 발원해 동으로 흐르는 황하는 막히는 곳이 있어 머무르면 물길은 열리게 마련이었다. 그러나 난주 어름에서 길이 막히자 냅다 북으로 방향을 틀어 황토고원의 협곡 사이를 달리다가, 다시 동으로 길을 바꿔 메마른 땅에 젖줄이 되어주더니, 이번에는 남쪽으로 방향을 틀어 황토의 땅을 적셔주고서야 장안과 낙양 중간쯤에서 가쁜 숨을 몰아쉬며 동으로 방향을 잡아 그제야 바다로 향한다. 일부러 그러는 듯 먼 길을 돌고 돌아 흐르는 그 물길은 황토이거나, 메마르거나, 사막이거나 사람들이 터전을 일구게 하였으니 '어머니의 강(母親河)'이라는 상찬이 결코 헛말은 아니었다.

교각은 유탕의 뒤를 따라 그 거룩한 황하를 두꺼운 얼음 위로 걸어서 건넜다.

"네 말을 들으니 참으로 황하의 자비가 엄숙하구나."

"예, 그렇습니다. 황하가 아니었으면 건조한 날씨에 흙이 아니라 돌이 되어버렸을 이 황토에 어찌 씨를 뿌리며 사람이 살았겠습니까. 그랬으면 아마 역사가 바뀌었겠지요."

"이곳 사람들은 집은 어떻게 짓고 사느냐?"

"그나마 지류라도 흐르면 나라의 힘이 미쳐 성을 쌓고 성시를 일구지만 그렇지 않은 곳은 바닥을 파내거나 벽을 옆으로 뚫어 그 공간에 방을 들이고 집으로 삼는데 요동(窑洞)이라고 합니다."

"흙이 무너지지는 않느냐?"

"웬걸요, 오랜 세월 다져져 돌과 같으니 튼튼하기가 이를 데 없습니다. 또 땅속과 비슷한지라 여름에는 시원하고 겨울에는 온기를 지킬 수 있습니다."

"벽을 옆으로 뚫은 곳은 그렇다고 하더라도 땅바닥을 파낸 곳은 비라도 내리면 어찌하려고?"

"땅을 일정한 깊이로 판 뒤에 거기서 다시 사방 옆으로 파고 들어가 집을 만들고, 가운데 마당은 조금 더 깊이 파내 빗물을 고이게 하면 우물로도 쓸 수 있고 나무도 심어 중정(中庭)으로 삼습니다."

교각은 혀를 내둘렀다.

"참으로 사람의 의지와 지혜가 대단하구나."

"대자연과 사람의 싸움 같기도 합니다. 더구나 그런 사람들을 오랑캐라 하기에는 민망하지요.”

“그렇다고 싸움이라 하면 대자연에 대한 경박함일 거다.”

“예. 그런데 스승님, 지금 우리가 건넌 황하의 얼음은 어떤 심술을 부리는지 아십니까?”

“심술이라니?”

“봄이 되면 저 두꺼운 얼음이 쩍쩍 갈라져 미처 녹기 전에 저마다의 크기로 흘러갑니다. 그러다가 강폭 좁은 곳에서 엉키면 물길을 막아 그만 어마어마한 홍수를 일으키지요. 여름철 홍수는 비 때문이라지만 봄철 홍수는 강 자체가 일으키니 어머니의 심술이라 할 수밖에요. 자식을 대하는 어머니 같다가도 며느리를 대하는 시어머니 같기도 하지 않습니까, 하하.”

“예끼!”

그러면서 교각도 한바탕 껄껄 웃었다.

“스승님, 신라의 어머니들도 그렇습니까?”

“글쎄다, 시정의 일을 잘 알지는 못한다만 다 비슷하지 않겠느냐.”

문득 유탕은 고개를 갸웃거렸다.

“스승님, 다시 신라로 돌아가시지 않을 겁니까?”

“왜? 벌써 쫓아버리고 싶은 것이냐?”

“그럴 리가요. 오히려 스승님이 가시면 저도 따라서 가보고 싶습니다. 동국(東國)은 산천이 아름다운 데다 물은 수정처럼 맑아 차 없이도 찬물을 그냥 마실 수 있고 채소도 익히지 않고 먹는다 들었습니다."

"그렇기는 하지…."

문득 쓸쓸한 눈빛이던 교각은 다시 허허롭게 웃었다.

"그래, 한… 천삼백 년쯤 뒤에나 갈 수 있을 테지."

"예에?"

유탕은 농이신가 웃으며 놀란 시늉을 하다가 힐끔 돌아보니 교각은 엄숙했다.

"그때쯤 신라 땅에 무슨 일이 있을까요?"

"그걸 내가 어떻게 알겠느냐, 내일 일도 모르는 것을. 그렇지만 천지간의 수많은 중생을 구제하다 보면 그때쯤이나 갈 수 있을 듯싶구나. 어쩌면 그때 그 땅에는 지금보다 더한 환란이 있을지도 모르고."

"무슨 환란을 이르는 것인지요?"

"글쎄다… 가장 큰 환란은 사람과 사람 간의 갈등과 자신의 존귀함을 스스로 내버리는 탐욕의 마음이 아닐까 싶다만…."

보살이시다! 유탕은 하마터면 소리칠 뻔했다. 보살이 아니고서야 이처럼 미래를 말할 수는 없는 일이다. 천삼백 년 중생을 구제하고서야 고국으로 돌아갈 수 있고, 그 땅에서 또 구원의 불법을 펼치시겠다는 것이니, 어느 경전에서인가 그 명호를 본 것 같으나 알 수가 없다.

"저는 비록 보살이 되지 못하더라도 백 번이고 천 번이고 다시 태어나 그때마다 스승님을 모실 수 있다면 그게 설령 개일지라도 기쁠 것이고 반드시 그리할 것입니다."

유탕은 간절한 마음으로 서원을 세웠다.

봄이 무르익어서야 오대산이 가까워졌다. 오대산이 문수보살의 성지
로 일컬어진 것은 〈화엄경〉에 문수보살의 거주지로 나오는 청량산(淸凉
山)이 이곳이라 믿기 때문이었다. 오대산으로 불리는 것은 다섯 개 봉우
리 정상이 평평한 대(臺)형이기 때문인데 신라의 오대산도 같은 형상이
고 본래의 이름은 청량산이었다. 교각은 이제 비로소 문수보살의 성지
인가 설레기도 하지만 두렵기도 했다.

곧장 북대 정상에 있는 태화지 옆의 문수보살 석불로 향한 교각은 먼
저 지극한 마음으로 삼배를 올렸다. 일찍이 자장율사가 게를 받았다는
바로 그곳이다. 사방이 툭 터져 비도 바람도 햇볕도 가릴 것이 없었지만
교각은 그 앞 돌바닥에서 가부좌를 틀리라 마음먹었다.

인근 사찰에 들렀던 유탕이 왔다.

"스승님, 령응사에서 방을 내주기로 했습니다."

"고맙구나. 넌 거기에 기거해라. 난 여기서 수행할 것이다."

땅바닥의 조금 편편한 돌을 가리키는 교각의 모습에 유탕은 기함할
지경이었다.

"예? 바람도 무엇도 막을 것 없는 이 황량한 곳에서 어떻게? 며칠이나
가부좌를 트시려고요?"

"자장율사께서는 이레 만에 계를 받으셨다니 나는 3년은 족히 걸리지 않겠느냐."

말문이 막혔다. 분명 그리할 것이다. 유탕은 사방을 둘러봤다. 뭔가 방법을 마련해야 했다. 문수보살 석불을 보호하기 위한 지붕은 사방 네 기둥으로 세워져 있으니 그것에 의지해 초막이라도 지어야 하나 싶었다. 교각은 두리번거리는 유탕의 모습에서 생각을 짐작했다.

"아무것도 하지 말아라. 문수보살의 게라도 받으려면 모든 것을 던져야 할 일이다."

"그래도 비와 눈은 가려야 할 게 아닙니까."

울먹이는 유탕의 음성에 교각은 고개를 끄덕였다.

"안다. 계를 받기도 전에 죽을 수는 없으니, 그 지경이 되면 법당으로 피할 테니 걱정 말거라."

꺾을 수 없는 의지이다. 유탕은 눈물을 짓지 않을 수 없었다.

"그럼 공양은 제가 매일 올리겠습니다."

"밀이든 수수든 깨끗이 씻고 말려 문수보살전에 올려라. 못에 물이 있으니 나는 그걸로 보살님과 같이 생식할 것이다. 잠깐이라도 스님네들과 인사는 하고 와야 할 테니 내려가자꾸나."

먼저 앞장서는 교각의 뒤를 유탕은 말없이 따랐다.

여태껏 탓만 찾았다. 세상의 사심을 탓하고, 권력의 탐욕을 탓하고, 절집의 비루함을 탓하고, 스승이 되지 못하는 스님들을 탓했다. 그러나 진정 탓할 것은 자신이었다. 먼저 자신을 내던지고, 자신을 깨트리고, 자신을 죽여야 진리를 향한 문을 열 수 있었다. 실로 아둔하고 뻔뻔하고 염치조차 없지 않았는가. 유탕은 자책의 고뇌에 돌바닥에 머리를 찧고 싶은데 교각은 뜻밖의 질문을 했다.

"그래, 그새 변한 세상 소식이 있더냐?"

"예?"

"스님들을 만났으니 주고받은 말이 있을 것 아니냐."

유탕은 영문을 모르니 당황했으나 답을 했다.

"황제께서 왕자 이모의 비(妃) 양옥환을 취했다 합니다."

"이모라면 황제와 무혜비 사이에서 태어난 왕자라 하지 않았더냐?"

"예. 맞습니다."

"그럼 며느리인데 어떻게? 그게 말이 되는 일이냐."

"지난해 황제의 총애를 한 몸에 받던 무혜비가 죽었다 합니다. 그에 황제의 슬픔이 크니 고력사라는 환관이 수작을 부려 눈에 띄게 했는데 그만 마음을 빼앗긴 모양입니다. 그래도 며느리를 곧바로 자신의 곁에 둘 수는 없으니 이모에게는 다른 비를 얻게 하고 양옥환은 화산(華山)으로 보내 도가의 도사로 입문시켰답니다."

"도가의 도사? 그건 또 무슨 까닭이냐?"

"도가에서는 입문하면 과거 속세의 일들은 모두 지워진다고 합니다. 그러니 일단 입문시켜 황제의 곁에 둘 수 있는 명분을 만들려고 태진이라는 도호를 주게 한 것이지요. 아마 오래지 않아 황궁으로 들일 겁니다. 가뜩이나 이임보의 전횡으로 나라 곳곳에 불만이 팽배한데 황제께서 또 여인에 빠져 정사를 게을리한다면 사정은 더욱 어려워질 것입니다. 이미 시중에서는 머지않아 큰 난이 일어날 것이라며 뒤숭숭하고 피난을 준비하는 사람들까지 있다 합니다."

"그렇다면 나는 더욱 수행에 정진해야겠구나. 구화산으로 돌아가 뭐라도 준비해야 할 텐데 내가 이처럼 아둔하니, 쯧쯧."

교각은 마음이 바쁜지 걸음을 서둘렀다. 유탕은 비로소 세상사에 관심을 두는 까닭을 알 수 있었다.

25. 혼란

녹음을 마쳤다. 스튜디오를 나오는 효명의 이마에 땀방울이 송골송골 맺혀 있었다.

"힘들었지. 잘했어."

"그래 정말 좋았다."

동희와 예원이 엄지손가락을 치켜세우며 환하게 웃었다. 그동안 10여 차례 스튜디오 연습이 있었지만 두 사람은 처음이었다.

"고맙습니다. 저보다는 여기 두 분이 절 맞춰주시느라 고생하셨어요."

효명은 바이올린과 비올라 협주를 해준 최명혜와 이주신을 소개했다.

결정까지 쉽지 않았다. 음악 관계자 대부분은 미니 오케스트라라도 구성하자고 했다. 효명은 직접 의견을 내지는 않았지만 내키지 않았다. 세상의 주목을 받게 되었다고 요란한 장식을 하는 것 같아 낯이 간질거렸다. 담백한 현악삼중주로 결정한 건 형일이었다. 효명과 첼로의 음색을 살려주고 싶었고 최명혜와 이주신의 협주는 화려하면서도 깊었기에 진정성을 인정받기에 효과적이라는 판단에서였다. 두 사람을 발탁한 데는 기존 연주자로 명성이 높은 이들보다는 새로운 인물을 발탁해 기회를 나누자는 효명의 생각을 존중했다.

녹음한 곡을 들은 관계자들은 고개를 끄덕이고 박수를 쳤지만 음악감독은 여전히 미련을 보였다.

"좋은데 정말 아쉽다. 악기를 더 보강해 화려했으면 대박일 텐데."

"그럼 뮤직비디오를 찍으면서 보강하는 건 어떠세요?"

조감독의 의견에 형일은 효명을 돌아봤지만 눈길을 피했다. 소위 끼나 숫기가 없다든가 하는 개인적 품성의 문제만이 아니었다. 효명은 자신에 대한 대중의 열광이나 주목받는 성공을 바라는 것이 아니었다. 오히려 사람들의 우상이 되는 것을 우려했다. 명멸하는 우상의 허망함을 아는 두려움도 없지 않았지만 우상이라는 허상 자체를 거부하는 것이었다.

"그 문제는 음원 공개 후에 반응을 봐서 결정합시다."

형일도 동영상의 필요에는 공감하지만 효명의 속을 짐작하는 터라 그렇게 미뤘다.

"김 대표님, 후속곡은 언제쯤 준비됩니까?"

"예, 준비 중입니다."

"서두릅시다. 시작할 때 음반까지 내야 불이 제대로 붙는 건데. 물 들어올 때 노 저어야지요."

"그래야지요. 아무튼 한동안 수고들 하셨으니 며칠 쉬시고, 연락드릴 테니 그때 회식 한번 하시지요."

"좋습니다."

그제야 사람들은 주섬주섬 스튜디오를 나갈 준비를 했다.

막상 시작하고 나자 불안감이 밀려들었다. 지금까지 큰 비용은 들지 않았고 편곡비나 음악감독 등의 인건비는 유튜브 수익으로도 충분히 감당했지만 앞으로의 일은 예상하기 어려웠다. 법인을 설립하고도 직원을 채용하지 않고 형일이 대부분 일을 처리하는 것도 그런 까닭이었다. 예원과 동희도 수시로 사무실에 들러 손을 보태니 당장 어려움은 없지만 이제 모든 책임은 자신에게 있는 것이라고 형일은 생각했다.

경영은 수익을 목적으로 하는 것이고, 불씨를 제대로 살려 물 들어올 때 노 저어야 한다는 말도 맞는 말이다. 그렇지만 형일은 효명의 뜻을 존중하고 지켜줄 생각이었다. 설령 승려가 되어 출가하고, 곡 발표나 공연도 드문드문 해 열기가 식어 어려움을 겪는다 할지라도 후회하지 않을 것이다. 동희는 다 컸고 주택도 짓고 있는 중이니 은행 대출금만 잘 갚아나가면 더는 바랄 것이 없다. 사람으로 태어나 가장 아름다운 사람을 만나 피붙이와 같은 인연을 맺었으니 그것은 하나님이 준 가장 큰 은총이었다. 그로 인해 밝은 마음을 얻고 맑은 눈으로 세상을 대할 수 있으니 이것이 진정한 자유인 듯싶었다. 형일 자신만이 아니었다. 아내도 동희도 모두 평화롭고 따뜻한 마음이 되어 사랑이 깊어지니 매사에 행복했다. 그러니 최선을 다하고, 반드시 지키고 키워나갈 것이다, 다짐하기도 한다.

사법시험에 합격하던 해 같이 합격한 4학년 선배 장성윤이 전화를 해온 건 뜻밖이었다. 게다가 굳이 사무실로 찾아오겠다는 것도 의아했다. 약속 시간보다 30분이나 이르게 사무실 문을 열고 들어서는 그는 낯설지 않은 또래의 여성과 함께였다.

"검사로 임용되었다고 들었습니다."

"응, 대검 반부패부."

장성윤이 명함을 내밀었다. 역시 출세 가도를 달리고 있다고 해야 하나.

"수경이 알지?"

효명은 그제야 기억해냈다.

"아, 예. 몇 년 사이에 많이 달라져 못 알아볼 뻔했습니다."

"여자는 가꾸기 나름이니까, 하하."

장성윤의 말에 수경은 눈을 흘겼다.

"난 변호사야. 부끄럽게 사시는 통과 못 했고 로스쿨로 변시 했어."

수경도 명함을 내놓았지만 효명은 건성 받아 테이블에 내려놓았다.

"그런데 선배님이 어쩐 일로 저를?"

"뭐 이렇게 딱딱해. 저녁이나 같이 하며 이야기 나누자."

그래 놓고 벌써 일어설 기색이었다.

"죄송합니다. 선약이 있어서요."

장성윤의 인상이 살짝 찌푸려졌다가 어이없다는 표정이 되었다. 변한 것이 없다. 변할 리 없는 이들이었다, 여전히 자신들의 세상이라 생각할 테니.

"뭐? 난 당연히 저녁 하는 거로 생각할 줄 알았더니."

"죄송합니다. 취소하기 어려운 중요한 약속이라서요."

"어디? 방송국? 뭐, 그렇게 시작하면 그쪽 애들이 갑이기는 하지."

"다음에 제가 자리 만들겠습니다."

"잘 모르나 본데, 반부패부라는 데가 시간 내기가 그렇게 쉽지 않아. 오늘은 수경이 부탁으로 어쩔 수 없었다만. 아무튼 난 네가 법원으로 가서 우리와 손발을 맞췄으면 했는데, 아쉽고 의외다."

"그렇게 됐습니다. 그런데 무슨 일로?"

"너 변호사도 안 할 거야?"

효명은 모호한 표정을 지었다.

"글쎄요… 아직은 그것도. 잘 아시겠지만 저 같은 처지에 변호사 개업을 한들….'"

장성윤은 그럴 줄 알았다는 듯 호기롭게 어깨를 펴며 소파에 등을 기댔다.

"너, 사람들 간에 왜 계층이 생기고 굳어지는 줄 아냐? 상류는 시작부터 뭘 하든 반드시 해내, 무슨 수단 방법을 쓰든. 반면 그 아래는 포기를 해, 여러 이유로. 그런데 이유? 그건 핑계야. 해내지 못했을 뿐인 거야. 시작부터 반드시 해내는 놈들은 이기는 방법을 알고 익숙해지니까 계속 그걸 유지해. 그렇지만 한번 포기한 치들은 포기에 익숙해져. 그럼 절대 계층 이동을 할 수 없어. 왜냐? 포기하는 순간부터 그렇게 길들게 되어 있으니까. 그래서 스타트가 중요한 거야. 시작부터 정점을 치면 잠시 쉬어도 다시 나서면 곧바로 쳐올릴 수 있어. 세상의 시스템이 그렇게 되어 있어. 참, 나는 못 봤는데, 너 방송 나가서 멘트 좋았다며? 언제부터 그렇게 영악했던 거야?"

효명은 기분이 상하는데 수경이 먼저 끼어들었다.

"오빠, 무슨 소리야. 영악해진 게 아니라 효명이 학교 때부터 세련됐었어."

"그래? 난 몰랐네. 하긴, 말을 섞어본 적이 없으니 나야 알 수가 없지."

그건 수경도 마찬가지였다. 말을 섞기는커녕 서로 이름조차 제대로 알지 못하는 사이였다. 무슨 꿍꿍이인가 효명은 짐작이 가지 않았다.

"뭐, 그건 됐고. 야, 효명이 너 수경이와 손잡고 로펌에 들어가라."

"제가 무슨 로펌을요."

"그러니까, 수경이와 손잡으라고. 얘네 아버지 벌써 국회 삼선이고 차기 법무장관 유력해. 어차피 정치에 몸담은 거 끝까지 가보실 생각인 거 같은데, 그래서 수경이 오빠 시켜 로펌 준비 중이야. 물론 대표 변호사야 쟁쟁한 원로분들이 나서실 거고. 앞으로 얘네 로펌에서 정계, 관계 진출하는 사람 많이 나올 거야. 유력 로펌이 될 거라는 이야기지.”

“그런데 제가 무슨 필요가 있어서요.”

“너 그깟 방송사 연예 피디 따위들한테 머리 안 숙여도 돼. 방송 업고 세계적 스타로 크면서 가끔 법정에 서서 질 것 같은 사건, 결정적 멘트로 뒤집는 거야. 물론 각본은 로펌에서 짜겠지만. 그럼 너 윈, 로펌 윈. 어때?”

효명은 구역질이 날 것 같았다.

“모든 게 말처럼 쉽지는 않을 텐데요.”

“그렇지! 그게 핵심이야. 절대 쉽지 않지. 그러니 담보를 잡아야지. 사실 수경이가 너 좋아한단다.”

하필 그 순간 문이 열리며 동희가 들어왔다. 어젯밤에도 집에 들어오지 않더니 아마 밤새 캐릭터 작업에 골몰한 모양이었다. 퀭한 눈 아래쪽은 다크서클이 짙었고 머리도 푸석했다. 두 사람은 동희의 등장에 어리둥절하면서도 단번에 무시하는 태도를 드러냈다.

“야, 사무실이 이게 뭐냐. 아무튼, 수경이 어머님 설득은 쉽지 않겠지만 아버지와 오빠는 대충 승낙한 모양이야. 그렇지?”

수경이 고개를 끄덕였다.

“엄마라고 내 고집, 아니, 의지를 어떻게 꺾겠어. 내가 한다면 하는 거지."

간택이라도 하는 듯한 제멋대로의 교만. 더 듣고 있기도 역겨워서 효명은 일어서며 동희를 향했다.

"지금 출발해야지?"

느닷없지만 그 눈치를 모를 동희가 아니었다.

"차 많이 막히더라."

어쩔 수 없이 장성윤과 수경도 일어섰다.

"바쁜 모양인데 또 연락하자."

"예, 배웅 못 하겠습니다."

"됐어. 그런데 너 이거 순전히 수경이 의지라는 건 알아라."

"연락해."

지극히 친한 듯 다정한 수경의 인사에 효명은 또 비위가 상했다.

두 사람이 나가자 동희가 눈초리를 치켜세웠다.

"누구야?"

"대학 선배하고 동창."

"뭐 하는 인간들인데?"

"검사, 변호사."

효명은 테이블 위 명함을 눈짓으로 가리키며 대답했다.

"좋겠다, 너 출셋길 열리는 것 같다."

"지금 내 기분, 네 말대로 지랄이야."

동희의 눈이 동그래졌다. 한번도 들어본 적 없는 표현이었다.

"뭐 그렇다면 운전은 내가 할게. 빨리 집에 가자, 졸려서 쓰러질 것 같아."

"졸린다면서 무슨 운전이야. 차 키 줘."

동희는 금세 유쾌해져 자동차 열쇠를 효명에게 던져 건넸다.

포기하는 것은 아니지만 포기로 비칠 수 있겠다. 시작에서 정점을 치면 쉬었다가 다시 나서도 쳐올릴 수 있다. 역겹고 닮고 싶지 않지만 그들의 세상이 그렇게 만들어지는 것이라면 모델로 삼지 않을 이유도 없었다. 물론 상류를 추구하지도, 그들의 전철을 밟지 않을 것이라는 확고한 믿음으로. 게다가 이미 책임을 느끼고 있었다.

아저씨에게 모든 것을 맡긴 형식이지만 책임은 온전히 나의 것이고, 그래야 한다. 책임은 나눌 수 없는 것이고, 나눈다면 이익의 분배가 전제되어야 하기 때문이었다. 그렇지만 아저씨에게는 이익의 분배가 없었다. 이익의 분배란 수익에 비례해야 하지만 아저씨가 추가로 얻는 이익은 감정의 이익일 뿐이었다. 그러니 현실의 책임은 나의 몫이다. 이미 말했다. 나의 부침과 상관없이 오래 유지되어야 한다고. 그렇다면 언제든 나서면 쳐올릴 수 있어야 했다.

효명은 어느새 조수석에서 가늘게 코까지 골며 한잠에 빠진 동희를 보며 삼성각을 생각했다.

"뭐? 정말 뮤비를 찍겠다고?"

형일은 믿을 수 없다는 표정이었다.

"예."

"지난번 뉴스 출연 때도 가볍게 분장했잖아. 그것도 불편해하더니, 뮤직비디오는 완전 화장이야. 그런데도 하겠다고?"

"예."

"효명아, 너 배우처럼 감정 잡고 안무 동작도 하고… 뭐, 암튼 만만치 않아. 그런데도?"

"예, 시키는 대로 할게요. 연극 몇 번 봤는데 그 비슷한 거잖아요. 정말 가슴 울리는 예술이던데, 제가 잘할 수 있을까 걱정이네요."

형일은 이런 상황이 도무지 이해가 되지 않았다. 이 갑작스러운 변화는 무엇일까. 무슨 일이 있었기에 며칠 사이에 이렇게 변한 것일까.

"아저씨, 혹시 방송국 연예 피디분들도 좀 아세요?"

"응, 조금. 그런데 왜?"

"좋은 음악 프로그램에 출연하게 해주세요, 처음 아니면 마지막으로요. 노래는 두 곡쯤 부르고요."

형일은 귀를 의심했다. 자신이 원하던 바였고 이미 제안도 있었던 터였다. 하지만 진작 포기한 일이었다. 그런데….

"공영방송의 음악회 프로그램이 있지. 하지만 마지막은 힘들 거야. 네가 아무리 주목받아도 음악계의 예의라는 게 있으니까. 그렇지만 스타트는 가능할 거야, 소개하기도 좋고. 그런데 노래는 뭘 부를 거야, 두 곡을 하겠다며? 하긴, 그건 방송사도 원할 테지만.”

“제 노래 '바람처럼'을 먼저 하고, 다음 곡은 라라 파비앙 버전의 '아다지오'로요. 저작권 문제는 아저씨가 아니라 방송사에서 정리할 수 있으면요.”

형일은 또 놀랐다.

“저작권은 방송사의 기존 협의 채널이 있을 테니 문제없겠지만…”

형일은 조금 망설였다. 거리 공연에서도 '아다지오'를 부른 적은 없는데다 거리와 무대는 다른 차원이었다.

“그 곡 고음이 만만치 않은 팝페라인데?”

“목숨 걸고 한번 불러보는 거죠, 뭐. 성대결절 생기면 나을 때까지 쉬는 거고요.”

아무리 농담 같은 말투지만 너무 쉽다. 그러고 보니 한번 노래방도 가지 않았다. 그러기에는 언제나 건조한 효명이었으니.

“제대로 연습해봤어?”

“이제 해야죠. 그리고 뮤직비디오는 삼인조 그대로 해요.”

“그건 또 왜?”

“음악회 프로그램 섭외되면 거긴 최고의 오케스트라 반주잖아요. 비슷하면 동영상 조회에 자유로운 세상인데 저절로 비교되지 않겠어요. 오히려 차별화를 하자는 거죠.”

"방송 먼저, 뮤비 공개는 그 뒤?"

"예, 그럼 차별화를 받아들이기 쉽지 않을까 싶어요. 대신 우리는 자유와 희망이라는 메시지를 영상으로 살리는 거죠. 동희 캐릭터 나오는 거 봐서 활용하고요."

"동희가 잘 만들어낼까?"

"전 기대하고 있어요."

형일은 가능성이 없는 건 아니지만 무모한 모험이라 여겼다. 하지만 어차피 방송국 교향악단 수준을 맞추는 것도 쉽지 않지만 비슷해서도 의미는 없을 듯싶었다. 게다가 '바람처럼'은 애초 첼로를 중심으로 한 현악기를 염두에 둔 곡이기도 했다. 어쩔 수 없어서가 아니라 효명의 대범한 의지를 믿어보는 것으로 형일은 마음을 정했다.

공식적인 음원 공개는 이미 유튜브 등 다양한 매체를 통해 첼로 독주곡만으로도 널리 알려졌던 터라 바이올린과 비올라를 더한 현악삼중주는 곡의 품격을 한층 높이며 기대를 넘어선 성과를 얻었다. 덕분에 방송국과의 협의도 일사천리로 진행되어 대형 홀에서 진행되는 음악회의 첫 번째 무대를 장식할 수 있게 되었다.

"오늘의 무대는 첼로를 연주하는 거리의 신사로 잘 알려진 분이 열어주시겠습니다. 변호사이기도 하지만 아직 개업도 하지 않으셨으니 오늘은 노래하는 분으로 소개하는 게 맞을 것 같네요. '바람처럼'의 석효명

가객님 모시겠습니다."

효명의 등장에 환호는 폭발적이었다. 1000여 명 청중이 자리를 가득 메운 천장 높은 홀, 무대를 환하게 비추는 눈부신 조명의 열기만으로 정신이 어질거릴 것 같은데 효명은 침착하게 무대 중앙으로 걸어 나와 정중하게 허리를 숙였다. 다시 환호와 박수. 기다리던 교향악단의 전주가 흐르자 박수와 환호는 그치고 일제히 고요한 침묵.

"나는 나로 말미암아 우뚝 서는 사람… 가장 존귀한 나와 너, 우리의 새 세상!"

격정적인 고음으로 노래가 끝나자 환호성 가운데 앙코르 함성이 연이었다.

"예, 모두의 가슴이 자유와 희망으로 벅차오르는 것 같습니다. 정말 뜨거운 열기와 환호입니다. 이어지는 곡, 라라 파비앙이 부른 '아다지오' 듣겠습니다."

청중석에 앉은 상훈과 공양주, 예원과 동희는 모두 흐르는 눈물을 멈추지 못했다. 청중석에서도 눈물을 비추는 이들이 있으니 또 다른 감동일 것이다.

"I don't know where to find you/ I don't know how to reach you…."

잔잔하게 호소하듯 시작한 곡은 중반부를 넘어가며 고음으로 이어지다 후반부에 이르러 'That you'll give your life/ Forever you'll stay/ Don't let this light fade away/ no, no, no, no, no'로 고조를 높여 마지막은 터질

듯한 'Adagio'로 끝났다.

혀를 내두르며 고개를 젓는 청중도 있었고, 환호와 박수는 홀이 터져 나갈 듯했다. 상훈을 비롯한 네 사람도 효명에게 저런 가창력이 있었나 새삼 놀라며 눈물을 훔쳤다.

"정말 어마어마했습니다. 법학이 아니라 성악을 전공했어도 대성했을 듯합니다. 앞으로 어떤 메시지로 우리에게 더 큰 감동을 줄지 자못 기대됩니다. 석효명 가객님, 오늘 정말 고맙습니다."

성공적인 첫 무대였다. 긴장으로 숨조차 제대로 내쉬지 못했던 형일이 촉촉한 눈자위를 훔치며 무대를 내려오는 효명의 두 손을 와락 잡았다.

"정말 수고했다. 진심으로 훌륭했어."

"수고는 아저씨가 하셨죠. 스님과 공양주님은요?"

"응, 음악회 끝나면 차로 오시기로 했어."

"아저씨도 홀에 계시지 뭐하게 무대 뒤에 여태 계셨어요."

너무도 덤덤한 효명의 태도에 형일은 속으로 혀를 내둘렀다. 어지간한 경력을 가진 가수라도 이 정도의 대형 무대라면 긴장하기 마련인데 효명은 처음부터 태연했으니 과연 걸림 없는 바람처럼, 천상천하유아독존의 진정한 자유였다.

효명은 상훈의 차를 운전해 공양주와 함께 집으로 출발하고 형일은 예원과 동희를 태웠다.

"아빠도 울었지? 난 눈물이 멈춰지지 않아서 혼났어."

"나는 무대 뒤에 있었잖아. 보이지도 않는데 뭘 울어."

"아까 보니 눈이 벌겋던데 뭘 그래요."

예원의 말에 형일은 피식 웃음을 흘렸다.

"그걸 듣고 감동하지 않으면 감정이 없는 거지."

"효명이가 그렇게 절창인 줄은 상상도 못 했어. 어떻게 그처럼 시원하게 고음을 내는 건지, 참."

"하여간 엉큼한 놈이야. 그러면서 그동안 노래방 한번을 안 갔잖아."

"나도 '아다지오'를 부르겠다기에 속으로 얼마나 걱정했던지. 참으로 놀라워. 그나저나 오늘 하동 사람들 전부 텔레비전 앞에 모였겠다."

"아마 쌍계총림 모든 절의 스님들도 그러셨겠지요. 스테파노 신부님도요."

형일과 예원의 이야기에도 혼자서 뭔가 골몰하던 동희가 제법 심각하게 운전하는 형일을 돌아봤다.

"아빠, 영화에 보면 손수건 같은 거로 입을 막으면 픽 기절하잖아. 그거 뭐야?"

"글쎄 클로로포름인가? 잘 모르겠다."

"아무튼 그런 거 병원에서 구할 수 있지?"

"그렇겠지, 아마. 그건 왜?"

"아빠 의사 친구 있어?"

"왜? 또 무슨 엉뚱한 소리를 하려고?"

"나 그것 좀 구해줘. 효명이를 그걸로 기절시켜서 병원에 데려갈 거야."

"병원? 왜, 효명이 어디 아파?"

형일과 예원은 화들짝 놀랐지만 동희는 자못 심각했다.

"아니. 병원에 데려가서 정자 채취하려고. 그걸로 인공수정 해서 효명이 아이 낳을 거야."

"야!"

뒷좌석의 예원이 손바닥을 치켜들었다가 혀를 차며 내렸다.

"그거 미혼모 되는 거야, 미혼모."

"미혼모가 어때서. 사랑하는 사람 아이 낳아 기르겠다는데. 아마 효명이 아이면 엄마 아빠도 예뻐서 물고 빨고 난리도 아닐걸."

너무도 태연한 대꾸에 어이가 없기도 하지만 형일과 예원은 마음이 시렸다.

"너 아직도 효명이 마음에 두고 있어?"

예원이 묻자 동희는 고개를 저었다.

"나 한번 죽었다 살아난 사람이야. 그걸로 끝냈어."

"사랑하는 사람이라며?"

"이건 인간애? 아니, 인류애적 사랑이야. 생각해봐. 저런 놈이 후손을 남기지 않고 떠나면 전 인류적으로 얼마나 손해야. 말도 좋은 종마는 널리 씨를 퍼트리잖아. 모든 생명체가 그렇고."

"네가 말이냐!"

예원은 기어이 손을 뻗어 동희의 어깻죽지를 꼬집어 비틀었다.

"아악! 엄마! 출생률 저하로 나라가 심각한데 이건 애국이기도 해!"

"뭐 틀린 말이야 아니지."

형일의 대꾸에 예원은 혀를 찼다.

"너 그런 괴상한 발상, 네 아빠 닮은 거야."

"나 광고쟁이였잖아. 그런 나 당신이 좋아했고."

"그럼 아빠가 구해줄 거지?"

동희는 두 사람의 이야기는 귀에 들어오지도 않는 듯, 정말 실행할 기색이었다.

"동희야. 그런데 그게, 우선 납치 감금 뭐 그런 죄가 될 거고, 약물로 기절시키는 건 아마 폭력 행위가 되지 않을까? 게다가 정자 채취? 그건 절도도 아니고 뭔가? 아무튼 그런 무시무시한 범죄에 난 절대 가담할 수 없다. 나 효명이 챙겨야 해서 감옥은 절대 갈 수 없어. 그러니 하려면 너 혼자서 해. 괜히 다른 사람 공범으로 끌어들이지 말고."

"참 비겁한 아빠다. 딸내미 혼자 죄짓게 하고 얼마나 마음 편히 사실는지, 쳇."

형일과 예원은 동희의 생각은 황당하지만 정말 그렇게라도 아이가 있었으면 하는 마음도 들었다.

335

뮤직비디오 촬영을 끝내고 모처럼 네 사람은 저녁 식탁에 둘러앉았다.

"이번에도 참 잘해줬어. 우리 효명인 뭐든 기대 이상이네."

'우리'는 아마 세 사람 누구도 쓰지 않았던 단어였을 것이다. 그러나 효명은 의식하지 못했다.

"그보다 스님이 내일 하동으로 내려가신대요."

"뭐? 그럼 집으로 모셔서 식사라도 대접하게 했어야지. 공양주님은?"

"진작 내려가셨어요."

"뭐로?"

"구례구역까지 케이티엑스 다녀요. 거기서 버스 타면 하동까지 금방 가요. 사천행 비행기를 타도 되고요."

"그래? 그런 편리한 교통편이 있는 줄 몰랐네."

머뭇거리던 효명이 젓가락을 내려놓고 무거운 표정으로 다시 입을 열었다.

"저도 내일 스님과 같이 내려가려고요."

"뭐? 편집 나오는 거 안 보고? 하동에 무슨 일 있어?"

효명은 또 한참을 머뭇거렸다.

"저 강원에 들어가려고요."

형일과 예원은 하얗게 낯빛이 변하며 수저를 내려놓았지만 동희는 묵묵히 수저를 놀렸다. 무슨 말을 해야 하나, 형일과 예원은 머릿속까지 텅 빈 느낌이었다. 효명도 더는 말을 잇지 못한 채 고개를 숙였다.

기어이 밥그릇을 다 비운 동희가 제 그릇과 수저를 들고 일어서며 물었다.

"거기도 입학식 같은 거 있어?"

"그런 건 아니야. 스님과 상의했는데 칠불사 운상선원으로 들어갈 거야."

"그런 걸 이렇게 통보하듯이 알려. 너 지금까지 중에서 제일 나쁜 새끼야."

"미안해. 나도 어떻게 말씀드려야 할지 엄두가 안 나서…."

"그럼 편집된 거 보고 내려가. 내가 데려다줄게."

"말했잖아, 케이티엑스도 있고…."

동희가 말을 잘랐다.

"더 지랄하면 나 너한테 무슨 짓 할지 몰라. 그러니 말 들어."

차갑게 내뱉은 동희는 싱크대로 가져다 놓으려던 제 그릇과 수저를 다시 내려놓고 예원을 돌아봤다.

"엄마 미안해. 오늘은 그냥 들어갈게."

종종걸음으로 제 방으로 향하는 동희의 뒷모습이 처연했다. 형일과 예원도 일어나 안방으로 들어갔다. 효명은 식탁 의자에 앉아 우두커니 천장만 쳐다봤다. 꼼짝할 수 없는 미안함에 죄스러운 마음도 깊었다.

다시 만나게 될 것을 모두 알고 있다. 설령 머리를 깎는다고 해도 함께 할 일이 있고 그 시간은 오래일 것이다. 그럼에도 이처럼 천근의 무게로 받아들이는 건 무엇일까. 아니, 효명 자신부터 며칠을 머뭇거리다 겨우 입을 떼지 않았는가. 모두가 지금보다 더한 깊이의 고리를 바라는 것도 아니지 않은가. 그럼에도 왜?

생각해보면 효명 자신부터 벌여놓은 일이 막 시작되는 시점에 이렇게 서두를 이유는 없었다. 결국 '낳아줬다'는 그이로 인한 마음의 요동이 여전한 것인가. 자신을 죽여서 털어버린다 했지만 그 인연 아닌 인연은 이리도 질긴 것인가. 아니다. 그이를 만나기 이전부터 세상과 거리를 두려는 마음은 있었지 않은가. 그 마음의 고리는 무엇이었나. 나는 진정 자유로운가. 스스로 존귀함에서 비롯되는 자유는 생각과 말뿐이었나. 강원에 가려는 이유는 무엇인가. 진정 경을 공부하려는 것인가. 아닌 듯싶다. 그럼 무얼 탐구하려는 것인가…. 생각은 꼬리를 물지만 실마리는 어디에도 보이지 않으니 그저 답답할 뿐이고 어서 강원으로 들어가야겠다는 생각만 급해졌다.

편집된 뮤직비디오는 아름다웠다. 동희가 만들어낸 캐릭터도 자유와 희망을 표현하는 데 큰 역할을 해냈다. 음악감독을 비롯한 제작진 전원은 들떠 환한 빛을 지우지 못하는데 네 사람은 억지웃음을 지을 뿐 어두운 기색이 역력했다. 눈치를 살피던 제작진은 하나둘 자리를 떠났다. 단출한 효명의 짐이 동희의 차에 실렸고 이제 출발할 차례였다.

효명은 말없이 고개를 숙여 인사했고 형일과 예원도 한번 손을 흔들었을 뿐 바로 고개를 돌렸다. 말없이 먼저 운전석에 올라 있던 동희는 효명이 차에 타자 곧바로 기어를 넣고 액셀러레이터를 밟았다.

아무런 말이 없었다. 고속도로를 달리다가 화장실에 다녀오라는 듯 두 번 휴게소에서 차를 세웠지만 효명은 그조차 내리지 않았다. 하동 나들목을 나와 섬진강 동쪽 도로를 달리다 강을 건너 피아골길로 들어선 동희는 이내 오른쪽 산길로 방향을 잡았다. 화사하던 벚꽃이 모두 떨어져버려서인지 따스한 기온에도 숲길은 스산한 느낌이었다.

자동차가 절 마당에 들어서자 기다리고 있던 상훈이 종무소를 나왔다.

"동희가 운전해 왔구나."

상훈의 반기는 인사에 동희는 운전석에서 내려 두 손을 합장해 고개를 숙인 뒤 물었다.

"지금 불락사로 가는 거예요?"

상훈은 굳어 있는 동희의 표정에 안쓰러운 눈빛으로 고개를 저었다.

"아니다. 오늘은 여기서 나와 이야기를 나누고 내일 내가 데려갈 거다."

동희의 걸음이 멈칫했다. 이제 할 일은 끝난 것인가….

"들어와서 차 한잔하자꾸나."

동희는 마음을 정했다.

"아니에요. 저 곧바로 돌아갈게요."

그러고는 다시 운전석에 올라 시동을 걸었다. 상훈도 더는 권하지 않고 고개를 끄덕였고, 효명은 멀거니 차가 절 마당을 빠져나가는 것을 지켜봤다.

산길을 내려온 동희는 처음으로 보이는 편의점 앞에서 차를 세웠다.

"담배 주세요?"

"무슨 담배요?"

"아무거나요. 일회용 라이터도요."

값을 치르고 밖으로 나온 동희는 담배 한 개비를 꺼내 입에 물었다. 영화나 드라마에서는 이럴 때 주인공이거나 조연이거나, 남자건 여자건 대개는 담배 연기를 짙게 내뿜으며 강이나 산으로 하염없는 눈길을 두는 편이었다.

라이터로 담배 끝에 불을 붙여 한 모금 깊게 빨던 동희는 금방 캑, 하며 연기를 토해내고 콜록콜록 연거푸 기침을 해댔다.

"에이, 이런 걸 왜 피워!"

불붙은 담배를 냅다 바닥에 내던지고 신발 바닥으로 비벼 끈 동희는 라이터와 담배를 휴지통에 내동댕이친 뒤 다시 운전석에 올랐다.

<2권에 계속>